純情ラビリンス

Jun & Kaname

月城うさぎ

Usagi Tsukishiro

EB
エタニティ文庫

目次

純情ラビリンス

第一章

人生の転機は、どうやら突然訪れるらしい。

代わり映えのしない毎日を淡々とすごしていた日々は、私、朝比奈潤《あさひなじゅん》が思いつきで送ってみたテレビドラマの脚本コンクールで優秀賞をいただいた日に、終わりを告げた。

大手企業の総合職に内定も決まった、大学四年生のときだった。

あれよあれよという間に、気づけば脚本家としてデビュー。卒業後は二足の草鞋《わらじ》を履きながら、慣れないふたつの仕事に奔走《ほんそう》する日々を送っていた。

初めの数年間はなんとか両立させていたが、その後、忙しさから会社を辞め、脚本の仕事のみに絞ることに。OLの仕事もそこそこ楽しかったけど、このまま両立していたら、いつか過労で死ぬと、結構本気で思ったためだった。

でも、社会人としてのマナーや会社の仕組みを学べたのは、いい経験になったと思う。脚本家としても、めぐまれているだろう。二十一歳のときに書いたコンクール受賞作である青春学園ドラマは、若い世代を中心に人気に火がつき、シリーズ化されることになる。その後、映画にもなって、ここで私は一生分の運を使いきったんじゃ……と不安になるほどだった。そして、それから四年で自分で言うのもおこがましいが、人気若手脚本家の仲間入りを果たした。

ＯＬ時代、ドラマで得た収入はまるっと貯金。その後波はあったものの、脚本家として収入も安定してきたため、学生時代から住んでいた狭いアパートから、オートロックのマンションに引っ越した。

贅沢《ぜいたく》しなければ、しばらくは貯金で生活できるほどの蓄《たくわ》えもあり、なんとか不自由のないひとり暮らし生活を送れている。ただなんとなく大学に通い、自分がなにをしたいのかわからず、もやもや悩んでいた頃に比べれば、今の私は格段に充実した生活を送っていると言えるだろう。

だが、そうやってここ数年すごしてきていた私は、現在、新たな転機を迎えていた。

「は……？　しっとり大人向けのラブストーリー？」

「そうよ！　新しい連続ドラマの企画をぜひ、あなたにやってもらいたいって、直々《じきじき》にご指名よ！」

鼻息荒く報告してきたのは、懇意《こんい》にしているテレビ局のプロデューサー、仙石恵《せんごくめぐみ》だ。

口調は女性だが、戸籍上は男性。しかも、黙っていればそこそこイケメンときている。

美容のためのジム通いに栄養管理と、そんじょそこらの女子よりも女子力が高い彼は、三十代後半にもかかわらず、肌は綺麗だし、身体に無駄な肉もついていない。ついでにこの業界では特に珍しくもない、同性愛者でもある。

呼び出されたテレビ局の会議室には、ドラマ制作部のスタッフが顔を揃えていた。そこで恵さんから手渡された企画書は、私の脳を数秒間活動停止させるには十分な内容だった。

それは当然、いい意味で。だが、悪い意味も半分くらいあったりする。

「主演女優はもう決まってるのよ。ほら、あなたのデビュー作に出演して人気に火がついた、双葉梓《ふたばあずさ》。あの美少女、覚えてるでしょ？　彼女も、もう二十三歳じゃない。そろそろ学生のイメージから脱却して、働く女性を演じたいらしいのよね。まあ、新たなイメージ作りを本人と事務所が求めてるのよ。で、彼女の後押しもあって、脚本家はぜひ奈々子《ななこ》先生で！　ってわけ」

――これはあなたにとってもチャンスよ！

そう至近距離で力説された私は、あまりの気迫に思わず顔をのけ反《ぞ》らせてしまった。

奈々子先生とは、私の脚本家としてのペンネームである。麻々原《ままはら》奈々子というのが、デビュー当時から使っている名前だ。うちは中学の頃に両親が離婚して母とふたり暮らしになり、高校に入った頃に母が再婚した。朝比奈というのは母の再婚後の姓で、その前の姓が麻々原だ。

私以上にエキサイトしている恵さんの興奮を抑えるように、私は数回頷く。

「な、名指しで、私を選んでいただけるなんて。光栄ですね」

「そうでしょう!?」

喜ぶ恵さんを視界の端で捉《とら》えつつ、ぱらりと企画書をめくる。私の頭の中には、「嘘、嬉しい！」という気持ちと、「マジで!?　やべえ！」という相反する気持ちの波が、交互に押し寄せていた。

額《ひたい》に浮かぶ汗をごまかしながら、企画概要の説明に耳を傾ける。

新企画は働く女性と大人の恋愛がテーマらしい。

「恋愛と仕事の両立は、やっぱりいつの時代も独身女性の悩みどころですからね」

と呟《つぶや》いたのは、恵さんの部下で入社二年目の、樋高萌葱《ひだかもえぎ》。萌ちゃんと呼ばれてみんなに親しまれている。九月とはいえまだ暑い日が続いていたけど、オシャレに秋色っぽいシャツワンピを着ていた。

「まあ、結婚したらしたで、家庭と仕事の両立っていう、結局は同じ悩みが発生しますけどね～」

リア充感漂《ただよ》う萌ちゃんの言葉に、周りにいる恵さんの部下たちは、揃って大きく同意した。全員似たような年代だ。結婚や恋愛に関して思うところは同じらしい。

キャリアを取るか、恋に生きるか。両方のいいとこ取りがなかなかうまくいかない人は、きっと多いはずだ。

仕事が忙しく、すれ違いから別れるカップルの話などは、私の耳にも頻繁《ひんぱん》に届く。

「双葉梓の事務所も、奈々子先生がそんな妙齢の女性なので、きっと同年代の感性でいい脚本を書いてくれると期待しているんですよ」

「いや、ありがたいけど、そんなに期待されても……」

キラキラした羨望《せんぼう》の眼差しで言われれば、否定することも、この話を断ることもできなくて。終始、私の額には冷や汗が浮かびっぱなしだった。

この場を仕切っている恵さんが、バンッ！　とテーブルに両手をつく。

「奈々子先生。いい？　あなたにとってもこれはチャンスよ。新しいジャンルで知名度が上がれば、これからもっと活躍の場が広がるわ！」

――もちろん受けるわよね!?

会議室に広がる、嫌だと言えない空気。そこはかとなく漂《ただよ》う高揚感。

そんな眼差しを受けて、「無理です」と断ることなどできるはずもなく、私は反射的に「はい！　頑張ります！」と実にいい返事をしていた。学生時代、体育会系少女だった頃に身についたものだ。習慣とは恐ろしい。

その後、一通りの説明を受けてテレビ局を後にした。マンションの五階にある自分の城へ、真っ直ぐ帰宅する。

ひとり暮らしのため部屋には誰もいないが、「ただいま～」と呟《つぶや》き、靴を脱ぐ。

バッグはダイニングテーブルの椅子に置き、着ていたカーディガンを脱いだ。

そのままいつも通りブラウスのボタンを外しながら洗面所へ向かい、手洗いとうがいを済ませる。その後は、１ＬＤＫの室内を歩きつつのストリップだ。

寝室にたどり着く頃には、キャミソール一枚と、ファスナーが下ろされたパンツ姿になる。

子供の頃、父が家に帰ってきて早々、服や靴下を脱ぎ散らかしていく姿に、「うわ、オヤジ」と呆れていたのに、今ではすっかり自分がそうなっている。

あの頃の自分に言いたい。帰宅したら一刻も早く、くつろげる服装になりたいものなんだよ、と。

締めつけのあるブラジャーは外し、そこらへんに適当においてあったＴシャツを着る。そして愛用しすぎてくたびれた臙脂《えんじ》色のジャージをはいた。

このジャージ、高校の頃からだから、かれこれ十年以上は着ているわ……。でも穴が空いてるわけでもないし、まだまだ着られるから捨てられない。

化粧は元からナチュラルメイクしかしてないのでいいとして。幅の広い柔らかなヘアバンドで顔回りの髪をすっきり上げる。完全にリラックスモードでキッチンへ向かった私は、冷蔵庫の取っ手に手をかけた。中にずらりと常備されているお気に入りのビールを一缶取り出し、プルタブをつまみ上げる。

「ぷはぁ～……、ああ～……生き返る」

しゅわしゅわとしたのど越し、最高！　ソーダや炭酸水では得られないおいしさだ。大人になってよかったと思える瞬間でもある。

スーパーの特売でまとめ買いした乾物系のおつまみもいくつか漁《あさ》り、ビールを飲みながらソファに向かう。テレビをつけて、お行儀悪く寝そべり、さきいかをつまんだ。スルメより柔らかく食べやすいさきいかと、苦味のあるビールのコンビネーションは抜群《ばつぐん》だ。

缶ビールをほぼ飲みきったところで、ようやく一息つけた私は、思考を徐々に現実に戻した。

いつも通りの習慣で心の安定を得ようとしたが、冷静に考えれば考えるほど冷や汗が出てくる。

じわじわと、身体の体温が奪われていく心地になり、改めて己《おのれ》が陥《おちい》っている状況に、叫ばずにはいられなかった。

「う、うわぁああ新作ドラマー！　嬉しいけど、どうしようー……！」

――朝比奈潤、二十八歳、独身、彼氏ナシ。

今まで恋愛とはまったくと言っていいほど無縁の生活を送って来た自分を、こんな形で呪う羽目になるとは夢にも思わなかった。

というのも、どうやら私はほかの人より、恋愛というものに興味がないらしい。周りに男性がいなかったからとか、男性恐怖症だとかというわけではない。中学・高校では共学だったのにもかかわらず、私の関心は色恋には向かなかった。

学生時代、私が夢中になって打ち込んでいたのはひとつだけ。部活動だ。

中学から大学に入るまで、ずっと陸上一筋。怪我《けが》が原因で、本格的に走るのは大学でやめてしまったが、今でも時間を見つけては軽くジョギングをするほど、走ることが大好きだ。母親曰《いわ》く、子供の頃から私は、常に走り回っている活発な少女だったそうな。

怪我で潔《いさぎよ》く陸上部をやめた後、早く自立したくて、大学時代はバイトと勉学に明け暮れた。

家庭事情が少々複雑なため、自分のことはなるべく自分で面倒をみたかったのだ。

色恋とは縁が薄かったけれど、そういえば一度だけ、大学時代に同じサークルの人と付き合ったこともあったっけ。でも、あれは正直付き合ったにカウントされるのか怪しいほど、清い交際だった。ぶっちゃけ、友達の延長で、カレカノではなかったと言える。なにせ手を繋いだかも怪しい。

そういうわけで、恋愛面では枯れた青春時代を送ってきた私の脚本は、必然的に恋愛とは無関係になった。

デビュー作でもあり代表作でもあるのは、学園青春ドラマ。テーマは部活動と学校行事、そして熱い友情。そこに甘酸っぱい恋はほぼ皆無だ。あったとしても、ほんのりと匂わせる程度で、どっぷり描いたことはない。というか、できない。

作品の根底には自分の今までの人生があるので、頼まれても思春期の恋愛なんて書けなかったと思う。

そして現在、気づけば結婚適齢期に突入中。

「結婚しました！」「結婚します♡」メールを受け取ることも増え、ぼんやりと自分の年齢を意識し始めていた。

が、楽しく仕事をこなし、充実した毎日を送っているので、結婚なんて私にはまだまだ早いし、恋愛も別にどっちでもいっか、と呑気《のんき》に思っていたのだ。

実際のところ、恋愛・結婚願望はほとんどない。

だってまだ二十代だよ？　結婚の平均年齢は高まっているみたいだし。

無理に焦って結婚したって、離婚したら意味ないじゃない。

日々の生活は、一が仕事で二がお酒、というのが今の私の現実だ。仕事の後、ビールを片手におつまみを食べつつ、だらだらすごすのが至福の時間。一杯の缶ビールを毎日飲めるだけで、お手軽に幸福感を味わえる。

……よって、本日のこの展開は、ありがたい反面、由々《ゆゆ》しき事態だ。

恋愛偏差値が低いどころか、くたびれたジャージを着て、ビールとさきいかに幸せを感じちゃってる枯れたオジサン女子に、大人のラブストーリーなんて書けるかぁ！

「なんてこった……。ああ～もう……しまった。ご指名は嬉しいけど、正直どうしよう」

こんなことなら、もう少し積極的に恋愛を経験してみるんだった！

なんて、過去の自分を振り返って、今さらどうしようもないことを嘆いてしまう。

若いときの恋愛をしっかりしてこなかったから、いきなり大人のラブストーリーなんて言われても、ハードルが高すぎてピンと来ないんだよ。それどころか、未知の世界すぎて考えるだけで心臓がバクバクしてしまう。適度なドキドキは刺激が得られていいそうだが、緊張でずっとドキドキし続けるのは絶対に健康によくない。

「次の打ち合わせまで、タイムリミットはあと二週間か……」

だらけきった身体を起こし、ダイニングの椅子に置いたトートバッグをソファまで持ってくる。その中を探り、手帳を取り出した。

赤いペンで書き込まれたスケジュールと内容を見て、ごくりと唾を呑み込む。

なんと、この新作ドラマ。ざっくりした企画の方向性は決まっているが、ほとんど私の好きにやらせてくれるらしい。私のような若い脚本家に、普通そこまで任せてはくれない。ものすごい太っ腹ぶりだ。

そんな大物脚本家並みの待遇、普通なら緊張しつつも喜ぶはずだが、残念ながら今回は違う。

このテーマで丸投げされたら、逆にプレッシャーが半端ない。アイディアが浮かぶ気がさーっぱりしないいんだけどっ。

ソファでクッションを抱きしめたまま、がっくりと項垂《うなだ》れた。

次の打ち合わせの日までに話の方向性だけでも決めて、持って行かないといけない。引き受けた手前、なにも浮かびませんでした、では済まされないのだ。脚本家生命に関わる。

「本当に、こんなこと言うの、ものすっごい遅いけど。私、なんで恋愛してこなかったんだろ……」

私は往生際《おうじょうぎわ》悪く、過去の自分を振り返って嘆いた。

缶ビール一本飲んだだけでは、まったく酔いは回ってこなかった。

◇◆◇

いつまでもうじうじ考えていたって仕方がない。時間は容赦なく、そして誰に対しても平等にすぎていく。

一日頭を抱えて呻《うめ》いた翌日、私は締切明けの自分へのご褒美《ほうび》でよく利用する、獅子王《ししお》グランドホテルに向かっていた。

そこは、脚本家としての生活が安定してきた頃から、一、二ヶ月に一度のペースで通っているホテルだ。頑張った仕事の後のご褒美として、このホテルに一泊するのが私のリフレッシュ方法になっている。

マッサージやリフレクソロジーに、プールでのスイミング。夜はイタリアンやお寿司、朝はビュッフェで食べ放題……と、めっちゃ贅沢《ぜいたく》！　なご褒美である。着いたその日は疲れ切っているため、寝心地のよいベッドでの爆睡も、最高潮に幸せだ。

一番初めにこのホテルに泊まったのは、仕事の関係者から宿泊割引券をいただいたときだった。もしかしたら、恋人と行っておいでという意味で二枚くれたのかもしれない。でも、そんな相手がいない私は、二枚とも自分で使った。

あれ以来、私はすっかりこのホテルが気に入っている。普段あまり無駄づかいをしない私にとって、この滞在は自分への最大のご褒美なのだ。

そして、心身ともにすっきり状態で翌日チェックアウト。この一泊二日の贅沢を、仕事に入っているときはいつも密かに心待ちにしていた。

だけど、今日は違う。私は初めて、切羽《せっぱ》詰まったときの気分転換にここを訪れていた。

荷物は一泊分だから、少し大き目のトートバッグに替えの下着とシャツのみ。下は今はいてるカジュアルなパンツだけで問題ないだろう。

最寄り駅から徒歩三分。このホテルはビジネス街の中心部に位置している。

一階から二十九階までは企業専用のテナントビルになっており、ホテルはその上だ。ビルに入れば、スーツをびしっと着こなしたビジネスマンとすれ違う。会社勤めを辞めてから、「見るからにサラリーマン」なんて人たちを間近で見る機会がすっかりなくなってしまった。だから実は、少し懐かしい。その代わり、テレビの向こう側でしか見られなかった芸能人に会える機会は増えたが。

そんなビジネスマンが使うオフィス階用のエレベーターには乗らず、エントランスホールを突っ切り、ホテルに続く通路を歩く。大理石と思《おぼ》しき乳白色の床の通路を歩くと、フロントがある三十階まで直通で上がれるエレベーターが二基現れる。

そのエレベーターは、流石《さすが》高級ホテルと納得できる、ほとんど振動が感じられない最新式だ。乗り込んだ瞬間から、なんだか少し日常から離れた空気が味わえる。

なんだろう、静かに流れるクラシック音楽の効果だろうか。リラックス感に加え、ほのかに漂《ただよ》うラグジュアリーな雰囲気。狭さや圧迫感を感じさせないこの空間は、そこら辺にあるエレベーターと違うと思う。

内部の壁に貼られたホテルの案内にざっと目を通していたら、あっという間に三十階に着いた。

扉が開いた先も、大理石敷きらしいエレベーターホール。格調高く重厚な両開きの扉が、宿泊客を受け入れやすいようにとの配慮から開放されていた。

季節は九月に入ったばかりでまだ暑い。素足に歩きやすいウェッジソールのサンダルを履いた足が、軽やかな靴音を鳴らした。

フロントまで真っ直ぐ向かう途中、ホテルのベルボーイと会釈《えしゃく》を交わした。物腰が柔らかく落ち着いた様子の彼らからは、一目でここの教育が行き届いていることが伝わってくる。

ホテルは、三十階から四十階まで吹き抜けになっている。

高級感が漂うが、華美すぎない内装だ。大きなシャンデリアなどが特徴的な海外の高級ホテルとは違う、モダンな雰囲気。シンプルで無駄な装飾はなく、かといって貧相には決して見えない。清潔感と開放感に溢《あふ》れており、置かれているソファや椅子も一級品とわかる上質なものばかり。天井から差し込む陽光に、自然と頬が緩《ゆる》んだ。

クラシック音楽以外に聞こえてくるのは、水が流れる涼やかな音。同じフロアの奥にあるカフェ近くには人工的な池があり、中には鯉《こい》が泳いでいる。

フロントに行けば、ちょうど壮年の外国人ビジネスマンがチェックインを終えたところだった。振り返った白人の男性ににこりと微笑まれて、私も咄嗟《とっさ》に微笑み返す。なんだか映画俳優並みに素敵な人だ。

先ほどまで白人男性に流暢《りゅうちょう》な英語で応対していたフロントクラークの男性スタッフに、笑顔で挨拶《あいさつ》する。

「お帰りなさいませ、朝比奈様」

私の挨拶に返してくれる、この台詞《せりふ》。彼とすっかり顔見知りになっている証拠だろう。私のことを覚えていてくれるのは、なんともくすぐったくって嬉しい。

「ええ、また泊まりに来てしまいました。ついこの間来たばかりなので、久しぶりな感じはしませんね」

実は三週間ほど前に泊まったばかりなのだ。いつもより早いペースでの再訪だ。

日向《ひゅうが》、とネームプレートをつけた黒いスーツ姿の男性は、常に浮かべている柔和《にゅうわ》な微笑みをさらに深めた。お客様へのサービススマイルだとわかっていても、つい見惚《みと》れてしまいそうになるほど、この人の笑顔は凄《すさ》まじい破壊力だ。

「ありがとうございます。またお会いできて大変嬉しいです」

日向さんは、私より少し年上のホテルマンだ。黒いスーツに一分《いちぶ》の隙もないピシッとした佇《たたず》まい。黒い髪はすっきりと後ろに流して整えられており、見るからに誠実そうな雰囲気が漂《ただよ》う。

話し方も、落ち着いた声のトーンも、物腰が柔らかなところも……見れば見るほど仕事ができるいい男という感じだ。チェックインの手続きをしている最中、彼の仕草に目を奪われた。

……いい。彼はすごくかっこいい。

そうだ、ドラマのヒロインの相手役は、日向さんみたいな男性なんてどうだろう。

まさか、こんな身近に素敵な逸材《いつざい》がいたとは……！　なんて、内心の興奮を顔には出さないよう気をつけながら、私はルームキーのカードを受け取った。

「朝比奈様がお元気そうで安心致しました」

「ああ、私いつも、ここに来るときって死にそうな顔してますもんね」

つい苦笑が漏れた。ヘロヘロになって泊まりに来る客なんて、そうそういないだろう。

書き直しは日常茶飯事の脚本家業。徹夜なんてざらだし、視聴者からの反響次第でストーリー展開が変わることもしょっちゅうだ。プロデューサーや監督の意向で、ということもある。

なので、全部になんとかＯＫが出た後は、めちゃくちゃ安堵する。そんなタイミングでこのホテルに来ている私は、毎度毎度徹夜明けの姿を見られているのだ。それは少し恥ずかしい。

「ご心配いただいてありがとうございます」と頭を下げれば、日向さんは「こちらこそ、当ホテルを選んでいただき、ありがとうございます」とていねいなお辞儀を返した。

完璧な角度に、まったく嫌みのない微笑。すっとした高い鼻梁《びりょう》も、笑うと目尻が下がり甘さが増す顔立ちも、身長の高さも穏やかな雰囲気も、すべてを記憶するように私は心のシャッターを切りまくる。

いい。考えれば考えるほど、日向さんは本当にいい。ヒロインの相手役にピッタリだよ！

次の客が現れたので会話を切り上げて、私は宿泊者用のエレベーターホールに向かった。そして、広々としたエレベーターに乗り込む。

ガラス張りのエレベーターが上り始めると、先ほどまでいたフロントから奥のカフェまで見下ろせる。観葉植物の緑が鮮《あざ》やかで、見ているだけでリラックスできる。

最上階に近いフロアでエレベーターが停まった。もしかしたら日向さんの厚意で、いい部屋を選んでくれたのかもしれない。

部屋に入り窓に近寄れば、いつもより東京タワーが綺麗に見えた。

「これは、夜景が楽しみかも」

いつも泊まっている部屋と室内の色の基調や家具は基本的に同じなのに、何故か若干《じゃっかん》広く感じる。

お風呂はガラス張りでちょっと恥ずかしいが、ひとりだから誰にも見られる心配はない。アメニティは当然充実していて、毎回満足だ。

さて、勢いで気分転換に来てしまったが、正直これからどうしようか……。流石《さすが》に思ってはいない。高級ホテルに来れば、素敵な男性との出会いが落ちてる！　とまでは、流石に思ってはいない。けれど、普段知り合えないような人と出会えるチャンスはありそうだ。

それにここ、先ほどの白人男性みたいに、海外からの宿泊客がかなり多い。

「日向さんは確かにいいけど、選択肢は多くないとね。相手役はイケメン外国人とかもあり？　出張で日本に来てて、旅行で泊まりに来てた平凡なＯＬと出会い、そこから生まれるラブロマンス……」

待て、出張で来ている外国人が日本語が堪能《たんのう》とは限らない。それに外国人の俳優を選ぶとなると、かなり制限されてしまう。

そもそも主演女優は決まっていても、相手役の男って決まってなかったよね？　あれ、オーディションで選ぶとも言ってなかったし……

「私のアホ。肝心の相手役について、把握してないのか」

持ってきた鞄の中から企画書を取り出してみたら、ヒロインの相手役は未定となっていた。

大人気の若手女優、双葉梓の相手役となると、慎重に選ぶことになりそうだ。彼女の事務所は業界では有名なやり手の大手だし、今回の企画にはかなり力を入れてるとかなんとか。

やばい、ますます失敗は許されない……。いや、成功させることしか考えていないけども。

「外国人は難しいよね。やっぱり日向さんみたいなできるエリートビジネスマンを相手に持ってきて〜」

――度重なる偶然の出会い。初めはただ肩がぶつかった程度の、些細《ささい》な出会いだった。だが次に再会したとき、付き合っていた彼氏に振られる現場を偶然見られてしまった。結婚まで考えていたのに、仕事が多忙すぎて会えずにいたら、その間に浮気を疑われてすれ違い。ほかに好きな人ができたから、もうお前とは別れたいと、こっぴどく振られて傷心状態のヒロインに、すっと手を差し伸べたのが……

「ダメだ、ありきたりすぎる。ってか、これ、昔隣に住んでたお姉さんの話じゃないか」

誤解とすれ違いから生まれる恋の試練、というものは、あっさり破局という形で終結したらしい。が、お姉さんはすぐに新しい彼氏を見つけていたっけ。仕事が忙しいはずなのに、一体どんなマジック使ったらそんなに早く彼氏ができるのか、ご教示願っておけばよかった。って私、そのとき、まだ小三だったけど。

今まで恋愛脳じゃなかった私が、いきなり恋愛モードに思考を切り替えるには無理がある。少女漫画や恋愛映画などを見て勉強しておくのも手かもしれない。けど、逆に変に影響されてなに書いたらいいかわからなくなりそうな気もして、躊躇《ちゅうちょ》してしまう。

自宅のソファより数倍座り心地のいいソファに座り、しばらく考える。そして、やはりリサーチから始めるべきだという考えに至った。

恋愛モードになんて、一朝一夕になれるものじゃない。でも、若い男女が多く集まる場所でなら、いいネタが拾えるかも。

この仕事、人間観察は重要である。そして書きたいテーマが決まったら、ひたすらリサーチあるのみ。その職種に就いている人に直接話を訊《き》きに行ったり、インタビューしたりと、とにかく情報収集に励む。

なにが書きたいかすら決まっていない今、なんでもいいから面白そうなテーマを見つけ出すことが先だ。

気分転換にホテルに泊まりに来たのだから、ホテル内にあるカフェに行こう。雑誌にも載るほどの大人気のケーキセットを食べに……じゃなかった、若い女性やマダムたちを観察して、なにかきっかけを見つけるのだ。

トートバッグから小さめのバッグを取り出し、携帯とお財布とメモ帳を入れて、私はホテル内にあるカフェへ向かった。

今日は土曜日。そのせいか、カフェはなかなか混んでいる。しかも、ありがたいことにカップル率が高い。

右を向いても左を向いても、男女で座るカップル。その中でひとりぽつんとケーキを食べるのは、なかなか勇気がいることだろう。

が、生憎《あいにく》私はおひとり様には慣れている。他人からどんな目で見られようとも、あまり気にならないし、ひとりだと外食ができないなんていう女ではない。

秋の味覚先取りメニューと書かれている中から、定番のモンブランとセイロンティーをオーダーした。若いギャルソンにメニューを返して、さりげなく周りの人間を観察する。

年齢的には二十代から三十代の男女が一番多い。あ、でも、あの子らは見るからに十代だ。大学生か高校生か……。高校生でホテルのカフェにケーキを食べに来るって、なにそれ。今時の高校生ってこんなもん？　誕生日には彼氏のバイト代でホテルのディナー、なんてのもあり得るかもしれない。部活少女だった私には考えられないが。

見ているだけでお腹いっぱいになりそうな光景に目をやりつつ、私はメモ帳にペンを走らせた。

「さてと。見たところ職業は、大学生や会社員ってところかな？」

ちらほらと、「学校で～」とか、「昨日うちの部長が～」などの会話が耳に入る。この場のカップルは、同じ学校の同級生とか、同僚が多いようだ。

あ、でもあの人たちは歳の差カップルだわ。でも、ちょっと歳の差がありすぎる気も……。

男性の年齢が明らかに高く、そして顔が似ていないことから血縁者ではないと見た。女性の表情は、見るからに恋する女の子の顔。キラキラがここまで飛んできそうだ。深く突っ込んで考えると危険な気がするから、あのカップルはあまり意識しないでおこう。

やがて、「お待たせしました」と爽《さわ》やかなスマイル付きで、頼んだモンブランと紅茶がやってきた。「ごゆっくりどうぞ」という言葉に、会釈《えしゃく》を返す。

大きすぎず小さすぎないモンブランは、上にのっている丸々とした栗《くり》が目立つ。たっぷりのマロンクリームにしっとりしたスポンジが絶妙な舌触りでおいしい。チョコで作られたスティックをつまみ、ポリポリ食べた。その間も、脳内は企画内容でいっぱいだ。

主演女優の実年齢は、二十三歳。私より五歳年下の彼女は、美人！　というよりも、清楚《せいそ》で可愛らしいイメージだ。女子高生の制服が未だに似合うと断言できる、美少女という感じ。

年齢的には大人のラブストーリーが演じられる歳だけど、いきなり上級者向けの恋愛ものはハードルが高すぎる気がしないでもない。しっとりしたラブストーリーなんて、二十代後半か三十代に入ってから挑戦しても遅くはないと、私は思う。

「要は学生のイメージから社会人のイメージにさせたいってことだよね。年齢と大人を意識した作品で新たなジャンルに挑戦、ってことだもんね」

それならやっぱり、恋愛色が濃厚なものよりは、軽い話から徐々に慣れていった方が、ファンも安心なんじゃないだろうか。

「というか、今さらだけど。恋愛ものの描写って、どこまでを望まれているんだろう……」

白磁《はくじ》のティーカップに口をつけて、息を吹きかけながら思わず呟《つぶや》いてしまう。

普通、ラブストーリーでキスシーンのひとつもなかったら、見ててがっかりするよね？　ただの恋愛ごっこかよ！　って思われる。

リアリティがなくてつまらないと言われるものは、作りたくない。

となると、やはりある程度、恋愛の核に踏み込んだ話を書く必要があるわけで。でも、私にはそれを考えられる経験値が圧倒的に足りないわけで……

「あ、ああ～……悩むっ」

なかなか出口が見えない迷宮に迷い込んでいる気分だ。ぐるぐると思考が渦巻《うずま》く。

恋する女性のキラキラした顔を見れば、少しは自分も恋愛してる気分に浸《ひた》れるかと思ったが、人はそう簡単には変われない。

恋愛運のおこぼれがもらえるわけでもなく、私のメモ帳はボツネタにバッテン印がついて、ぐちゃぐちゃになっていくだけだ。

これ以上の収穫は得られそうにないと判断し、私はケーキ皿とティーカップを空にしてから、部屋に戻った。

◇◆◇

ホテルのエステでヘッドスパを受けて、いろいろ凝《こ》り固まっている頭を柔らかくしてもらっただけで、今回は帰宅した。

ネタ探しを兼ねてホテルに泊まりに行ったが、収穫はあったのか悩むところだ。むしろ自分がいかに恋愛に無関心だったのかを思い知らされた気がする。

帰宅後、メールをチェックしてから、買って来た数冊の雑誌をコーヒーテーブルに積み上げた。最新のデート情報や、男女間のあれやこれが載っている、お役立ち雑誌だ。

積極的にネタを探さないといけないので、今まで無縁だった雑誌も初めて購入した。人で溢《あふ》れる往来に行くと想像力が掻き立てられることも多いけど、残念ながら今回はそうあっさりとはいかなかった。おいしいネタは、簡単に落ちているものじゃない。

でも、日向さんとたくさん会話できたことは、ラッキーだったかもしれない。

いつもスーツをすらりと着こなして、見るからにできる男のオーラを放つ日向さん。彼はどこから見ても隙ナシで、美形だ。彼の笑顔に見惚《みと》れて、ぽうっとなった女性客を見かけたことは何度もある。

「やっぱり、トキメキだよね。相手役は日向さんみたいな男性が好ましいか」

仕事ができて、かっこいい男性。ヒロインの相手役にふさわしいじゃないか。ダメ男が相手役なんて、彼女のファンも望んでいないはず。

「でも、エリートビジネスマンでイケメンだけじゃ、弱い……。そんなありきたりな話は面白味《おもしろみ》に欠けるしなぁ～」

なにかもっとインパクトのある特徴があった方が、面白いかも。いや、ラブストーリーにギャグ要素は求めてないんだけど。でも、ラブコメディーはいいかもしれない。

仕事が関わる話とすると、無難に社内恋愛か。上司と部下、はたまた他部署の同僚との秘密の恋……。それも萌えそうだが、何故かいくつか練った設定のどれもピンと来なかった。

私がまだＯＬだった頃の記憶を掘り起し、憧れの先輩（♂）と可愛い後輩（♀）の社内恋愛劇を思い出してみたが、そこにモデルになりそうな要素はない。

「秘密の関係とかは定番だけど、そこに〝禁断の〟とかがついちゃうと、一気に昼ドラ的な……」

一応、この企画は昼ドラではない。ほっと一息つける時間帯、夜の十時を予定しているんだとか。

どっかに、いいネタを持ってる人はいないのか。

唸《うな》りながらぱらぱらと雑誌をめくれば、プロポーズ特集が載っていた。どんなシチュエーションでのプロポーズに憧れるかという記事のほかに、理想の男性像や、恋愛相手と結婚相手に求める条件、つい夢見てしまう恋愛はどんなの？　などなど。思わず雑誌を持つ手に力が入った。

『恋愛と結婚は当然、別物。彼氏なら多少目を瞑《つむ》れるけど、夫なら求める条件は厳しくなる。（三十一歳、営業）』

『結婚相手に求めるのは、安定した収入。顔や身長は二の次。（二十九歳、ＳＥ）』

『酒癖やギャンブル癖がある男性は絶対に×。また、お金の価値観が一致しない男性との生活は、苦労する。（二十六歳、事務）』

すごい。皆さん、結婚観はなかなか現実的だ。

だが、恋愛するなら、多少冒険してみたい願望もある。憧れる出会いは、結構、過激なものも多い。

芸能人とお忍びデートがしたいとか、大好きなバンドの楽屋に招待されて、メンバーに一目惚れされてみたいとか。

中にはワンナイトラブでもいいから、遊ばれてみたい！　なんてつわものもいらっしゃる。

でも、ここで述べられている理想に共通しているのは、「運命の出会い」だった。

「運命を感じられる出会いに憧れるのか〜。女の子はやっぱりそういうの、好きだよね」

自分がそれに当てはまるかどうかは、ちょっとよくわからないが。でも、つい夢見てしまう気持ちはなんとなく理解できる。

現実では滅多にありえない出会い。でも、もしそんなことが起きたら？　きっと、心ときめかずにはいられないはずだ。

ドラマや映画の中に、彼女たちは理想を求めている。

いつもと同じジャージ姿で、私は気合を入れた。

「よし、ギリギリまでネタ探し頑張ろう！」

自分を含めて、見た人が少しでもこんな恋愛がしてみたい、そう思えるようなドラマになればいいなと、漠然と思った。

◇◆◇

約束の打ち合わせの日まで残り一週間ちょっと。ネタ帳は厚みを増したが、私の中ではさっぱり方向性が定まっていなかった。

出版社、お菓子業界、レコード会社、商社、証券・金融会社、旅行会社……

様々な業種や業界をリストアップしたが、未だに主人公と相手役がどんな職種に就いているのかさえ、決まっていない。というのも、私が面白そうだと感じた業種は、既に別のテレビ局が同時期に放送する予定のドラマと被っていたり、数年前に大人気だったドラマと同じだったりしてしまうのだ。

あとは予算の問題もあるので、あまりコストがかかりそうな設定は選びたくない。

「手に職系も悪くはないんだけどね。美容師見習いとか、メイクアップアーティストとか」

メイクさんとモデルの恋物語というのも、なかなか面白そうではある。もちろん、双葉梓がメイクアップアーティストの方だ。

「一応、候補に入れておくか」

ネタ帳に新たなカップリングを追加して、今日もネタ探しのため、街へ赴《おもむ》いた。

美術館に寄った後の帰宅途中、とあるブティックの前に人目を惹《ひ》く若い男女がいた。

上品なワンピースに身を包んだ女の子は、二十代前半だろうか。明るすぎないブラウンのストレートのサラサラな美髪に、視線が奪われる。

うわ～超綺麗。枝毛なんてなさそう。少し動くたびに、髪がシャランと効果音を奏《かな》でそうだ。

思わず自分の髪を手で触ってしまった。中身はオジサンの私だが、外見は一応見苦しくない程度には気を遣っている。髪を染めるのは面倒なのでナチュラルな黒髪だけど、日に翳《かざ》すと少しこげ茶に見えるから重くない。今はミディアムロングの髪を、バナナクリップでまとめていた。

ふたりは、なにやら静かに揉めていそうな空気をかもし出している。痴話《ちわ》げんかかしら？　と思いつつ、あまりじろじろ見るのも失礼なので隣をそっと通りすぎようとしたら、突如伸びて来た手に行く手を阻《はば》まれた。

「えっ？」

目線を向ければ、そこには見覚えのある横顔が。高い鼻梁《びりょう》に、綺麗にセットされている黒髪。身長が百六十七センチある私よりも、十センチは高い位置にある頭。骨ばった手に、上質な黒のスーツ。私は思わず目を見開いた。

「これから彼女と食事の約束をしているので。……行きましょう」

「え、えっ？」

その男性は、あのホテルマンの日向さんだった。

こうして私は、訳もわからないまま、彼に連れ去られる羽目になってしまった。

「突然、驚かせてすみません」

レストランの向かい側の席に座った日向さんは、申し訳なさそうに頭を下げた。

「い、いえ！　特に用事もないので。帰ろうかと思っていたところでしたし……」

そう言うと、日向さんはどこかほっとした様子になった。なんとか社交的な笑みを浮かべている私は、内心、動揺を抑えるのに必死だった。

街でばったり美男美女に遭遇したと思ったら、いつの間にか巻き込まれていました——なんて、まるでドラマみたいだ。

手首を握られて連れ去られ、彼女の姿が見えなくなると、すぐに日向さんに頭を下げられた。突然無礼なことをして申し訳ない、よろしければお詫びに食事に誘いたい、と。

食事なんてお構いなく！　と遠慮したが、彼は頑《がん》として譲らなかったので、結局戸惑いつつも承諾した。なにが食べたいかと訊《き》かれ、咄嗟《とっさ》に思いついたのが焼き鳥だったが、お高そうなスーツに焼き鳥の匂いをしみつけさせたらまずいと脳内で却下する。

誰かと食事に行くと、最近じゃもっぱら居酒屋だった。それも、安くておいしくて、お酒の種類が豊富なお店。だからオシャレなレストランなんて、獅子王グランドホテルくらいしか思いつかない。

「好き嫌いもアレルギーもないですし、本当になんでも……」

そう答えたら、私ひとりじゃ絶対選ばないような、オシャレ～な空間のイタリアンレストランに連れて来られた。

すぐに席に案内され、オススメのワインなどを日向さんがウェイターに尋ねて、その後、前菜を頼んだ。

メインはウェイターが告げた今日のオススメの中から選ぶことに。

あの、メニューに値段が書いてないんですけど……

大丈夫か、この状況。確か財布にはまだ諭吉《ゆきち》さまが入っているはずだから、なんとかなる……はず？

お酒は飲めるかと訊《き》かれて頷くと、ほどなくして赤ワインのボトルがやってきた。見るからに高級そうなそれは、一本いくらするのだろう。

未だにこのいきさつのまともな説明がないまま、ワインを勧められて一口飲んだ。芳醇《ほうじゅん》な味わいが口に広がり、うまいっ！　と声が出そうになる。

実際にはなにも言わなかったのだが、私の表情を的確に読み取ったらしく、日向さんはくすりと微笑んだ。

「お口に合ったようで、よかったです」

美形に真っ直ぐに笑いかけられると、芸能人を見慣れてイケメン免疫《めんえき》が多少はついているはずの私でも、顔が赤くなりそうになった。なんとかこらえつつ、正直においしいとワインの感想を告げる。

そして一拍後。日向さんは今日何度目かの謝罪をした。

「強引に誘ってしまって申し訳ありません。お見苦しい光景も見せてしまいましたね」

　お見苦しい光景とは、美男美女が静かに睨み合っていた場面のことだろうか。あれはある意味、眼福《がんぷく》だった。相手の女の子、めちゃくちゃ可愛かったし。

「えっと、失礼ですが、なにかトラブルだったんですか？」

　たまたま通りすがった私を巻き込むくらいだ。どうしてもあの場から離れたかった訳があったんだろう。差し支えのない程度にでも教えてもらえたら、私も自分がここにいる理由を納得できるかもしれない。

　日向さんは軽く嘆息して、柔らかな微笑に苦さをまぜた。

「トラブルと言えば、まあそのような類《たぐい》でしょうか。大したことじゃないのですが、彼女は時折現れては、いろいろ質問攻めしてくるので」

「えっ？　それってまさか、ストーカー……？」

　苦笑した日向さんは、首を横に振った。どうやら似ているけど違うらしい。先ほどはそのストーカー未満さん（？）に、交際相手の有無を問いただされていたんだとか。彼女と日向さん、一体どんな関係だ。

「近しい知人からの追及に疲れていたところに、私がタイミングよく現れた、んですか？」

「ええ、気づいたら咄嗟《とっさ》に手首を握ってました。申し訳ありません」

またまた謝罪をされて、私は慌《あわ》てて片手を左右に振った。

「先ほども言いましたが、私はまったく気にしていないんで。本当、お気になさらず！」

自分がなにかされたわけでもない。

細かい事情はわからないが、まああまり深く尋ねるものじゃないだろう。顔見知り程度だったホテルマンの彼とこうして食事をしているのは、些《いささ》か奇妙というか、不思議な気分だが。

食事が運ばれてきて、会話が一時中断する。

本日のオススメメニューである、仔牛《こうし》のソテー、ポルチーニソースかけ。そしてサイドには乾燥させたトウモロコシの粉を水やバターで煮込んだもの――ポレンタというらしい――が綺麗に盛られている。色鮮《あざ》やかなトマトのマリナーラソースが、黄色のポレンタにかかっている。ポルチーニ茸《だけ》の匂いに、食欲が刺激された。めちゃくちゃおいしそう……。焼きたてのガーリックブレッドに、このソースをかけてもおいしいかも。

同じメニューを頼んだ日向さんに、「いただきます」と声をかけてから、ナイフとフォークを手に取った。

「おいしい。仔牛《こうし》は柔らかいし、ソースも濃厚。このポレンタっていうの、初めて食べましたけど、食感がねっとり、ぽってりしてて、トマトソースによく合いますね」

おいしいを連発してにこにこしていると、日向さんが嬉しそうに微笑んだ。

「イタリアの北部の料理ですね。地方によっては、パスタよりも好まれているんだとか」

へえ～、そうなんだ。

流石《さすが》ホテルマンだ。注文にも会話にも、そつがない。お客様の質問に答えるために、多岐にわたる情報を頭にインプットしているのだろう。

「獅子王グランドホテルにも、イタリアンレストランって入ってますもんね。あそこでも、このポレンタってありましたっけ？」

訊《き》けば、日向さんは苦笑した。

「残念ながら、うちのシェフは南出身なんですよ。北の料理よりも、南イタリアの料理を多くメニューに載せているのですが。でも、朝比奈様がそんなに気に入られたのでしたら、ぜひうちでも提供したいですね」

おお、それは嬉しい！　思わず顔がほころんだ。

が、うん？　ちょっと待って。

「日向さん、あの、今は宿泊客じゃありませんし、私相手に様とかはいらないですよ？」

一瞬聞き流してしまいそうなほどさらりと呼ばれたけど、こんなところで様付けは恥ずかしい。

ですが――と渋る日向さんに、「普通でいいですから」と念を押し、とりあえず無難にさん付けで呼んでもらうことになった。

プレートのお肉が半分もなくなる頃には、私はすっかりくつろいだ気分になっていた。最初の緊張感はどこへやら。日向さんとは、普段以上に早く打ち解けられた気がする。家の外なのに、いい感じにほろ酔い気分に浸《ひた》れるのがその証拠だ。仕事関係や初めての人とお酒を飲むときは、私はほとんど、酔っ払わない。

流石接客業、というべきか。日向さんは相手を退屈させない話術と、さりげない心配りのスキルをお持ちだった。お水が減ったのにも気づき、すぐに目配《めくば》せしてウェイターを呼んでくれるなんてことはザラだ。なんていうか、隙がない。

人好きのする微笑みに、ていねいな口調。相手に警戒心を抱かせない空気は、彼の武器だろう。この人がメーカーなどに勤めて営業に配属されたら、すぐにトップセールスマンになりそうだ。

ドラマの相手役、エリートビジネスマンで彼みたいなイメージはやっぱりいいかも――飲みながら、つい思考が仕事へと傾いた。

食後のデザートにティラミスを食べる。日向さんはコーヒーだけ。私はもちろん、女の子ですから別腹がある。あんだけ食べたのにまだ入るのか……と呆れたり感心したりといった様子が日向さんからは感じられないので、堂々と食べてしまった。まあ、驚かれてもパクパク食べるけど。

思いがけず居心地のいい時間をすごせたため、私はすっかり彼への遠慮がなくなっていた。

「日向さん。もしなにか困ったことがあったら、私でよければ力になりますので。お役に立てることがあったら言ってくださいね」

こんなこと、普段自分からは絶対に言わない。基本、自分のことで精一杯な人間が、他人の世話など焼けるはずないと思ってるからだ。

でも、彼の話が面白くて、いろいろと興味を惹《ひ》かれてしまい、つい気まぐれが発動したらしい。

仕事の関係者ではない彼と、もう少しプライベートな会話を楽しみたいとも思ってしまったんだろう。

私の言葉を聞いた日向さんは少し驚いた後、ふわりと破顔し、優しく目尻を下げた。

「ありがとうございます。それでしたら、また私の食事に付き合っていただけますか？」

「ええ、もちろんですとも！」

そんなことならお安い御用だ。彼ならおいしいレストランをたくさん知ってるだろうし、私にとってもありがたい話だ。

あ、でももう少しこう、オシャレ度が低いというか、ナイフとフォークを使うお店じゃなくて、庶民的な小料理屋さんなんかにも行きたいんだけど……。ビールか日本酒がおいしく飲めるところなら、なおよし。

一般的な女の子なら、いい感じにムードのあるレストランに行きたがるのだろうけど、私はサラリーマンのおじさまのたまり場的なところで飲むのが好きだ。

「朝比奈さんのお仕事の都合もありますし、やはり平日は難しいでしょうか」

ふと思いついたふうに言われ、私は首を左右に振った。

「いえ、基本いつでも大丈夫です。私は会社勤めじゃなくて、フリーランスで働いてるので。比較的時間の都合はつくし、自由なんですよ」

自由ではあるが、いざドラマの企画が始動したら忙しい。それこそ、いつ呼び出されるかわからないほどに。急に監督から書き直しの指示が入ることがあるので、時間が読めなくなるのだ。今はちょうど一段落ついて新たな企画にお呼ばれされたところだから、多少のゆとりはある。

「フリーランスでお仕事をされているんですか。それは、お忙しいのでしょうね」

「時期によりますが、今は大丈夫です」

ええ、一応まだ。今後の忙しさは、私の筆の速度と、話の面白さにかかっている。面白くなければ面白くないほど、ダメ出しされて直しを要求されるのだ。

日向さんは、私がなんの仕事をしているかなど、深入りしてくることはなかった。それは正直言って、助かったと思う。

脚本家やってます、なんて言ったら、どんな作品を作っているのかとかも言うことになりそうだ。それはちょっと、照れくさい。

実は私が脚本家をしていることは、限られた人間にしか教えていない。仕事の関係者以外では、家族を除くと、学生の頃からの親友がひとりと、前の職場で仲よくなった友人ひとりのみが知っている。脚本家業に専念したいから会社を辞める、なんて、前の会社を退職するときに当然言わなかったので、元上司も知らないのだ。

きっと日向さんにはデザイナーとか、広告関係の仕事とかと思われているんだろう。フリーランスと言って、普通の人はそういう発想をすることが多いみたいだし。

化粧室に行って戻ってきたら、会計は全部済まされた後だった。手際のよさに感心する。なんというか、女性のエスコートに慣れた大人の男性だ。

ごちそう様でした、と頭を下げると、日向さんはにっこり笑いかけてくれた。

「おいしそうに食べる女性との食事は、楽しかったです」

彼の口調から、今までお付き合いしてきた女性たちは、体形を気にして食べる量をセーブしていたのかもしれないな、と感じた。

こんなにおいしい料理を全部食べないなんてもったいない。

「ご自宅までタクシーで送りましょう」

「いえいえ、電車まだ動いてますし、大丈夫です」

日向さんの厚意を辞退して、ふたりで駅に向かった。別の線なので、その場でおやすみなさいと挨拶《あいさつ》をかわし、彼と別れた。

帰宅ラッシュが少しおさまった時間帯、運よく空いていた席に、どっこいしょっと座る。

スマホを手に取り、ディスプレイを見つめた。視線の先には、先ほど交換した日向さんのメールアドレスと、電話番号がある。

家族や仕事関係以外の異性と連絡先を交換したのって、いつ以来だろう。少なくとも、記憶に残っていないくらいは昔だ。

なんだかくすぐったい気持ちのまま、私は自分の城へと帰宅した。


部屋着のジャージに着替え、ビールを冷蔵庫から取り出した。ぷしゅ、と聞き慣れた音を耳にしつつ、立ったままぐびぐび呷《あお》る。そして「ぷはぁー」と呟《つぶや》いてから、「よっこいせっ」とソファにあぐらをかいた。

「今さらだけど、私いつから、よっこいせとか、どっこいしょとか言うようになったの……」

くしゃみも可愛く「くしゅん」なんてものじゃなく、豪快《ごうかい》に「へっぷしゅん！」だ。

明らかに日々、オジサン化が加速している。

……おかしい。若者が思わず憧れてしまうような恋愛ドラマを書く気でいるのに、本当にこんな残念女子である私が、乙女思考になれるのだろうか。

考え始めると止まらない。服装から言動まで、自分のすべてが乙女とかけ離れた存在に思えてきた。

ネタ帳とにらめっこするのも、今日何度目だろう。私は深いため息を吐《つ》いて――はたと気づいた。

「うん、無理だって。知らないのに知ったかぶって、恋愛のエキスパートっぽい話なんて書けるわけないんだよ」

どう頑張ったって、こんな私が書いた話はどこかで読んだような王道ものになるか、嘘くさいものになるだろう。視聴者が求めているドキドキ感は、そんなありきたりなものでは満たされないはず。

ならば、私が無理してラブロマンスを専門としている先輩方を、真似《まね》る必要はないのでは？

「むしろ私っぽい主人公でいいんじゃないの？」

自分のありのままを投影したかのような、ヒロイン。

恋愛下手の初心者で、恋する気持ちがいまいちよくわからない、働く女。

気づけばそろそろ結婚適齢期。周りの結婚ラッシュに押され気味で、置いてけぼり感を食らいつつ、自分ではどうもアクションを起こせない。そんな私のそっくりさんなら、私でも書ける。だってモデルは自分だし。

「となれば、相手役だよね。さっきまでは日向さんみたいなできる男で、って考えてたけど、もういっそのこと、日向さん本人でよくない？」

今日のことで、日向さんの新たな一面を知ることができた。びっくりしたけど、ありがたいハプニングだ。

エリートホテルマンで、歳は三十前後。身長は目測だけど、百八十センチはありそう。均整の取れた体形に、パリっとしたスーツ姿。スーツが似合う男は、それだけでかっこよく見える。いわばスーツマジックだ。まあ日向さんの場合は、もともとすごく素敵だから、その魅力は神レベルだけど。

「ふたりともホテルで働いてるんだと、あからさますぎるかも？　じゃ、相手がホテル勤務ってことで、主人公は別の職種に就かせて～」

ああ、そうだよ、この感覚だよ。

楽しくてわくわくしてくる高揚感。書きたい！　新しい世界を作りたい！　と強く思う気持ち。

ずっとうんうん唸《うな》っていたのは、やはり自分がいまいちと感じていたからだろう。書く本人が楽しくないのに、見る人が楽しい作品を作れるはずがない。

パソコンの前に座り、文字を打ち始めたら止まらなくなった。

次々と情景が浮かび、会話が生まれてくる。主人公と相手役の名前が決まれば、作品の世界が作り出されるのも早い。

一通りの登場人物と、話の流れを大まかに書いたプロットをまとめたとき——気づけば、もう翌日の朝を迎えていた。

データを保存し、あくびをかみ殺す。やばい、書き上げた途端に眠気が……

「見直しは起きてからにしよう」

バリバリに凝《こ》った肩と首をストレッチさせてから、私はジャージのままベッドに潜り込んだ。

◇◆◇

打ち合わせ当日。私はテレビ局の見慣れた会議室に来ていた。

書き上げたプロットを数日前にメールで送っていたので、集まったメンバーに内容は伝わっている。細かな調整や意見を交換するために、私は今日この場を訪れていた。

「当初はしっとり大人向けのラブロマンス、という要望だったけど、あんたからプロットが送られてきたあとで、双葉梓の事務所側が実はやっぱり……って言い出してきてね。

大人っぽいものはもう少し待って、今はまだラブシーンが少なめで明るいものに路線を変更したいっていう。あんたの作ってきた話を、どうやって持ち出そうかと思ってたところだったから、タイミングよかったわ〜」

見た目イケメンなのに、口調も仕草も完璧オネエな恵さんは、近所のおばちゃんのように私の肩をバシンと叩いた。細身だけど男性。地味に痛い。

じんじん痺《しび》れる肩をさすりながら、相変わらずテンションの高い恵さんを見やる。

「で、どうでした？　向こう側の感触としては」

「奈々子先生がこんな話を提案してきていますって持ち出したら、かなり好感触だったのよ。軽快なテンポのラブコメ系が欲しかったみたい。なにより双葉梓本人が〝面白そう！〟と乗り気なんですって」

「そうですか。それは安心しました」

ふう、と心の中で、額《ひたい》に浮かんだ汗を拭《ぬぐ》い取る。話と違うじゃないの！　と言われること覚悟で出した案だったが、意外にも受け入れられたらしい。

「まあ、ざっくりとした話の方向性はこんな感じでと、あちらの事務所とは話しているんだけど。あんたたちはどう思う？」

彼はその場にいるスタッフに意見を訊《き》いた。基本カジュアルな格好の彼等は、大体が私と同年代か下かで、私としてもやりやすい。

私が提出した恋愛ドラマ案は、こうだ。

『そこそこ売れてるＢＬ漫画家（または小学生向けの少女漫画家）のもとに、とある企画物の漫画依頼がくる。それはなんと、現代日本人の恋愛離れや深刻な少子化に危機感を抱いた政府が、極秘で出版社に相談したというビッグ・プロジェクト。思わず恋愛がしたくなるような漫画を描いて出版して欲しいというものだ。その白羽の矢が当たったのが、主人公。懇意《こんい》にしている漫画雑誌の編集長に、この仕事を引き受けてくれと頼まれた。

が、実はＢＬ（少女）漫画家は三次元で恋をしたことがないので、いろんな意味で無茶だ。一応男女の恋愛を描いたことはあるが、必死で調べてなんとかやっただけ。男同士のカップリングには萌えるのに、現実の主人公の脳は、残念な腐り具合。

その後、アシスタントの女の子たちも巻き込んで、恋愛探しの旅が始まる。

恋とはなに？　リア充って二次元だけじゃないの？

そんな自分の恋にはさっぱり疎《うと》い彼女が、ある日エリートホテルマンに出会う。そしてさらに、タイプの違う数名のいい男にも。

彼らとかかわりつつ、脳内で腐れ展開を妄想する主人公。

果たして彼女は、無事に企画の漫画を描き上げられるのか？

恋するトキメキを徐々に知り、その気持ちを反映させた漫画が完成されるまでの話。

基本、ラブコメディ』

これについて意見をつのれば、次々とメンバーから声が上がった。

「主人公が普通の会社勤務じゃなくて、漫画家って面白いかも」

「相手役がイケメン紳士なホテルマンですか。確かにホテルのフロントって、かっこいい男性多いですよね～」

「この、根底にあるのが少子化問題や、若者の恋愛離れってところも現実味があっていいですね。〝恋がしたくなる恋愛漫画〟の企画を依頼された主人公が、恋愛初心者でさっぱりわからんって苦悩するの、ラブコメっぽい」

「だけどバックに政府ってのが、現実離れしていてドラマっぽいから、視聴者に見せやすいですね」

実に好意的な感想をいただけて、くすぐったい。私は照れ隠しのために、ブラックコーヒーを一口啜《すす》った。

若い彼等の間で飛び交う意見を聞きながら、私からもひとつ、気になっていたことを尋ねた。

「恵さん。正直なところ、梓ちゃんはなんて？　ここではＢＬ漫画家が前提なんだけど」

オタクで腐女子。基本、脳内の思考が残念。大人の恋愛に疎《うと》い少女漫画家よりも、男女の恋に疎いBL漫画家の方が面白そうと思い、あまり知りもしないのに調子に乗っちゃったんだけど……

「ああ、ゲラゲラ笑ってたらしいわよ。しかも、『私、BL大好きです！』とか、衝撃的なカミングアウトまでしてたって」

マジで？　すごいな、梓ちゃん。

私は別に腐っているわけではないんだけど、あの美少女がBL好きだったのは驚きだ。

「嫌だと言われたら、無難に小学生女子向けの少女漫画家にしようと思ってたけど。本人が乗り気なら大丈夫ですかね」

「マネージャーは最初、イメージ崩れるとか言ってたけど、本人が構わないって言うから。結局、事務所としてはオッケーらしいわよ」

梓ちゃん、ある意味頼もしいな。

「で、恋がなにかって模索しながら、数々の男に出会う話になるわけね。一応、ヒロインの恋の相手役は、一番初めに出会ったホテルマンってことでいいのかしら？」

「その予定です」

今のところはね。

「この恋愛漫画企画を持ってきたお役所の人とも、いい感じに接近したら、おいしそう！」

萌ちゃんが呟《つぶや》く案も、すかさずホワイトボードに書かれていく。

気づけば先ほど盛り上がっていたメンバーは、しっかり仕事をしていた。出て来た案をボードに記録していたのだ。流石《さすが》、恵さんの部下。有能である。

打ち合わせは大いに盛り上がり、基本の方向性はこのままでということで、企画案は通ってしまった。

テレビ局を出た帰り道、あんなに悩んでいたのが嘘のように、私は清々《すがすが》しい気分で電車に乗った。

時刻を確認すれば、まだ夕飯には少し早い六時前。たまには外でラーメンでも食べて帰ろうかな。

自宅の最寄り駅より数駅前で降りたところで、タイミングよく電話がかかってきた。

「え、日向さん?」

どうしたんだろうと疑問に思いつつも、電話に出る。

「はい、ま……朝比奈です」

間違えた。先ほどまで麻々原奈々子として仕事をしていたから、ついそう言いそうになった。

気持ちを切り替えて朝比奈潤として対応すると、日向さんは不審に思うこともなかったようで、普通に話し始めた。

『朝比奈さん、お久しぶりです。先日はありがとうございました』

「いえ、こちらこそ！」

あなたのおかげでいいアイディアが浮かびました。感謝感謝。

『いきなりですが……。もし、お時間が空いてましたら』

内心で拝んでいたら、日向さんに今夜食事に行かないかと誘われた。

「えっと、はい、大丈夫ですよ。私でよければ」

一瞬戸惑ってしまったが、彼との話は楽しいし、いいインスピレーションが湧いて来るかも知れないと思い、了承した。

脚本家は、積極的に外に出て、いろんな人の話を聞かなければ。そうやって先輩方も、話のネタを掴《つか》んでいるのだし。

「では、七時半に」と約束を交わして、電話は切れた。

和食は好きかと問われたので、もちろん好きだと返したから、きっと今夜はイタリアンではなく日本食になるんだろう。

「ラーメンは、今度ひとりで食べに行くか」

待ち合わせまで一時間半。こうしちゃいられない。

ちょうど駅にいたこともあり、私は急いで電車に乗って、自宅へ着替えに戻ったのだった。

どこに行くのかと思ったら、連れて行かれたのは老舗《しにせ》のうなぎ屋さんだった。賑《にぎ》わっている店内は趣《おもむ》きがある。歴史を感じさせる飴色《あめいろ》の柱に触ってみれば、とても掌《てのひら》になじむ感触だった。

◇◆◇

誘ってくれた日向さんだったが、食事を始めて少ししたところで、携帯に連絡が入った。急に仕事で呼び出されてしまい、結局、食事の後でホテルへ戻った。今回も御馳走《ごちそう》になってしまったので、次回は私が！　と別れ際に言うと、日向さんは逡巡《しゅんじゅん》したものの、柔らかな紳士スマイルを見せた。

『それでは、次は朝比奈さんのオススメのお店に連れて行ってもらいましょうか』

『もちろんです。楽しみにしててください！』

当然、支払いも私が持つからという意味を込めた。次こそは私が御馳走しようと、にやける頬を引き締めながら帰宅する。

が、ちょっと待って。彼に紹介できるような場所、私知ってた？

……庶民的な店しか知らない。

居酒屋のチェーン店なんて連れて行ったら、それこそ注目を浴びて大変だろう。今日だって、一緒に食べてるだけで、周囲の視線がビシバシと……

芸能人でもないのにあれだけ見られるとは、イケメンって大変だ。

お風呂に入りながら、先ほどのうなぎ屋さんでの日向さんとの会話を反芻《はんすう》する。

脳内メモは、彼が話したネタでいっぱいだった。

彼はこの仕事に就いてから、ホテルに泊まると、どうしても仕事目線になってしまうそう。

従業員の接客の仕方、アメニティなどのサービス、レストランで出されるメニューなど、気になってたまらないという。

そういうわけで、ホテルにいるとあまりリラックスできないため、旅行に行ったらほぼずっと外出して動き回り、本当に寝るためだけにホテルは使用しているらしい。

なるほど〜。つい仕事と関連付けて、調査している気分になっちゃうのね。

これはちょっと使えるかも？　一緒に旅行に行ってるのに楽しめない相手役と、それが気になる主人公、とか。

これらを参考にして、細かい台詞《せりふ》の調整に使おう。

が、なにかが少しだけ胸に刺さった。

「私、完璧、日向さんをネタ目的に使ってる……よね」

口に出すと、じわじわと申し訳なさがわき上がってくる。針でチクチクと刺されているみたいだ。

うわ、良心の呵責《かしゃく》が……！

純粋に彼と会うのは楽しい。でも打算が入っていることも事実だ。

口までお湯に浸《つ》かり、ぶくぶくと泡を立てた。お湯が鼻に入る前に、勢いよくバスタブから出る。

「申し訳ないけど、もう企画は動き始めてるし、後戻りはできない。次会うとき、正直に言おう」

実はあなたを、主人公の相手役のモデルとしたドラマ作ります。もう動いてます、すみません！

潔《いさぎよ》く頭を下げる自分を想像する。私が謝るのは構わないが、ドラマになると明かすのは、なかなか勇気がいるぞ、これ……

誰だって、いきなりモデルにしてますとか言われたら嫌だよね……。もちろん、名前はまったく違うものにするし、誰も日向さんがこの役のモデルとは気づかないはずだが。

でももう、日向さん以外を相手役になんて思えない。主人公が最終的に恋に落ちるのは、彼がいいと思ってしまう。ほかの人ともいろいろあるかもしれないが、私の中では決定事項だ。

「ネタにすることは謝って、堂々と使わせてもらおう」

図太いなと自分でも思いつつ、私はお風呂から出た後、早速、日向さんを誘える店をネットでサーチし始めた。

それから間もなくして、日向さんをちょっとオシャレな中華レストランに誘った。本当は居酒屋とかに行きたいのだが、人目を気にせず落ち着いて話せるお店を恵さんに訊《き》いたら、ここを教えられたのだ。ネットは情報が多すぎて、結局いい店を選べなかった。お値段もお手頃で、味も絶品らしい。隣の席とも適度にスペースがある。

恵さん、素晴らしいチョイスです。ありがとう！

「ここは小籠包《しょうろんぽう》が一押しなんですって。日向さん、なにか好きなもの、ありますか？」

「そうですね、このエビ餃子《ぎょうざ》もおいしそうだ」

「おこげのスープもありますね。あ、この高菜《たかな》と豚肉がのった麺《めん》もおいしそう」

「それも頼みましょう」

私が真剣に選んでいるのが面白かったのか、日向さんにくすりと笑われてしまった。食い意地が張ったやつと思われたかも……なんて、普通なら恥ずかしがる場面だろうが、私はそんな女の子らしい恥じらいは持ち合わせていない。

注文後、ほどなくして小籠包が現れた。蒸籠《せいろ》に入って出て来た小籠包は、一口サイズで食べやすそう。

箸《はし》で慎重につまみ上げ、蓮華《れんげ》に移す。熱々であろうそれに数回息をふきかけて、ぱくり。

じゅわりとした肉汁が薄い皮から溢《あふ》れ出てきて、おいしさのあまり目を見開いた。

「お、おいしい……」

肉汁ジューシー！

これは絶品だ。恵さんが太鼓判を押すだけある。

日向さんも満足そうな顔をしている。

「久しぶりです、こんな小籠包《しょうろんぽう》は」

よかった、お気に召したようだ。

まずは第一関門クリアだ。おいしい食事で心を開かせてからの、カミングアウト。気が乗らない話は食事の後にして、今はおいしく食べよう。

その後出て来たエビ餃子《ぎょうざ》は、エビがぷりっぷりで、酢醤油《すじょうゆ》とよく合った。また、高菜《たかな》と豚肉の麺《めん》も、あっさりしたスープが胃に優しい。

ふたりじゃ多いかと思われた量は、いつの間にかすべて空になっていた。

ジャスミン茶を啜《すす》りながら、食後の休息。またここに食べに来ようと思いつつも、私はいつ謝罪を切り出すべきか悩んでいた。

ちらりと目線のみで、目の前に座る日向さんを見やる。

きっちりとダークカラーのスーツにネクタイを纏《まと》う彼は、どこから見ても完璧な紳士だ。スーツの袖から覗く腕時計のはまった手首と、ジャスミン茶の湯呑み茶碗を持つ骨ばった手がなんともセクシー。男らしい骨が浮き出た手は、なかなかに目を奪われる。

彼の優雅な仕草にしばし見惚《みと》れた後、私は意を決した。

「あの、すみません日向さん」

「はい」

にこりと笑う姿を捉《とら》えた一拍後、がばり、と頭を下げた。

「申し訳ありません……！」

「はい？」

彼の困惑した声をきっかけに、私は顔を上げ怒涛《どとう》のように話し始めた。

「私、実は勝手に日向さんでネタ探しをしてました！　仕事で煮詰まってたときに日向さんと出会って、あのときは特になんとも思ってなかったんですけど、考えれば考えるほど日向さんは理想的だなって思ってしまって、」

「理想的？」

訝《いぶか》しむ声が聞こえる。片眉を綺麗に上げた彼に、「はい！」と体育会系のノリで頷く。

「理想的な、主人公のヒーロー像です！」

気はしない。

ああ、やっぱり怒るよね……。いきなりネタに使ってたとか知らされれば、普通いい気はしない。

「……」

沈黙が流れた。

しかし小さく嘆息した日向さんの口からは、冷静な声が出た。

「ちょっと仰《おっしゃ》ってる意味がわかりませんが。ネタっていうのは？」

ごくりと唾を呑み込み、私は「ドラマです」と答えた。

「すみません、実は私、職業は脚本家をしてまして。新企画を任されたんですけど、今までのジャンルとはまったく畑違いの、ラブロマンス系を書くことになったんです。大人の恋愛なんて、自分にはさっぱり縁遠い世界なので、どんな主人公と相手役がいいのかも見当がつかず、日向さんと食事に行くようになってこんな男性がいいな、って」

「ドラマというのは、テレビドラマですか？」

「はい、そうです」

「そのテレビドラマの男性像について、私からアイディアを得ていたってことですか？」

「はい！」

「そこに特別な感情は込められていない、と」

「？　はい」

ネタ提供者という意味でなら、彼の存在は特別と言えるだろう。だが、特別な「感情」は、別にない。

勢いよくすべての質問に答えれば、無言が返って来た。

沈黙が辛《つら》い。このままなにも言わずにいるのは流石《さすが》に不誠実かと思い、私は再び、すみませんと頭を下げた。が、今度は「ふう」と大きく息を吐いた音が伝わってきた。

う、やばい。怒っていらっしゃる……

目を伏せて視線を泳がせていると、日向さんが動いた気配を感じた。

目線を上げれば、片手でおもむろに髪を乱している姿。

すっきりと、後ろに流すようにセットされていた前髪が、ぱらりと額《ひたい》や頬にかかる。

艶《つや》っぽい黒髪と、その髪をかき乱す姿に、男の色気を感じてしまった。何故か心臓が跳ねる。

そして彼は今度はネクタイの結び目に人差し指を入れて、ぐいっと下げた。

一気に崩された日向さんの姿に、目が点になる。

いや、似合うけどさぁ。むしろ、にこにこ顔が消えた冷静な眼差しとか、ドキッとするほどかっこいいし、周りの女の子の黄色い悲鳴が今にも聞こえてきそうだけども。

何故あなた、そんなことをいきなりするの。

乱れた髪とネクタイで、男性はこんなに印象が変わるものなのかと呆然としていると、ふいに日向さんが目を細めて私を見つめてきた。唇は弧を描いているが、目がまったく笑っていない。

普段、温厚で怒らない人が怒ると怖いというのは、あながち間違いではなかった。

喉の奥でくつくつ笑うその人には、先ほどまでの穏やかな空気が一切ない。彼は黒い笑みを浮かべ、色香が滲《にじ》む声を出した。

「へえ？　なるほど、知らない間に利用されていたというわけですか」

びくり、と肩が震える。漂《ただよ》う緊張感が半端ない。

今までの柔らかな声音《こわね》は、もはや影も形もなかった。

あまりの変化に戸惑っていると、日向さんが私に力強い視線を投げてきた。

「そんなに困っているなら、私が大人の恋愛を教えてあげますよ」

「え……？」

今この人、なんて言った？

「ひゅ、日向さん……？　キャラ、違いませんか」

まさかと思いますが、こっちが素《す》ですか。

人当たりのいい貴公子から、冷徹な皇帝に変化したかのよう。滲み出る黒さに、寒気がした。

「これが本来の私ですが」

まとう気配が違いすぎる！　前のままで、十分私はよかったんですけど――

なんて、咄嗟《とっさ》に言い返すこともできず。私の動きは、彼の捕食者の如《ごと》き日に封じられた。

「知りたいんですよね？　大人の恋愛。ネタに困ってるなら、協力してさしあげますよ」

「大人の、恋愛……」

思わず唾を呑み込んでしまう。

知りたいかと言われれば、当然知りたい。むしろ積極的にリサーチしていかなければならないジャンルだ。それが今回、恋愛をテーマに書く私の試練と言える。

誰かの助言や助力が得られるなら、願ったり叶ったりだ。

私は恋愛のエキスパートだと思われる彼を見つめ返した。

「い、いいんですか？」

「嫌なら言いません」

マジで？　やった！

彼の空になった湯呑みに、熱々のジャスミン茶を注《つ》いでから、私は頭を下げた。

「初心者向けからお願いします！」

ちなみにここでの初心者とは、私の中では小学生向けを意味している。だって今時の中学生、私より進んでそうだし……

ふっと小さく笑った日向さんは、一口ジャスミン茶を飲んで、ことりとテーブルに湯呑みを置いた。先ほど漂《ただよ》っていた重さと黒さは、少しうすれている。

そっと息を吐いた私に、彼が告げた。

「いいでしょう。ただし、見返りにあなたの時間をよこしなさい」

「……時間？」

はて、どういう意味だろう。

すっかり穏やかさがないことへの戸惑いはさておき、私は首を傾げた。

「比較的自由に時間調整できるんですよね？　私の呼び出しには全力で応《こた》えてもらいましょう」

呼び出して、一体なにを要求するつもりで!?

その気持ちが思いっきり顔に表れていたのか、日向さんは「無茶は言いません」と付け加えた。

にやりと笑う顔も美形だな、なんて感想を抱きつつも、信じていいのか迷う。

「どうしますか。やるのか、やらないのか。困ってるのはあなたですよ？」

突きつけられた二択に、私は決意する。ここまで来たらもう、答えはひとつだ。

「よろしくお願い致します」

「ええ。あなたが教えを乞《こ》う側なら、私は講師というわけですね。生徒と塾長みたいなもんでしょうか。私の命令は絶対ですから、逆らったらダメですよ？　潤」

いきなり呼び捨てですか！

なんて動揺する間もなく。なんだかよくわからないうちに、私は彼から男女の恋愛を教えてもらうことになってしまった。

彼の命令に従い、自分の時間を差し出すことを条件に、得た情報を仕事に使わせてもらえるというこの契約。

「恋愛講座、楽しみですね？」

くすりと笑う日向さんの微笑は、表の顔しか知らなかったときからは想像できないほど意地悪で、そして魅力的だった。

第二章

早朝六時。私は近所をひとりでジョギングしていた。

陸上をやめても、日々の運動と健康のために、週三の割合でジョギングを続けている。

自宅の近くには、ちょっとした公園がある。緑がいっぱいで、春には見事な桜が咲くことから、花見にはもってこいの場所だ。この公園まで行って折り返すのが、私のジョギングコースだった。

早朝でも人通りは多い。私と同じくジョギングや犬の散歩を楽しむ人たちだ。

「おはようございます」

「おはよう、今日もいい天気だね」

顔見知りになった彼らと挨拶《あいさつ》をかわし、時折、連れている犬に触らせてもらう。

気分転換にもなるし、健康にもいいし、なにより走るとリラックスできる。私はやっぱり身体を動かすことが好きみたい。

三十分ほどの軽いジョギングを終えて帰宅後、シャワーを浴びる。さっぱりした後は朝食だ。

テレビの朝のニュースを見ながら、納豆ごはんを食べる。今日は天気が崩れそうだと、天気予報のお姉さんが言った。

「今日のスケジュールはなんだっけ？」

銀行に寄ったり、食材の買い出しにも出かける予定だったんだけど。

「ああ、そうだ。本屋にも行きたかった」

主人公が漫画家の設定なのに、最近は忙しくて漫画を読む暇がなかった。書店で人気漫画を調べてみなければと思っていたのだ。あ、ネットでオススメ情報を事前に見てから、本屋に行く方がいいか。

朝食を終えた後、私はパソコンを立ち上げ、最近の漫画情報を検索した。


午前中に銀行に寄り、それから大型書店へ向かう。

「漫画コーナーは～……あった、五階か」

エスカレーターで上るとすぐに、コミック売り場が目に入った。

子供の頃は月刊の漫画雑誌が大好きで、毎月買ってたなとあの頃に想いを馳《は》せながら、ずらりと目立つ場所に並べられている新刊に目を向ける。

少年向けや青年向けの隣に、女性向けのコミック。

あれ、こんなに種類あったっけ？　と思うほど充実している。

「あ、これは知ってる。去年映画化されたやつだ」

ピュアな純愛が話題になったんだよね～！　仕事の関係者から試写会に招待されたんだった。

映画は面白かったが、実を言うとこの仕事を始めてから、ドラマや映画などを見る視点がそれまでと変わった。

純粋に楽しむというよりは、やはりどこか仕事目線になってしまうのだ。自分ならこはこういう台詞《せりふ》にしたいとか、このシーンの背景は違う場所がいいとか。

それはドラマや映画に関わるスタッフなら誰もが一度は思うことかもしれない。

「ホラー映画なんてそうやって見ると、全然怖くないんだけど」

製作スタッフ目線というのかも。

同じ業界で生きてる人間には、映画は単なる娯楽ではなくて、勉強の一環だ。

さて、気になる漫画を大人買いしたいところだが、今はちょっと我慢。本日の私の目的は……

「あ、あった」

奥の方に追いやられているわけでもなく、ひっそり隠れるように陳列されているわけでもなく。

堂々と人気漫画の隣に、そのジャンルは設けられていた。

それはもちろん、ヒロインの職業と関連する、ＢＬ漫画である。

ＢＬ漫画って、こんなに種類があるんだ。びっくり。

「攻め×受け？　枯れたおじさまと、俺様社長……」

あ、こっちの舞台は男子校。おお、なんとなくわかるぞ、腐女子の憧れ、男子校。

あれ？　もしかして恵さんって男子校出身？　っていうか、恵さんこそＢＬ漫画に詳しいんじゃない？　なにせリアルな経験されているんだし。

「そうだよ、オススメあったら訊《き》いてみよう」

パパッとスマホを取り出して、恵さんにメールを送る。好きなＢＬ漫画があったら教えてください、っと。

送信後、目に入った本をとりあえず手に取った。

アニメ化されるほどの人気作品もあって驚く。帯の煽《あお》り文句の『胸キュン☆』は、本当かな。

なんだか新しい世界に足を踏み入れた気分で、ちょっとドキドキするんだけど。

双葉梓ちゃんはどんなのを読むんだろう。いつか教えてもらいたい――なんてことを思っていたときだった。

ピロリン♪

メールの受信音が小さく響く。思った通り、恵さんからだ。仕事早いな。

『私はBLなんて読まないわよ。二次元より三次元で生きる女だから』

いや、あんた男でしょうよ、というツッコミは置いておいて。

どうやら都合のいい幻想ばかりの作品は、読んでてイライラするらしい。彼も恐らく、作品を仕事目線で見てしまうタイプだ。

でも同じチームメンバーの女子からオススメをいくつか聞いたらしく、律儀《りちぎ》にもちゃんと知らせてくれた。

「へ～。みんな読んでるんだ～」

美人女優がBLを好きだというくらいだし、世に言う腐女子とは、見た目ではわからないものである。

みんなのオススメ作品を、順番に見て回る。ファンタジーから現代もの、学生に社会人。そして先ほど疑問に思っていた、受けと攻めについても、なんとなくわかってきた。

紹介されたオススメ本の一冊、表紙には美麗なイケメンがふたり描かれている。ひとりは女の子のように可愛らしい顔をした高校生くらいの美少年と、もうひとりは黒いマントをさらりと着こなした、野性的な色香たっぷりの美青年。

『王子は黒騎士に奪われる』――タイトル通りの話らしい。

あらすじを読んでみれば、架空の世界の王子と騎士団長の話だった。

既刊は今のところ三巻までか。それならすぐに読めそう。

が、ちょっと今さらだけど。買うのが、少し恥ずかしいかも……

だって、思いっきり押し倒されているし、コレ。

そそくさとＢＬコーナーを離れ、隣の少女漫画のコーナーに移動して悩んでいると、女子大生ふうの綺麗な女の子が、ごく普通の様子でＢＬの新刊を手に取ってレジに持って行った。

え？　あれ、おじさん上司が受けで、年下部下が攻めのやつ……

「そうだよ、うん。恥ずかしがることないんだよ。裏表紙だって、押し倒すとかじゃなくて、ただ美青年がじゃれ合ってるだけの絵じゃない——」

誰に対するものか自分でも不明なまま、とにかく自己暗示のようにつぶやいてみる。

レジの店員さんはきっとなにも思わないはず。

とりあえず、先ほどの三巻プラス、女子大生の女の子が買った作品の一巻を。そしてカムフラージュ用に、今話題の少女漫画を数冊購入した。

帰宅後、外の天気は予報通り荒れ始めた。家に帰っててよかったと安堵する。

突風とか雷雨とか、不安な気分にさせられる窓の外が見えなくなるようにレースのカーテンを引き、私は買って来たばかりの漫画を読み始めた。が、すぐにページをめくる手が止まる。

これは……上級者すぎる！

三次元で作られた映像なら、まだ仕事目線で冷静になれるけど、二次元は別だ。少女漫画のキスシーンで赤面する私には、男×男の禁断の世界は衝撃が強すぎた。

ジレジレ感や、いろんなところにちりばめられた萌えポイントが絶妙すぎてすごいと、心の底から思う。

だが、押し倒されるシーンとか、リアルすぎてこれ以上は……！

「無理！　私には読めない！」

意気地なしと言われようと、やはり無理なものは無理だ。

恋愛にもう少し耐性がついてから、この続きは読もう。

ＢＬがどういうものか、大体は掴《つか》めたところで、私は早速ドラマの脚本に取り掛かった。

◇◆◇

日向さんの仕事がお休みの土曜日、今日は恋愛講座の初日だ。

木曜日に彼から連絡があり、ついに始まった大人の恋愛塾・初級編。

午前十時に、駅前の噴水広場で待ち合わせになっている。

そういえば今まで彼と会っていたのは、夜だったな。大体仕事帰りで、テレビ局に行くときの服装だったんだけど。

テレビ局は結構みんなカジュアルな格好なので、私もいつも、かなり楽な服を着ていた。スキニーパンツにブラウスなどだ。足元は歩きやすい、ぺたんこのパンプスにしている。

そのノリのまま、今回も手持ちの中では少しオシャレなジーンズに、ローヒールのサンダルにした。無難に黒のカットソーを合わせる。シンプルだけど、そんなに地味ではないはず。

待ち合わせ時間の三十分前に到着していた私は、コンパクトの鏡で最終確認をしていた。

「ちゃんと歯も磨いたし、なにも挟まってないよね。メイクも崩れてないし、髪も大丈夫」

ミディアムロングの髪は、緩《ゆる》く巻いている。行きつけの美容師さんから教えてもらったおかげで、髪を巻くのは得意になった。

本当はばっさり切りたいところだけど、短く切ったら頻繁《ひんぱん》に形を整えないといけないので、面倒くさい。そのため、髪はある程度伸ばしていた。まあ、家ではくっちゃってるけど。

陸上部にいた頃はこんがり焼けていた肌も、今じゃすっかり白くなっている。引きこもりがちな生活を、この肌色が物語っている。

今日の日向さんは裏モードなんだろうか——なんてことを思いつつ、腕時計で時間を確認した。

待ち合わせ時間の二十分前に、日向さんが現れた。すでにいた私を見て、驚いた顔をする。だけど私も同時に驚いてしまった。

だって私服姿の日向さん、若い！

綺麗めカジュアル、とでも言うのだろうか。色の濃いジーンズにシンプルなシャツと、薄手のジャケット。

髪は仕事中のように流していないから、余計若く見える。というか、この人いくつなんだろう？

すれ違う人がその容姿に振り返る中、彼は真っ直ぐ私に近づいてきた。

「おはようございます！」

びしっと九十度でお辞儀をすれば、彼は若干《じゃっかん》呆れた声で「おはようございます」と返した。

「まずはその体育会系のノリ、いりません。あと、一体いつから待ってたんですか？」

「え？　日向さんがいらっしゃる十分前くらいでしょうか」

普通の男女が何分前に待ち合わせるのかわからず、遅れるのは失礼だと早く来てみたんだけど。日向さんは、ため息を吐《つ》いた。

「まったく、早めに来て正解でしたね」

そう言ったのは、自分自身に対してらしい。

「待ち合わせ時間の三十分も前に来なくていいです。せいぜい五分前で。遅れるなら、メールでも電話でもいいので、一言ください」

「はい、了解です！」

覚えておこう。私の中では遅れるのはタブーと思っていたけど、早く着きすぎると、逆に相手に気を遣わせてしまうみたいだ。

元気よく返事を返したら、すかさず日向さんから軽いデコピンが飛んできた。地味に痛い。

「な、なにするんですか」

「言葉遣い。もっと楽にしてください。命令です」

ふへ？

「いや、仮にも教えを乞《こ》う側としては、普通かと……」

「あなたはデートに来たんじゃないのですか」

……確かに、デート相手との会話には聞こえないかも。

「あの、素朴な疑問なんですけど。恋人同士じゃなくても、デートって言うんですか？

ただのお出かけじゃなくて？」

そう言ってしまえば、以前からご飯を食べていた私たちは、すでに何度かデートをしていたことになるのでは？

デートなんて、大学時代にちょっとだけ付き合ってた彼として以来だ。でもあの彼とは友達の延長だったから、ただ遊びに出かけたノリで、トキメキが感じられるものではなかった。

「男女がふたりで出かければ、一般的にはデートでしょう。少なくとも、周囲にはそう認識されます」

事実は違っても、ってこと？

首を傾げる私を見て、日向さんは呆れたようなため息を吐《つ》いた。

「初心者向けからでしたね。よくわかりました。私とふたりで会うときは、すべてデートだと思いなさい。愛しい恋人と接していると思い込めばいいのです」

「なんかハードル高いんですが！」

いきなりそれはなに。どさくさに紛れてとんでもないこと要求したよ、この人。

あたふたと戸惑う私の手首を、彼は引っ張る。

「時間がもったいないので、行きますよ」

「え、ええっ？」

そういえば、行くってどこへ？

男性に手を握られた――というか手首を掴《つか》まれて歩くこの状況……

妙な気恥ずかしさを抱えたまま、奇妙なレクチャーはスタートした。


辿り着いたのは定番の映画館……ではなく、若者で賑《にぎ》わう、大型ショッピングモール。

「あの、日向さん、買いものに来たんですか？」

隣を歩く彼を見上げる。ちなみに手は握っていない。あの後すぐに離されたので、私の心臓がおかしな音を立てることはなかった。

「潤。その服装は、私とのデートを意識して選んだものですか？」

立ち止まった彼に、そんな質問を投げかけられた。

デートを意識してと言われると、そうでもないような……。普通に友達と会うときや、仕事に行くのもこんな格好だ。

「デートと言われるとちょっと違うかも。友達と出かけるときにもこんな格好ですし」

すると日向さんは納得したように二、三度頷いてから、私の全身を上から下まで眺め、

「四十点」と言った。

「気合が入ったオシャレをしろとは言いませんが、女友達と会うのと同じ格好で男とデートに行かないように。服は使いわけなさい」

「はい？」

「女性受けする格好と、男性受けする格好は違うという一般論です」

そう言って、彼は近くにあったブティックに入って行った。

「いらっしゃいませ〜」

若い店員さんの独特なトーンで歓迎される。

マネキンが着ている服を見て、それから店内をぐるりと見回す日向さん。シンプルでカジュアルな服も多いが、フェミニンなワンピースなども置かれている。

あまり派手な服を好まない私が、いいなと思えるものが多かった。

「潤。この中から、普段のあなたが着たいと思う服を選んでください」

「え、なんでもいいんですか？」

頷かれて、目に入った長袖のカットソーを手に取る。コットン素材で白地に紺色のボーダー、襟《えり》には白いレースがアクセントでついている。お値段はセール価格で、二千九百八十円だ。私に合わせて、庶民価格な店を選んでくれたらしい。こういう気遣いができるあたりが、流石《さすが》日向さんだ。

私が選んだ服を日向さんに見せれば、どうしてそれを？　と尋ねられた。

「着回ししやすそうで、着心地もよさそう」

一枚で着られて、ジーンズにもショートパンツにも合うから、楽。

そのカットソーを日向さんは私から受け取り、新たに問いかけた。

「次は友人と遊びに行く服です」

「女子会とか？」

「それでも構いません」

うーん、それならもう少し気合の入った感じかなぁ。

でも私の友人たちは、お互いの好みを知っているので、今さらそこまで気合の入った格好はしない。

これまた目についた黒のチュニックにレギンスと白いカーディガンを持って行けば、日向さんはまたこの選択の理由を尋ねた。

「えっと、楽そうだから？　あ、女子会って大抵飲み会なので、お腹が苦しくならない格好が……」

すかさずデコピンを食らった。

「もう、なにするんですか」

加減してくれたのかもしれないけど、それでも痛いんですが！

「あなたはさっきから楽な服ばかり選んでますよ。なんでも楽を選びすぎです。気がだらければ体形も緩《ゆる》みます」

うっ、厳しいお言葉！

「しかも無難な色ばかり持ってきてますね。紺に黒に白。若いんですし、もっと色のある服を選びなさい」

最後にデート服を持ってこいと命じられてしまった。それが一番悩むんですが。

私の中のデート服のイメージは、ワンピース。白いお嬢様ワンピを着たヒロインが、砂浜を駆けるシーンが浮かぶ。ってそれいつの時代だよ。今時いないよ、そんな女の子。……多分。

とはいえ、季節がもう初秋なので、そんな海イメージの白いワンピは見当たらない。

色のついたデート服……。可愛らしい、気合が入ったオシャレ服。

ううむ、と悩んだ挙句、薄手のニットのワンピースを選んだ。色はライトグリーン。素材がしっかりしているので、これからの季節にはちょうどよさそうだ。

ウエスト部分で切り替えがされており、スカートは膝上。身体のラインに沿ってはいるが、ピッタリではない。そしてブラウンのベルトがついている。

それを見せると、日向さんは先ほどより面白そうにその服を観察した。

「これは何故？」

「色が綺麗なのと、デザインが可愛らしかったから？　目立たないけど襟元《えりもと》に花模様の刺繍《ししゅう》が入ってるし、七分袖の切り替えもふんわりとしてて、細かいディテールが凝《こ》ってるなぁ、と」

ついでにベルトのアクセントもポイントが高い。

私の首下に持ってきて合わせた彼は、「悪くない」と言った。

「これ、試着してください」

「ええっ？」

まさか、着たら見せろってことですか⁉

たらりと汗を流していると、怪訝《けげん》な顔で日向さんが振り返る。

「どうしました？」

「いやあの、見せなくてもいいなら着ますが、日向さんに見せるのはちょっと」

「何故？」

何故って！

一瞬ムッとされたが、これは退《ひ》けない。だって生足にはなりたくないから。

こんなふうに一緒に買いものに行くデートになるとは思ってなかった。そもそもデートと認識したのも、ついさっきだし！

つまり、簡単に言うと、脚の手入れを怠《おこた》っていたのである。生足など、冗談でも見せられないレベル。ストッキングでもアウトだ。

「その、昨日ジョギング中に転んだので、絆創膏《ばんそうこう》貼ってる脚を見られたくないんです」

咄嗟《とっさ》にうまい言い訳を思いついた、と自画自賛しつつ、気まずそうに言ってみると、彼はあっさり「そうですか」と頷いた。

「もう痛くはないのですか。普通に歩くのは？」

「え、ええ。触ったり押したりしなければ、特に」

若干《じゃっかん》の罪悪感を抱きつつ、私はこそこそと試着室に入った。

サイズはピッタリ。そしてシンプルなデザインながら、思った以上に可愛らしかった。

むしろ、ちょっと可愛すぎるかも？

最近、自分の年齢を考えると、なにを着たらいいのかわからなくなってきている。

一通り確認してから元の服に着替え、日向さんのところへ向かう。

「どうでした？」

「えっと、ピッタリでしたが、ちょっと可愛すぎますかね……」

「それなら、もう少し渋い色もありますよ」

同じグリーンでも、秋を思わせる落ち着いた色合いのものを差し出された。これならシックで、デザインが可愛くても着られそうだ。

「ありがとうございます。最近、なに着たらいいかさっぱりで」

お礼を言うと、彼はなんてことはないと言うように首を振った。

「ところで、わかりましたか？　三つの服の違い」

普段着と、遊び用と、デート用。

「女らしさ、とか？」

最後のだけ、ワンピースだし。自信なく疑問形で答えれば、彼はそれもあると言った。

「男女の恋愛を学びたいなら、同時に自分の中の女性らしさを意識しなさい。デートではなるべくスカートをはくのと、ヒールのある靴を選ぶように。あなたの脚は真っ直ぐで綺麗です。自分の武器を使わないのはもったいないですよ」

つまり。少しでも女として自分自身を意識した服を纏《まと》って、女度を高める努力をしろ、ということらしい。女子力アップこそ、恋愛に繋がる？

彼は付け加えた。

「隣にいるのは男です。適度な緊張感を忘れないように」

「イエッサー！」

服ひとつでこんなにいろいろ指導してくれるとは。

口調はていねいだけど態度はどこか俺様。でも面倒見がいい人なんだな、日向さん。

ありがたく今の言葉はメモっておこう。脳内メモに記憶しておくのは限りがあるため、ネタ帳を取り出して空いてるページに要点だけ書き込んだ。

そうこうしている間に、ずいっと紙袋が渡される。

「え？」

「今度私とのデートに、これ着て来なさいね」

ふっと微笑んだ顔がなんだか憎たらしいくらいかっこよくって、思わず息を止めてしまう。

恋愛初心者の私には、その色香は毒だと思った。


小学生向けからと何度もお願いしたかいがあったのか、次に向かったのは、自然ふれあい広場だった。

アスレチック場もあり、動物たちにも触れられる。子供の頃、両親と来たことがあったなと懐かしい気分になった。

実は先ほどの買いもので、日向さんから、私が選んだデート服のほかにも違う服をプレゼントされていた。悪いから自分で払うと主張したが、「先日、中華を御馳走《ごちそう》になったのでそれでチャラです」なんて言われて。

いや、それ以前の食事は奢《おご》ってもらってるんだけど……

しまいには、デート服は必要経費としてこちらで持つとか訳のわからない理屈を持ち出され、結局私が折れた。そして買ってもらった服は、自宅に配送されることに。

手ぶらで公園に来られたのは嬉しいけど、購入した店であっさり配送させる日向さん、何者なんだろう。普通の人は、買ったものを即配達させるってあまりしないような気がする。

「小学生向けからと言いましたね。とりあえず、遊びますか?」

にやりと笑ったその悪戯《いたずら》っ子のような顔も、今の彼にはとてもよく似合う。仕事中の紳士面《しんしづら》が嘘のようだ。

「アスレチックもしたいですが、生憎《あいにく》スニーカーじゃないですし。この靴でも走り回れるけど、ちびっこの中に入るのは流石《さすが》に少し抵抗が……」

自分の子供と共に遊ぶお母さんならまだしも、そうではない大人の女がっていうのはねぇ。

「そういえば、ウサギやモルモットとか、触れるんでしたよね。ちょっと見てみません?」

休憩所も兼ねた建物を指差して、私たちはとりあえず屋内に入った。

中はそこそこ賑《にぎ》わっている。柵の前では小さな子供が夢中になってなにかを覗いていた。

釣られるように見に行けば、そこにはふわふわなウサギが数羽。

「も、もふもふ……!」

鼻をひくひくさせながら食べ物を探している姿や、ぴょこぴょこ跳ねるお尻が愛らしい。

あ、どうやら触らせてくれるみたいだ。子供たちが抱っこすると、小さなウサギも大きく見える。

隣にいた小学一年生くらいの男の子が、真っ白の毛に赤い瞳のウサギを抱き上げて、嬉しそうに振り返った。「ばあちゃん！」と言いながら。

柵の中に入っていた私だけでなく、柵の外で待っていた日向さんもその子の声に反応してちらりと視線を回したが、おばあさんと思われる女性は見当たらない。

「あれ？」

抱き上げたウサギが居心地が悪くなったのか、もぞりと動いて彼から飛び降りた。

その少年は、目当ての人物が見えないことでひと言。

「ばあちゃんが迷子になった！」

いや、迷子はお前だろう！

私と日向さんは、恐らく同時に心の中でツッコんだ。

彼が逃がしてしまったウサギを抱き上げて、私はその少年に声をかけた。

「おばあちゃんと一緒に来たの？」

目線を合わせるため、ウサギを抱っこしたましゃがむ。ふわふわしたウサギは、めちゃくちゃ温かい。首の後ろをこしょこしょと揉むように触りながら、少年を見つめた。

「うん！　だけど、ばあちゃんどっか行っちゃった！」

「いつまで一緒にいたんですか？」

近くまで寄ってきてくれた日向さんが尋ねると、少年は「おじさん背高いな！」と言った。

思ったことをストレートに言う、ある意味子供らしい子なんだけど。芸能人並みにかっこいいイケメンの日向さんを、おじさん呼ばわりとは。子供は容赦がない。

「さっきポニーに乗った後まで一緒だったぞ」

「その後は？」

「トイレに行って、ばあちゃん出て来るの遅いからウサギ見に来た」

やっぱり、お前がはぐれたんじゃないか――

というツッコミは内心に留めておいて。まあ、女性用のお手洗いって列が長いもんね。子供はじっと待ってはいられないか。

いつもはどこかに行っても、すぐに気づいてもらえるのに――。そう呟《つぶや》いた彼の声から元気が失われた感じがして、思わず慌《あわ》てる。

私は目線のみで日向さんと会話し、小さく彼が頷いたので、迷子センターに連れて行くことにした。館内放送でもしてもらえれば、すぐに合流できるだろう。

「よし、少年。おばあちゃん捜しに行こうか」

ウサギを下ろして、私は手についた毛をパパッと払った。目を大きく見開いた彼はすぐに笑顔になる。

「ありがとう！　おば――」

「お姉さん」

「お、姉ちゃん」

中身はオッサンだが、まだ二十代でおばさんとは呼ばれたくない。笑顔で訂正を入れた私に、少年は賢明な判断を下した。

「いいこと教えてあげる、少年。相手がいくつに見えようが、おばさんじゃなくてお姉さんと呼ぶだけで、大抵の女性は喜ぶから。覚えておくように」

「おう。わかった！」

素直でよろしい。

彼はにこにこしながら手を繋いできた。日向さんはどこか苦笑気味にその様子を見つつも、先陣をきって迷子センターまで案内してくれた。


結果として、おばあさんはすぐに見つかった。迷子センターにいたのだ。

「今アナウンスしてもらうところだったのよ。ごめんなさいね、孫が迷惑をかけて」

頭を下げた年配の女性は、品がよさそうな方だった。六十代後半ぐらいだろうか。

娘さんが臨月で、遊びに連れて行ってもらえない孫が可哀想だと思い、ここに連れてきたんだとか。落ち着きがない子で、と申し訳なさそうに謝る彼女に、私たらは「とんでもない」と首を振る。

「ご夫婦のデートの邪魔をしてしまったわね」

最後におっとりと微笑まれて、私はデートと思われたことに気恥ずかしさを覚える。しかも夫婦とまで勘違いされてしまった。否定しようとしたが、何故か日向さんは私の手を握りしめて「お気になさらず」と言った。

「仲睦《なかむつ》まじくて羨《うらや》ましいわ。素敵な旦那様ね」

「ええ、ありがとう、ございます……」

か、顔が熱い！　咄嗟《とっさ》に日向さんの台詞《せりふ》に乗ってしまった。

日向さんは完璧に営業用スマイルを浮かべている。見事な二重人格っぷりだ。その使いわけには、なにやら年季を感じてしまう。

「妹か弟が生まれるのですか？」

尋ねられた少年は、「兄貴になるんだ！」と嬉しそうに笑った。

「そうですか。でしたら、かっこいい兄貴になるために、まずはおばあさんをしっかりエスコートできる男を目指してくださいね」

日向さんはポン、と少年の頭に手を置いて、くしゃくしゃと撫でた。

あらあら、と嬉しそうに笑う彼のおばあさんは、会釈《えしゃく》をして孫と手を繋ぎ去って行く。

姿が見えなくなったところで、ぽつりと尋ねた。

「なんで夫婦デートを否定しなかったんですか?」

「違うと言ったら余計説明が面倒じゃないですか。付き合ってる恋人でもない、恋愛講座の講師と生徒だなんて言えると思いますか?」

……確かに。

あっさり認めてしまった方が、話は簡単に終わる。だけど、普通に友達でもよかったのでは?

なんてことも思ったが、ほかのことが気になり始めていた私は、それにツッコむことはしなかった。

歩き始めた隣の日向さんを見上げる。

「あの、そういえば日向さんのお名前ってなんて仰《おっしゃ》るんですか?」

「は?」

◇◆◇

「遅い! 今さら名前を尋ねるの?」

あはは! と笑いを響かせたのは、お馴染《なじ》みのメンバーを率いる恵さん。私がこう頻《ひん》繁《ぱん》にテレビ局に来ることはないんだけど、今日はある人が来るからと急遽《きゅうきょ》呼び出されたのだ。

「まあ、知る機会がなければ、下の名前ってなかなか訊《き》けなかったりしますよね～」

萌ちゃんがコーヒーを淹《い》れてくれる。ありがたく頂戴《ちょうだい》し、私は自分が書いた台本の一話目を読み返していた。

大急ぎでまとめたのが二日前。あの日向さんとの初デートからは、もう二週間が経過していた。ふと、そのときのことを思い出す。

私が名前を尋ねた後、一瞬固まった日向さんは小さく嘆息し、「そういえば名乗ってなかったですね」と呟《つぶや》いた。

「要《かなめ》です」

「要？　日向要さん？」

「はい、そうです」

なんだかそのままでも芸能人になれそうな名前である。

年齢も訊いてみれば、彼は先月で三十二歳だそう。今年で二十八になった私の四歳上だった。

今さらですみませんと謝れば、「あなたが私へ関心を抱いた第一歩ですから、気にしてません」と、また難しい返答が。嫌味《いやみ》なのかどうなのか判断がつかず、そうですかと流してしまった。

「おはようございます〜！」

可憐な声によって、現実に引き戻された。ザザッと効果音がする勢いで、スタッフたちが一斉に振り返る。

艶《つや》やかな栗《くり》色のロングヘア。前髪はセンターセパレートで、全体的にふんわりしたフェミニンな印象の、笑顔が可愛い小顔の美女。このドラマの主役、双葉梓の登場だ。流行を取り入れつつアレンジされているファッションは、元モデルなだけあってセンスがいい。

「奈々子先生も、お久しぶりです」

「久しぶり、梓ちゃん。ますます綺麗になったわね」

初めて会ったときってまだ高校生じゃなかったっけ？　年々美しさに磨きがかかっている。

遠くからでもわかる、溢《あふ》れんばかりのキラキラオーラ。爪の先まで抜かりなし。すごい女子力に、つい見惚《みと》れてしまう。

「奈々子先生も相変わらずスタイルいいですね！」

「そうかな？　ありがとう」

ジョギング続けててよかったと、内心安堵した。

一応、外出するときは、シンプルながらも最低限のオシャレには気を使っている。外ではずぼらなオジサン要素を一切見せていないのだ。長年の付き合いの恵さんでさえ、本当の私の姿は知らない。

梓ちゃんとマネージャーさんが会議室の椅子に着席し、私たちの話の輪に入る。今日私が来たのも、急遽《きゅうきょ》彼女がこの打ち合わせに参加したいと言ったからだ。

どうやらバラエティ番組の収録の後、少し時間ができたらしい。

「一話目の台本、早速読みました！　これから細かい調整が入るんですよね。今からわくわくします～」

それはよかった。が、気になることがある。

「ありがとう。でも、梓ちゃんや事務所的には、ＢＬ漫画家の設定って大丈夫なの？」

実は、私はこの点を直接本人に確認したかったのだ。彼女は、スタッフたちにはＢＬ好きだとカミングアウトしていたけれど、だからといって、世間的にそのイメージがついてしまうかもしれないのはよくないのではないだろうか。

「好きなものを好きって言うのが私なので。特に問題はないですよ」

くりくりっとした黒目がちの目を和《なご》ませて、彼女は微笑んだ。美女の笑顔、プライスレス。

「それならよかったわ。じゃあこのまま進めても大丈夫そうね」

特に上からストップもかかっていないし。

梓ちゃんの相手役も先日オーディションで決まっているので、これからドラマも本格始動だ。私の脚本も、急ピッチで形にしないと。

「この相手役のエリートホテルマン、一話じゃ下の名前出てこないのよね。ヒロインの明《めい》ちゃんが天然なのも相当だけど、あんたよく二話まで引っ張ったわよ」

恵さんが、話を戻した。

梓ちゃん演じるBL漫画家のヒロインの望月《もちづき》明は、一話目では相手のフルネームを把握していない。

私が日向さんに名前を訊《き》いたのが出会ってからかなり時間が経ってたので、それをネタとして使ったのだ。恵さんが読んでいるのは、二話目のプロット。そこでようやく名前を尋ねる機会が訪れたわけなのだが……

「いっそのこと、名前を最後まで出さないっていうのも、面白そうですね」

梓ちゃんが提案をした。

「ああ、エンドロールの役名も苗字だけで、最終話で明かすってのも楽しいかもしれません。ヒロインが最後に〝あ、ところで……〟って訊く、というのも」

梓ちゃんの提案に乗っかり、意見を言った萌ちゃんを見やった恵さんは、しばし思案する。

「そうね。そういうドラマ、あまり例がないしね。ヒロインが天然、っていうキャラを見せられるネタにもなるかしら。それじゃあ今のところ、名前は出さずにいきましょう。知る機会がなかったという設定で」

とまあ、現実では先日初めて日向さんの名前を知ったわけだけど、ドラマでは、主人公は当分知らないことになった。

話の方向性を調整しつつ案を出し合って一段落がついた頃、恵さんがふと思い出したかのように訊いてきた。

「で、読んだの？　萌葱たちのオススメのＢＬは」

あ、そういえば感想を言ってなかった。

「どうでした？」

「どれ読んだんですか？」

興味津々《きょうみしんしん》の女性スタッフの輪に入るように、一瞬でこの話題に食いついた梓ちゃんを見て、私は正直に答える。

「いや、あの、全部はまだ。一応、飛ばし読みでなら……」

「は？」

意味不明と言いたげな面々に、私は羞恥心《しゅうちしん》から赤くなりそうになるのをこらえて訴えた。

「ストーリーは面白くて絵も綺麗だし、流石《さすが》、みんなが薦めるだけあるわ〜って思いましたけど。その、ところどころ、私には刺激が強すぎて」

……まともに直視できないページが、多かった。

恋愛に疎《うと》くても、男女の営《いとな》みを知らないわけではない。耳年増であるのは自覚しているし、ベッドシーンがある映画でいちいち叫んだりはしない。

が、それはあくまで男女ならの話であって。

ただでさえ、禁断の恋とか背徳感が強いのはドキドキしちゃうのに、それが男同士になったらもう……！　一気に顔が真っ赤だよ。

しどろもどろな様子の私を見て、梓ちゃんは「奈々子先生、可愛い」と呟《つぶや》いた。いや、ちょっと待とうか。

周りの生暖かい眼差しが居心地悪い。普通、男と男の絡《から》みの描写なんて、冷静に見られないよね？

つい、恵さんに縋《すが》るような目を向けてしまった。

「それを私に訊《き》くんじゃないわよ」

ふう、と嘆息した恵さん。リアルなゲイでした、すみません。

「まあ、私はBLなんて読まないけどね〜。あれは妄想の産物よ。現実はもっと激しくてどろどろしてるっつーの。あんたもネタ集めに、リアルな体験たくさんしなさいよ」

一体なにを経験されてきたんだ、この人は。

ここで成り行きを見守っていた萌ちゃんが、私に声をかけてきた。

「そうだ、奈々子先生。それなら明日、私と一緒に、街コン行きません？　ちょうど一緒に行く予定だった友達が風邪ひいちゃって、キャンセルしようか悩んでたんです」

「街コン？」

はて、聞いたことはあるけど、なんだったっけ？

「あら、いいじゃない。その様子だと行ったことないんでしょ。何事も経験よ。いい男見っけてドラマのネタを集めなさいな」

街コンとは、元は町おこしが目的だったらしい。大規模な合コンイベントと聞いて、少し興味を惹《ひ》かれる。様々な人と出会える絶好のチャンスかもしれない。

「え～いいな！　私も行きたいー」

「梓ちゃんが行ったら大変なことになるからダメよ」

苦笑する恵さんと、頷くマネージャーさん。

「残念。でも、お土産《みやげ》話、期待してますね！」

「うん、頑張ってネタ集めてくるわね」

日向さんだけに頼るんじゃなくて、自分でも動かないとね。

私はこのとき、そんな呑気《のんき》な気持ちでいた。

テレビ局から出た直後、スマホに着信履歴があることに気づいた。日向さんからだ。かかってきたのは十分前。すぐにかけ直すと、彼は二回目のコールで電話に出た。

「すみません、日向さん。電話に出られなくって」

『いえ、気にしなくて大丈夫です。外にいるのですか？　仕事の邪魔してたらすみません』

◇◆◇

今から帰宅すると言うと、あまりなじみのないホテル名を言われ、そこに来るよう指示された。

待ち合わせ場所のホテルのロビーで、ソファに座っている彼を見つけたのだが、実はしばらく誰だかわからなかった。

「日向さん、目、悪かったんですか？」

「悪くありません。これは伊達《だて》です」

銀縁眼鏡をかけた日向さんは、くいっとそのフレームを持ち上げた。

髪型も七三っぽいわけ目になっている。この前とがらりと雰囲気が変わった日向さんを、ついまじまじと眺めてしまう。

「なんか、お堅い銀行マンみたいですね。神経質っぽいというか」

「あなたは思ったことを遠慮なく言いますね」

すみません、つい。

謝ったが、彼は別に気にしてはいないようだ。よかった。

合流して向かった場所は、最近リニューアルされたという、このホテル内の話題のカフェ。それは、ロビーのすぐ近くにあった。

ウェイトレスに案内され席についたあと、ここへ来た理由を声を潜《ひそ》めて尋ねてみる。

「最近リニューアルしてから、女性客に人気と聞きまして。気になってたんです。まあ、敵情視察というやつですね」

「はあ、つまり私はお仕事の付き添いで呼ばれたってことですね。その変装も、日向さんだと気づかれないために？」

もしかして同じ業界だから、顔がバレてるなんてこともあるのだろうか。

まさかね、なんて思っていたら、彼はあっさり認めた。

「お忍びってやつですよ。あまり気づかれたくないので」

男ひとりで入ると目立つから、私が呼ばれたのだろう。

「私は構いませんけど、カムフラージュ目的なら同僚の女性を誘った方が喜ばれたんじゃ？」

私の言葉に、日向さんは若干《じゃっかん》むっとしたようだ。眉間に皺《しわ》が寄った。

「面倒でしょう。仕事とはいえ女性社員の中から、誰かひとりを選ぶのは。勘違いされても困ります」

なるほど。

「まあ、誘われて浮かれるのも仕方がないんじゃないでしょうか。かっこいいですもんね、日向さん」

モテる男性って大変ですね～、とメニューに視線を落としながら呟《つぶや》けば、不自然な間が落ちた。

沈黙が気になり頭を上げると、軽く目を瞠《みは》った日向さんが、ため息を吐き出すところだった。

「それは、なにも感じてないから言える台詞《せりふ》ですね……」

「はい？　すみません、私、なにか気に障《さわ》ること言いました？」

いいえ、と首を振った日向さんは、どこか疲れた様子でぱらりとメニューをめくった。

リニューアルしたばかりだというこのカフェは、店の内装もだけど、出されるメニューにも拘《こだわ》っていた。酵素《こうそ》が取れる、フレッシュな野菜ジュースが売りなんだとか。デトックス効果があるらしい。

ちなみに店内で飲むだけではなく、持ち帰りも可能だ。ホテルの入り口に近いこともあって、気軽に入れる。

以前はアフタヌーンティーも楽しめる、エレガントなイメージのカフェだったけど、今はカジュアルな方向にシフトチェンジ。前よりお値段もお手頃になり、来客数が増えたらしい。軽食やコーヒーも、普通のカフェのように提供しているという。

前の店のようなリッチな気分に浸《ひた》れる場所は、ホテル内の別の階にできたんだとか。

「デトックスジュースは身体によさそうですね。ケールやセロリにほうれん草……は、ちょっと苦そうだけど、リンゴやパイナップルも入ってるし、そこまで苦くないのかな」

種類がありすぎて迷う。

「決まりましたか？」

「うーん、――はい」

オーダーを取りに来たウェイトレスに、注文する。

「制服、可愛いですね～。スカートが膝丈ギリギリってところも清楚《せいそ》でポイント高いというか」

オーダーを受け、去って行く若いウェイトレスの後ろ姿を目で追う。

膝頭が見えそうで見えないギリギリ感っていいいな。

「発言がオジサンくさいですよ」

しまった、心の声がだだ漏れだった。

だが慌《あわ》てて取り繕《つくろ》っても遅いので、むしろ開き直る。

「上品でクラシカルな制服、いいじゃないですか。可愛いは正義ですよ、日向さん。教育の行き届いた店員の応対と、品のある制服。好感度高いですよ」

「シンプルよりは、オシャレな方がいいと？」

「もちろん清潔感が一番ですけども。可愛いがプラスされたら、女の人だって長居したくなりますよ。落ち着いた空間においしい食べ物とコーヒー、店員さんの応対のよさが、私がお気に入りのカフェを決める基準です」

自宅での作業に集中できないとき、私は外で書ける場所に行く。ゆっくりできて落ち着けるカフェは貴重だ。

「あ、あとＷｉ‐Ｆｉが使えるのもいいですよね。ここ、無料ですって」

なるほど、と頷いた日向さんは、自分のホテルに当てはめて思考しているようだ。

「従業員の制服やあなたが言う可愛い要素は置いておいて。居心地のいい環境作りは確かに重要ですね。もう少し見直してみましょうか」

「いや、十分居心地がいいですけどね？　日向さんのところのカフェも」

クラシックミュージックのセレクトもいいし、落ち着ける。だけど、その空間料とでも言うのか、コーヒー一杯がべらぼうに高い。高級ホテルなので仕方ないが。

「ですが、ここと同じようにするには、うちじゃ難しいです。まず立地条件が違いすぎます。フロントロビーが道に面していないうちのホテルは、こうやって気軽に来るというコンセプトには向かないかと」

それはそうだろう。日向さんの働くホテルがあるのはオフィス街で、下の階には企業が入っている。ビジネスマンがカフェで商談しているのを見かけたことも多々ある。

そもそも獅子王グランドホテルは格式のあるホテルだから、ここことはターゲット層が違うだろう。同じ土俵に上がる必要はないのでは。

「別に真似《まね》するつもりはありません。うちにはうちのイメージがあり、やり方がありますので。しかし、今のままで満足するつもりもありません。見習うべき箇所は積極的に取り入れて、よりよい環境づくりをしなければ、どんな世界でも生き残れないでしょう」

「ホテルの未来ですか……。日向さんはフロントの仕事が主だと思ってましたが、こういったリサーチやプランニングもされるんですね」

一瞬、ぴたりと表情が固まった彼は、すぐにひと言、「ええ、時間があれば」と答えた。もしかしたら彼は、いろいろ任される立場なのかもしれない。

「仕事熱心ですね。ホテルへの愛を感じます」

彼はくすりと笑うと「今度、聞かせてあげますよ」と、本気か冗談かわからない口調で小さく笑う。

今度のドラマのヒーローは、ホテル勤務の設定だ。ホテルの業務もしっかり調べておかなくてはならないので、これはぜひともお聞かせ願いたいところだ。

タイミングよく話が一段落したところで、注文したジュースがやって来る。

私のジュースは、見るからに青汁だった。

「日向さんはなにを頼んだんですか」

「オススメの五番です」

私のと同じくらい緑色のジュースだ。若干《じゃっかん》、濃さが違うかも?

聞けば、日向さんは新しいお店に入ると、本日のオススメから選ぶことが多いそうだ。あるいは人気商品を。どこにシェフが力を入れたのか、何故人気なのか。それらを探るのが、半ば癖になっているんだとか。

ストローで一口啜《すす》る。ドロッとした口当たりを予想していたけれど、意外にもあっさりした飲み口のジュースだ。

「おいしい」

「確かに。悪くないです」

「なんだかこれで一日分の栄養が摂《と》れてる気がします」

特にビタミンとか。

「あなたは普段、どういった食生活をしているんですか？」

なにかを感じ取ったらしく、日向さんは探るような目で私を見つめてくる。

「えっと、まあ適当にあるもので作ったり、一応ご飯は炊いて和食中心に……」

嘘ではない。外食ばかりしているイメージがあると思うけど、一応、人並みには料理もできる。やる気が起きないときが多いだけでサラダも作る。キャベツをざく切りにして塩振ったりマヨネーズや味噌つけたり……。まるで男の料理だが、不味《まず》くはない。

「オーソドックスな方法ですけど、男性を落とすなら、まずは胃袋を掴《つか》め、ですよ。なかなか使えます」

「！」

いきなり恋愛講座ですか！

手元のバッグを引き寄せてネタ帳を出し、メモを取る。

「なるほど、ありがとうございます。やっぱりおいしい料理に心惹《ひ》かれますよね。家庭的な女性は好感度が高い、と」

私もできればお嫁さんが欲しいわ。癒《いや》し系で趣味が料理。笑顔が可愛ければ、なおよし。

「日向さんも好みの女性は料理上手な方ですか？」

何気なく尋ねた質問に、彼は飲みきったジュースのグラスをテーブルに置いた。

じっと見つめてくる瞳に吸い込まれそうになる。どこからか緊張感が漂《ただよ》ってきた気がした。

あの、その眼鏡姿で真顔はちょっとドキドキするんですが。

「手料理は食べてみたいと思いますが、料理が苦手でも気にしません」

「あ、逆に日向さんが料理好きとか？」

「確かに嫌いじゃありませんね。時間があれば私も家で作ります」

へぇ、なるほど。自分でできるなら、相手にも求めないのかも。

この流れで、最近忙しくて行われていなかった恋愛講座が開かれることになった。なにか気になる質問があれば遠慮なく訊《き》いていいと、嬉しいことを言ってくれる。

「では、日向さん的には、女性の恋愛離れの傾向をどうお考えですか」

「どこかの評論家に訊くような質問が来ましたね」

ウェイトレスのお姉さんに、彼は私の分も合わせてふたつ、コーヒーを頼んだ。

「少子化や年金問題などの観点から言えば、恋愛と結婚の願望がない若者が増えるのは、喜ばしくないでしょうね。個人的にも、恋愛したくない女性が増えるのは困ります」

「困る、ですか。日向さんでも？」

なにもしなくても女性が寄って来るイメージですが。それはもう、肉食系女子がわらわらと。

困るのはモテない男性陣ではないだろうか。

「それは当然です。好きになった女性が、恋愛に興味ないなんて言い出したら、苦労するに決まってます。――まあ、それはそれで楽しそうですが」

出されたコーヒーに口をつけ、くすりと笑った日向さん。なにやら困難な恋愛にこそ燃える性質《たち》らしい。

一瞬、眼鏡の奥から捕食者の光がきらりと放たれた気がした。

「それなら、恋愛の必要性を感じてない女性が、恋をするにはどうしたらいいと思います？」

「恋人が欲しくない、というわけではないんですね」

小さく頷く。恋人が欲しくないわけではないけど、ひとりの時間の快適さを知ってしまうと、恋愛するのが億劫《おっくう》になる女性が多いと聞いたことがあった。

そういう世の中だからこそ、今回のドラマの主人公は、思わず恋愛したくなるような恋愛漫画を依頼されるんだけど。

「まずは私個人の意見です。恋はしようと思ってするもんじゃないと思います。恋に落ちるとは、よく言った言葉ですね。気づいたら、相手に落ちているんですよ」

恋はするのではなくて、落ちるもの。カリカリとメモを取る。なにげにロマンティストだな、日向さん。

「恋人は欲しい、結婚願望もある。だが現実には相手がいない。そんな人たちがみんな言うのはひとつ。〝出会いがない〟ですよね。まずはそれをなんとかしないといけないと思います」

そういえば社会人の恋愛特集を見ていても、恋人がいない人の悩みは出会いの少なさだったな。

恋愛願望はあるのに、学生時代と比べて誰かと知り合う機会がない。自宅と職場の往復で一日が終わる。自分にも当てはまる状況は、決して他人事ではない。

「ない出会いを作るのって、なかなか難しいんですが」

「そうでしょうね。親しい誰かに紹介してもらうのが、一番安全で手っ取り早いです。友人の友人なら、相手の人柄もある程度保証されます。親しい友人になら、変な相手を紹介しないでしょう？」

あとは出会いが欲しいなら、積極的に外に出ろと仰《おっしゃ》った。正論である。

新しいことに挑戦したり、違う環境を作ってみたり。いつもとは別のルートで帰宅してみたりと、様々だ。

意外と運命の人は近くに潜《ひそ》んでいる場合も多いと、身近な人の話をまじえて日向さんは話してくれた。

「ああ、だがひとつだけ忠告。寂しいからってペットを飼わないように。それじゃ余計、恋愛離れが加速します」

犬猫で愛情の埋め合わせはダメ、と。そういえば可愛いトイプードルを飼い始めた元同僚は、この子さえいれば彼氏なんかいらないとか言ってたな……

メモ帳にペンを走らせながら、ふと自分の状況を分析する。

恋愛離れどころか、初めから恋愛をする気がどっかにいってる私は、出会いがないと言っている人より下じゃないか。

面倒だから恋愛したくない、というのは一通りの経験をしているから言える台詞《せりふ》で、いつかできれば程度にしか考えていない私は、スタートラインにすら立っていないだろう。

「すいません、日向さん。非常に今さらなんですけど」

おずおずと手を上げてみれば、恋愛講座の有能講師は先を促《うなが》した。

「恋愛の好きと、少し気になるだけの好奇心の違い。明確に相手が好きだと認識するのって、どんなときですか？」

「それはあなたにだって一度や二度、異性を好きになった経験はあるでしょう」

「……」

「まさかそれすらも経験がないのですか？」

軽く目を瞠《みは》る日向さんに、私はこくりと頷いた。

「いえ、一応付き合った経験はあるんですけどね？　友人関係の延長で、軽いノリで付き合う感じになったから、好きは好きだったんですが。こう、男女の好きとはやっぱりズレがあって」

結局、その関係に居心地が悪くなって、別れたというか、やっぱり友達に戻ったのだが。

異性に対する好きとは違ったんだと、今でも思う。

首を傾げる私を見て、日向さんは「本当ですか」と呟《つぶや》いた。が、その後、「手強《てごわ》い相手は嫌いじゃない」とか、訳のわからないことを言う。

「手のかかる生徒ですみません」

「いえ、初心者向けからという意味が心の底からわかりました。これでよくラブストーリーの依頼を引き受けたものですね。その無謀《むぼう》さも嫌いじゃないですが」

「ほめられたと思っていいんですかね？」

一応、日向さんの口調も表情も、別にバカにした感じではないので、ここは都合よく捉《とら》えよう。

「何事も実践ですよ、潤。これからスパルタになると思いなさい」

オモチャを見つけたように笑った目は、どこか学生時代の陸上の鬼コーチを彷彿《ほうふつ》とさせた。

「はい、コーチ！　よろしくお願いします」

「脱落せずについて来るんですよ」

案外、日向さんはノリのいい人だ。

「友人、家族、異性に対しての好きがどう違うのかは、自分で考えなさい。あなたへの課題です」

わかったら報告するように、と言って日向さんは仕事へ戻った。

今回は割り勘で！　と頑《かたく》なに主張して、きっちり自分の分は支払った。

授業料も出していないのに、これ以上甘えるわけにはいかないだろう。かかった費用は、一応計算してメモに取ってある。

彼の命令に従うとは言ったけれど、今のところ私ばかりが得をしているような気が……

帰宅後にメールを確認すれば、萌ちゃんから街コンの連絡が届いていた。

「えーっと、一応気合の入った格好で……か。平日だし、ほかの参加者は仕事帰りかなぁ？」

萌ちゃんはまあ、いつも通りフェミニンな服装だろう。

「合コンなんて、大学生のとき以来参加したことないんだけど……。とりあえず、ジーンズはないよね」

日向さんにプレゼントしてもらった服は、いつかの一日デートのために取ってある。

いつもの私は、比較的シンプルでカジュアルな服装をしている。日向さんにも言われた通り、どこか楽だと感じる服ばかりだ。

どうしてもパンツスタイルが多いので、スカートは慣れていない。だから少し恥ずかしいんだけど、でも、何事も経験だ。

それに、自分の内面と正反対な姿を演出してみることで、奇跡的にモテるかも！

「よし、オシャレ頑張ろう」

自分のワードローブから、ノースリーブのワンピースを取り出した。黒のVネックで、丈は膝上くらい。

私が唯一持っている一粒ダイヤモンドのネックレスをつければ、ちょっとオシャレなパーティー向きの格好になるかな。ちなみにこのネックレスは、母のお下がりだ。

「カーディガンと、ストッキング。靴はパンプスでいいよね」

地味な格好で行けば逆に浮きそうだから、周りと同化する程度にオシャレしよう。そうすれば、悪目立ちせずに傍観に徹することができるはず。

普段は面倒くさくて化粧も最低限しかしないけど、たまにはちゃんとしてみるのも楽しそうだしね。可愛い女の子代表みたいな萌ちゃんの傍にいれば、いろんなタイプの男性が寄ってきて観察し放題だろうから、チャンスは最大限生かさねば。

私はメモ帳とスマホの充電を確認して、その日は眠りについた。

◇◆◇

青山にあるレストランで、街コンは行われるらしい。

遠目からでも気合が入っているとわかる格好で、萌ちゃんは待ち合わせ場所に現れた。

最近睫毛《まつげ》エクステをしたという彼女は、目力がいつもの二倍になっている。うるうるな唇に、ほんのりピンクなチーク。髪は綺麗に巻かれており、とても夕方すぎの姿には見えない。

「気合入ってるね、萌ちゃん」

「奈々子先生こそスカート！」

「恥ずかしいから、あまり見ないでね」

膝上五センチのスカートでも、あまりじろじろ見られるのは恥ずかしい。

「わけ目変えたんですね。おでこ出してると雰囲気変わりますね～」

「眉毛のお手入れ頑張ったよ、昨日」

あははと彼女は笑ったが、事実だ。額《ひたい》を極力見せないのは、眉毛の手入れが面倒だから。つくづく私の女子力は残念すぎる。

「あ、萌ちゃん。私が脚本家していることは、秘密でお願いね。一応、仕事目的で行くけど、バレると面倒だから」

「そうですね。わかりました。呼び方は奈々子さんでいいですか？」

「本名でもいいんだけど、まあ奈々子でいいか。その方が呼びやすいなら」

ぽろりとボロが出ても困る。

スマホで地図を確認しながら、目的地まで歩いた。駅から五分ほど離れた場所にあるらしい。

考えてみたら、彼女と仕事以外で会うのって初めてかも。年下の女の子とデートだなんて、ちょっとわくわくする。

「なんか嬉しそうですね？」

くすりと笑った私に気づいた萌ちゃんに、「可愛い女の子とデートなんて役得、って思ってね」と言ったら、「私も奈々子先生とお出かけできて嬉しいです」と返された。

「〝先生〟はなしで、ね」

「ああ、そうでした！」

このちょっと天然っぽいところとか、妹気質な感じとか、モテそうなんだよね。

「今さらなんだけど、萌ちゃん、彼氏いないの？」

「いませんよ〜！　私、近くにいる男性は恋愛対象外なんで。社内恋愛とかもしない主義なんです」

「へぇ、そうなんだ。それはやっぱり近すぎると厄介だから？」

そういえば女の子とこんな話するのも久しぶりだな。いつ以来だっけ？　と考えながら信号を待つ。スマホで地図を確認しつつ、萌ちゃんは頷いた。

「同僚ってだけで対象外ですね。それに私のタイプは、クリエイティブ系よりインテリか理系なんで」

そして、未来の旦那は公務員がいいと言い切った。若いのになかなか堅実で、ちょっと意外だ。

「むしろ奈々子先……さん、はなんで恋人いないんですか？」

「出会いがないからね」

一番無難な答えを言えば、萌ちゃんはため息を吐《つ》いた。

「深刻ですよね、それ。でも、今日の街コンでいい出会いがあるかもしれませんし。奈々子さん、ちゃんと揺れるピアスつけてきました？」

洋服のアドバイスの後に、実は彼女から追加でメールが届いていた。

何故かピアスはプラプラ揺れるタイプのを選べと言われたのだ。

「ピアスじゃなくて、イヤリングのもらいものがあったからつけてみたけど。これ、なにか意味あるの？」

数年前の誕生日に、友人からローズゴールド色の華奢《きゃしゃ》なイヤリングをもらった。五センチくらいの長さのそれは、チェーンの鎖《くさり》とビーズがついていて、大人可愛い。髪も下ろして来てと言われたので、ご希望通りにしてきたけど。さて、どうしてだろう。

萌ちゃんはにんまりと笑った。

「合コン必勝法のひとつなんですよ、揺れるものをつけるのって。男性は無意識に揺れるものに惹《ひ》かれるそうですよ。ほら、動物が動くものについ目が行っちゃうのと同じです」

彼女曰《いわ》く、揺れるものを身につけると男性はそれをつい見つめてしまうという。だから胸元のネックレスは、男性をドキッとさせるには有効なアイテムなんだとか。

女性の胸元を、男性は見てはいけないのに見てしまい、ドキドキする。そのドキドキを、恋に落ちる前兆のドキドキと錯覚してしまう。言わば吊り橋効果になるというのだ。

本当かどうかはわからないが、なかなか興味深い話ではある。

「男性も動物の雄ってことなのね」

「そうですよ。男なんて単純だって言うじゃないですか。あと、髪をかき上げる仕草が色っぽいとか、ドキッとするっていうのも、定番ですよね」

だから髪下ろして来いと言ったのか。

ほかにも萌ちゃんはいろんなテクを教えてくれた。尋ねた質問に相手が答えたとき、その発言を繰り返して同調する方法とか。これにより、相手に関心を抱いていると思わせることができ、相手の警戒心が薄れるらしい。

「自分がしゃべるのではなく、聞き上手になるんです。目を見つめながら相槌《あいづち》を打ったり。初対面の人とのコミュニケーションでは、使えますよ」

「なるほど。で？　萌ちゃんはそれ使って、今までの勝率はどうだったの」

それが一番気になるところなのだが、彼女はくすりと微笑んで「ご自分で確かめてください」と答えた。可愛いのになかなか厳しい。

「萌ちゃんには存分に頑張って欲しいけど、私は一応仕事目的だからね？　恵さんからも言われてるように、完全にネタ探しのつもりなので」

「それなら、なおさら今のテクを使ってみたらいいじゃないですか。相手の反応がどんな感じか、分析するのも仕事の参考になりますよ」

……それも、そうかも？

私は小さく、頑張る、と意気込みを告げた。

辿り着いたのは、地下にあるオシャレなレストラン。

階段を下りて左手にバーがある。右手は、普段はレストラン用のテーブルが並べられているんだろうが、今はテーブルも椅子もすべて取り払ってあり、広々としたスペースが作られていた。

開始時間ギリギリに行けば、中には既に大勢の参加者の姿があった。

この街コンの募集条件は、女性の年齢は二十代前半から三十まで。男性は確か二十代半ばから三十代半ばまでだったはず。

そんなことを思い返しているうちにも、人がどんどん後ろから入って来る。これは明らかに、人数オーバーだ。

「萌ちゃん、街コンってこんなぎゅうぎゅうな場所でやるの？」

「いえ、普通はもっとゆとりが……主催者、お金ケチりましたね」

移動するのも一苦労なほど、混雑している。飲み物を受け取るのもやっとだ。

「なんかビンゴゲームのカードももらったけど、これって遊べる余裕あるのかね」

「とりあえず、奈々子さん。あそこが人少ないので、移動しましょう」

受け取ったウーロン茶を零《こぼ》さないよう気をつけながら、なんとか隅っこまで動く。店内を見渡せる場所に行くと、ようやく周りを観察する余裕が生まれた。

「私に構わず、萌ちゃんは好みの男性見つけたら、アタックしてきていいのよ？」

「アタック……いえ、私、基本的に自分から話しかけないので」

実は結構受け身らしい。中身は肉食かと思いきや、少し意外だ。

酸素薄いな、と思いつつプラスチックのコップに口をつけた。

女の子たちは各々オシャレに着飾っている。ミニスカから美しい脚を覗かせている子もいれば、腕を出している子も多数。男性陣はカジュアルな服からスーツ姿と、やはり様々だ。

「混んでるから話しにくそうだけど」

「これ、スペースなさすぎて出会いのチャンス奪ってますよ」

はあ、と嘆息した萌ちゃんは、一気にオレンジジュースを呷《あお》った。既に諦めモードらしい。

「奈々子さん。こんな状況ではどうせご飯は食べられませんし、ここ終わったら、どっか食べに行きましょう」

「いいね、そうしよう」

お互い収穫は期待できぬな、と思っていたら、近くにいた男性が萌ちゃんに話しかけてきた。おお、すごい。

二十代半ば頃か、スーツにネクタイ姿で、背は私と同じくらいだ。イケメンではないけれど、優しそう。

耳をさりげなくダンボにしつつ、脳内メモの準備をＯＫにする。

相手は萌ちゃんに、どこから来たんですかと話しかけた。

彼女は愛想よく答えるが、あまりその男性に興味があるようには見えない態度だ。

どこから来たのかは、必ず訊《き》かれる質問なんだとか。その次に、なんの仕事をしているか、ここには初参加か、など。

ぐびっとコップのウーロン茶を半分ほど飲んだところで、たまたま目が合った近くの男性が会釈《えしゃく》して近づいてきた。

「あの、乾杯いいですか？」

「へ？　ええ……、いいですよ」

乾杯、と言ってグラスを合わせる私たち。一体なににだ。

「すごい人ですね～。初めてですか？」

「ええ、そうなんです」

人見知りではないが、なんか緊張するな、これ。なにしゃべったらいいんだろう。

一見サラリーマンふうの彼も、初参加で戸惑っていると笑って言う。それからは想定していた質問攻めに遭《あ》った。しかしそれも、知り合いかと思われる男性が彼を呼びに来たことで、あっさり終わった。

振り返れば、ちょうど萌ちゃんも、話していた相手と別れたところだった。

「奈々子さん、合コンテク使いました？」

「あ、忘れてた」

「好みの人がいたら、すかさず使ってみてくださいね」

と言われても、好みの男性がどんな人か……。あまり見た目で人を好きになることがないから、なんとも言えない。そもそも私のタイプってどんな人よ？

なよっとした人はちょっとなぁ……。できれば私と同じく、スポーツをやっている人がいいかも。

くつろぎスペースの椅子が空いたのでふたりで座っていると、男性ふたり組が私の目の前にやってきた。萌ちゃんはというと、隣に座っている人と話し込んでいる。

「こんばんは。ひとりですか？」

「いえ、彼女と……」

ちらりと萌ちゃんの存在を確認した同年代らしきふたりは、立ったまま私に話しかけてくる。

とりあえず乾杯ということで、本日二度目の乾杯を交わす。

茶髪で今ふうに髪をセットしているふたりは、フレンドリーに出身地はどこ？　とか、今どこに住んでるの？　とか尋ねてくる。あまり個人情報は言いたくないんだけど、言わないのはノリが悪いと思われるのだろうか。そんなことを考えつつ、なんとなく適当に答えていった。

「失礼じゃなければ、歳訊《き》いてもいい？」

「二十八です」

「へぇ〜。若く見えるね」

「でも同じくらいですよね？」

訊き返せば、彼等は笑って否定した。

「嬉しいけど、俺ら三十二だから」

えっ？　日向さんと同い年なの？

内心驚きで口を開けてしまうが、なんとか「そうなんですか〜」と萌ちゃんを真似《まね》た口調で答えてみる。

「若く見られるなんて嬉しいな」と喜んでいる彼らには悪いけど、正直な感想を言えば、そのノリとテンションで三十代ってマジで？　と驚いたんですが。

自宅のマンションからの夜景が自慢だとかで、今度遊びに来てと誘われた。社交辞令的な愛想のいい笑みを返し、メアドだけ交換する。

連絡先を交換するときになって、「そういえば名前なんだっけ？」と訊くのはアリなのか。私の中での乾いた笑いが止まらない。

ふたりが去った後、ふうと軽く嘆息する。

ガンガンに音楽がかけられた店内だが、隣の萌ちゃんの声は拾えた。

「エレベーター作ってるんですか～。すごい～」

にこにこ笑って萌ちゃんに話しかける彼の目は、色恋に疎《うと》い私が見てもちょっと引くくらいギラついている。少し顔近すぎないか？　と、姉心が発動してしまった。

「奈々子さん、彼ってエレベーターの設計やってるんですって」

「ソウナンデスカ」

つい、私の答えが棒読みになる。

彼は一瞬だけ愛想笑いを浮かべ、すぐにふいっと顔を逸《そ》らした。あ、こいつ私にはまるで興味がないな。めちゃくちゃわかりやすい。

萌ちゃんは興味があるのかないのかわからないが、無難に会話を続け、差し支えのない連絡先を彼に渡していた。あれは彼女が合コン用に使っているメアドだ。

その後も移動の度に声をかけられ、些《いささ》かぐったり気分で外に出た。

「外の酸素がおいしい……。あそこ空気悪かったよね」

「喫煙コーナーもありましたからねぇ。結局ご飯なにも食べられなかったです」

ぐう、とお腹が鳴る。時刻はそろそろ九時。

チェーン店のうどん屋さんに入り、私たちはようやくそこで落ち着いて座ることができた。

「で、どうでした？　感想は」

月見うどんを頼んだ萌ちゃんが、うどんにふうふう息を吹きかけながら問いかける。

パチンと割り箸《わりばし》を割る音を響かせた後、私も自分の山菜《さんさい》うどんに箸をつけた。

「なんて言うか、いろいろと勉強になったかな」

「へえ、例えばどういうところですか？」

関西ふうの出汁《だし》がきいたスープを飲み、先ほど脳内メモに記《しる》したページをめくる。

「今時の若者の傾向？　積極的かと思えば、意外と保守的で慎重だね」

でも名前を最後に尋ねるのは、よろしくない。連絡先を訊《き》くときに、ついでのように名前なんだっけ？　って言うのは一体どうなの。社会人としてもおかしくないか、それって。

「今時って、奈々子先生も同年代でしょうに。でも、結構あんな感じですよ。相手のことを探りながら手ごたえを見て、脈なしなら次に行く、みたいな」

元が体育会系の人間だからかしら。なんかそういのって、ムズムズするというか、あんまり好みじゃない。

「萌ちゃんからのテク、使ってみたはいいけど、よくわからなかったわ。ごめんね」

「いいえ、気になる人がいたわけじゃなかったんですから、いいですよ。そういうのは、落としてみたい相手に使うのが一番ですし」

そういう萌ちゃんは今日はどんな感じだったのかと訊けば、連絡先を交換したのが五人。その内ふたりからは早速ご飯のお誘いが入ったとか。早っ！

「行くの？」

「行きませんね」

おお、ずい分キッパリしている。どうやらお眼鏡にかなわなかったらしい。

「食事に行ってもいいかなと思う魅力を、誰にも感じなかったので。話して気の合う人が、最低限の条件です。自分の自慢話ばかりとか、ないですね〜。それと、食べ物の好みが合って一緒に食事が楽しめるのも重要です」

「食事を楽しめる人……」

ふいに日向さんの顔がパッと浮かんだ。

最近よく、ご飯を食べに連れて行ってもらっているからかな……？

◇◆◇

街コンに参加してから二日。私は、日向さんに会うまでに、課題の答えを見つけようと試《こころ》みていた。

が、いまひとつわからないままだ。

好きという感情は、奥が深い。それはわかるのだが、その「好き」に、種類や違いがあるんだろうか。この「好き」は友人へ、この「好き」は異性へ、なんて意識したことなど一度もない。

この歳になってなにをと呆れられるかもしれないけど、狂おしいほど恋しいという恋愛感情としての「好き」がどういうものなのか、私には未知だ。

ローテーブルの収納スペースに置いてある、先日購入したコミックを手に取った。これが今、女子高生の間で流行《はや》ってるらしい。

『先輩、私、やっぱり先輩が好きです……！　サッカー部のキョウスケ君や幼馴染《おさななじみ》のリョウスケは、好きだけど大切な友達なんだって、ようやく気づいたの。本当に好きなのは、生徒会長のあなただけ……！』

泣きながら生徒会長とやらのイケメンの胸に飛び込むヒロイン。バックの花がキラキラしく場面を彩《いろど》っている。

『ああ、俺もだ。キョウコは幼馴染で妹も同然、リョウコは親同士が勝手に決めた許嫁《いいなずけ》なだけなんだ。お互い友情以上の気持ちはない。本気で好きなのは、君だけだ』

校舎の屋上で熱い抱擁《ほうよう》を交わすふたり。ちらほらと雪が舞う場面はロマンティックだが――

「寒くない？」

そうツッコミを入れてしまうのは、感情移入できていないない証拠だろう。

だって主人公、タイツすらはいてないよ。冬なんだから寒いじゃん。しかも屋上だよ？　冬の制服なんて、スカートの下はジャージがデフォルトでしょ。

『嬉しい、先輩……！』

見開きを使って大きなアップ。そして濃厚なキスシーンに、少女たちは胸をときめかせるわけか。

パタンとコミックを閉じて、思わず考え込む。

表紙にはでかでかと、一巻の文字が。なのにラストでもう両想い。この先、一体どう進むんだ？

というか、あんたら初めは反発し合ってたんじゃなかったのか。

「展開早くない？」

両想いになるまでが短いと思うのは、私だけ？　それとも今時の子なんてこんなものなのだろうか。

約十歳下の少女たちの恋愛模様は、中高とも部活に明け暮れていた私には難しすぎる。

恋って、いいなと思った人との距離が徐々に縮まって、段々と気持ちを育《はぐく》むものじゃないの？

いいな、がいつしかドキドキ感に変わり、トキメキが加わって好きだと実感する。

そして気がつけば、相手が一番自分の近くにいる。
それが心地よい距離で、心が安らぐ。穏やかに気持ちを育てて、いつの間にか恋しているると自覚する——

そんなありふれた、でもキラキラした感情の揺らめきが、恋なんだとイメージしていた。

「恋、か。好きって感情、単純そうで難しい……」

ソファにごろりと横になった私は、眠気に誘われるまま目を閉じた。

日向さんがお休みの、平日のある日。引き続き恋愛講座を開いてもらうため、外で会う約束をしていた。

待ち合わせ場所にいた日向さんは、この間とは違うシンプルなジャケットに中は薄手のセーター、上品な色合いのジーンズ姿。すらりと長い脚で、ベストジーニストに選ばれそうな勢いだ。

オンとオフの切り替えなのか、日向さんは前髪を下ろしているが、その姿にはまだちょっと慣れない。

「おはようございます、日向さん」

「ああ、おはよう」

すっと目を細めて私をみとめた彼は、ほんの一秒足らずで私の全身をスキャンする。デート服だからと、一応手を抜きすぎない程度にオシャレをしたつもりだ。いただいた服はまた次に着ようと思って、今回は私のセンスで服を選んだ。

白地にレースがついているカットソーに黒のカーディガン、スカートにも見える紺色のキュロット。裾《すそ》がひらひらしているので、一応フェミニンには見えるはず。

黒いタイツに足首で留めるストラップ付きのパンプス。髪は緩《ゆる》く巻いて、耳にもイヤリングを。もちろん、萌ちゃんオススメの、揺れるタイプだ。

ネックレスもしたし、眉毛も整えてメイクも気合が入っている。

内心びくびくしていると、彼は、「可愛いですね。よく似合ってます」とほめてくれた。

「あ、りがとう、ございます」

ほめられたと思うと、恥ずかしくて照れが……！

「あなたがアクセサリーをつけているの初めて見ました」

「えっと、たまにはいいかなと思って。揺れるタイプのアクセサリーは視線を釘付けにするとかいう話もちょっと聞いて……」

後半は、ごにょごにょ濁《にご》すように言ってしまった。でもそれを聞いた日向さんの目が一瞬きらりと光った気がする。

「ほう。誰の視線を、ですか？」

「あの、えっとですね……」

結局、男受けどうこうの話まで訊《き》き出されてしまった。流石《さすが》です、日向さん。目ざとく見つけたアクセサリーひとつから、私のごまかしたかった情報まで引き出すとは。

しかしそこまで訊き出すと、彼はあっさり話を私の服装に戻した。

「その黒のカーディガンは、以前着てたやつとは似ているけど違いますね」

「ええ、ちょっとだけ丈が短めなんです。なんか気づいたら同じような服ばっかり集まっちゃうんですよね。この黒のカーディガンもそうですけど、ほかにもベージュとか。似たような色のキャミソールも箪笥《たんす》に溢《あふ》れてます」

これいい！　と思って購入後、似通ったデザインや色のものが箪笥の引き出しから出て来ることは頻繁《ひんぱん》にある。無意識のうちに、好みのものが揃ってしまうらしい。

あはは、と笑っていたら、腕時計をちらりと確認した日向さんは、おもむろに私の手を引いて駅の改札に逆戻りした。

「え、え？　どこに行くんですか？　というか、今日の予定ってなんですか？」

いつも現地集合だから、また電車に乗ってどこかに行くなんてしたことないのに。

振り向いた日向さんは、笑顔でとんでもないことを言った。

「今からあなたの家に案内してください」と。

「きゃあああ!?　ちょ、ちょっと待ってください、そこは……！」

「往生際《おうじょうぎわ》が悪いですよ。さっさと開けなさい」

超笑顔で横暴なことを！

私の後頭部をがしっと片手で掴《つか》んだ日向さん。頭蓋骨《ずがいこつ》から、みしみしと音が……！

「い、イエッサー……」

開けろと言ったのは、私の寝室への扉。

日向さんは、宣言通りに私の城までやって来ていた。

まさかの抜き打ち検査ですか!?　と問えば、そのつもりはまったくなかったとか。

私に会って、あの短時間で予定変更したらしい。なにをしくじった、自分。

リビングは多少散らかっているが、許容範囲と言えるだろう。仕事関係のものは、リビング奥の衝立《ついたて》の向こう側だ。少し広めのリビングを衝立で仕切り、デスクと本棚を置いて仕事のスペースにしている。置ききれない資料は、寝室の本棚に入っているけど。

「ちょっと待って、五分待ってくださいっ」

寝室に通すには、中を確認してからじゃないとまずい。

今日はまだ洗濯はしていないから、室内干しにしている下着はない。

起きてそのままだったベッドをバババッと直して、ついでに床に落ちていた靴下を拾う。

彼は一体、なにが目的なのか。なんにせよ、あまりいい予感はしない。でも、待たせると日向さんを苛立たせてしまう気がする。

気乗りはしないが、覚悟を決めて寝室に通した。

「こざっぱりしてますね。意外と」

「最後のは余計ですが、事実なので否定しません」

極力、寝室にはものを置きたくない。シンプル・イズ・ベストと考えている。が、それは見える場所にはものを置かずに、という意味で。

収納が十分なこのマンション、隠す場所ならたくさんあるのだ。

大きなクローゼットと箪笥《たんす》の中は、実は自分でも探しものが見つからないほど混沌としている。

「あの、日向さん。一体、今からなにを始める気で？」

外で一日デート——という名の恋愛講座——だと思っていたから、それなりにオシャレもしたんだだが。

訝《いぶか》しむ私に、日向さんはサラリと言う。

「断捨離《だんしゃり》しますよ」

「え？」

そして勢いよく、彼はクローゼットの扉を開け放った。

「あ、ああ！　そっち側開けちゃダメ……」

積み上げていた使わない衣類とバッグなどが、雪崩《なだれ》のように落ちてくる。見事な反射神経で、彼はそれらをひょいっと避けた。

クローゼット前の床に散らばった服を、彼がつまみ上げる。

「潤。これはなんですか？」

「はあ、夏用のパジャマですね」

さらっとした生地で着心地がいいと、もらったものだ。

基本Tシャツと短パンがあれば寝られるので、可愛いパジャマなど自分じゃ選ばないけど。

すっと目を細めた日向さんは、カオス状態のクローゼットを見据えたまま命ずる。

「ゴミ袋を大量に持ってきなさい」

げぇ！　めんどくさい！

という本音をぐっとこらえる。

「はい、コーチ……」

目上の人には従わないと、怖い。体育会系の血がそう告げている。

「二年着なかった服は迷わず捨てなさい。いつか着るかもしれないが今は着ない、という服も容赦なくです。箪笥の肥やしを増やしてはいけません」

すみません、とひたすら謝りながら服の選別を続ける。

私は買いものは嫌いじゃないが、捨てるのが苦手だ。

というか、正直捨てるのが面倒で、後回しにしてました。すみません！

「これは？」

「ああ、高校生の頃に買ったショートパンツ」

「こっちは？」

「それは大学時代、流行《はや》りに乗っかってみたワンピースで」

「……それならこれは」

「二年ほど前にストレスで食べすぎて、太ったときにはいてたジーンズ。でも痩《や》せたらぶかぶかでもう着ないかと……」

低められる声にびくついていたら、ぷちっと日向さんがキレた。

「なんで着ないものばかり溜め込んでるんですか！」

「すみません、コーチ！」

豪快《ごうかい》にゴミ袋へイン。

あああ！　と思いつつも、それらに特別な思い入れがあるわけじゃないので、もったいないとは思うがショックはそれほどでもない。

今好きなものだけを残せと言われ、いるいらないをわけること約一時間。いらないものの山ができ上がり、私のクローゼットと箪笥《たんす》の中はかなりすっきりした。

ものを減らすと、なにが必要でなにが不必要かわかるようになるし、余計な買いものもしなくなるので経済的だと、日向さんは言った。

「よく溜め込みましたね、まったく」

「面目ないです……」

直感で好きな服だけを残し、あとは捨てるのとリサイクルショップ行きにわけた。

断捨離《だんしゃり》後、後片づけをしてからリビングへ移動した。

それにしてもくたびれた。まさか強制お片づけが始まるとは、想定外すぎる。

着古した室内着が一気に減ってしまった。オシャレなルームウエアなんて持ってないんだけど……とりあえず洗濯機に隠したジャージが見つからずに済んでよかった、なんてことを思う。

的確な指示を出していた日向さんをソファに座らせて、コーヒーを淹《い》れた。

その間、日向さんは無言だ。

トレイにコーヒーと、ついでにお水のボトルも用意してキッチンから顔を出す。

「疲れましたよね。すみませ……」

止まる台詞《せりふ》と呼吸。視線は彼の手元に注がれる。

「あなたはこういう趣味があったのですか？」

優雅に脚を組みながら、日向さんはソファに座っている。

私は日向さんの目の前のローテーブルにガチャッとカップを置いた。そしてぱらりと彼がめくる本を、慌《あわ》ててひったくる。

「何故！　どこにあったんですか⁉」

「このテーブルの下ですが」

雑誌が置けるスペースのあるローテーブル。遠目からだとそこになにがあるのか確認できないのが、迂闊《うかつ》だった。そこまで気が回らなかったのだ。

ただの少女漫画ならまだしも。よりによって、あのＢＬ漫画だなんて……

動揺したそぶりも見せず、口許だけは綺麗な弧を描きながら、コーヒーを飲む日向さん。

おかしい、何故私ひとりが慌てている。

「違います、誤解です。趣味じゃなくって、仕事の資料としてそろえた本なんです。でも、恥ずかしくて全然読めてないんです！」

「恥ずかしい？」

ソファから立ち上がり、私の手からＢＬ漫画を抜き取った彼は、表情をまったく変えずにぱらぱらとめくる。

それから日向さんは、含みのある笑みを見せた。

「たとえばこれですか？」と、片手でページを開いた本を突きつける。

「……ッ!?」

全裸に等しい姿で濃厚なキスを交わす、見目麗《みめうるわ》しい男性がふたり。

「キャー！　なんでわざわざ私に見せるんですかぁー!?」

思いっきり目を逸《そ》らした私を見て、日向さんは楽しげに笑う。この男、俺様な上に意地も悪いらしい。

「からかいがいがある人は、徹底的にいじりたくなるでしょう？」

「さらりと問題発言！　ていうか、どうして日向さんはこんなのを冷静に見られるんですか」

こういうのは、普通男性の方が動揺するんじゃないのか。

「はっ、まさか経験済みだから大して珍しくもないとか……」

思考をそのまま口からダダ漏れさせた私は、すかさず頭を本でパコンとはたかれた。酷《ひど》い。

「んなわけありますか。私の恋愛対象は女性です」

「さ、左様で……」

片手で頭頂部をさすっている間に、彼は再びソファに座る。

どうやら貴重なイケメンが、男性に取られてしまう可能性は低そうだ。世の女性陣に朗報と言えるだろう。

「どう見たってこれは完全にファンタジーでしょう。この体勢なんて不自然じゃないですか。男同士で正常位ってどうなってるんです」

「ちょっ、解説しなくていいですからぁ！」

なんて危険な話題になっているんだ。そこ、柳眉《りゅうび》をひそめて不思議がることじゃない。私の方が居たたまれないって、なんなのこれ。

「仕事の資料で買ったのなら、しっかり読みなさい。隅々まで。そんなに恥ずかしがっていたら役に立たないでしょう」

BL漫画をめくりながら、彼は真っ当なことを言う。

「うっ、時間をかけて少しずつ、読み進めていこうかと……」

でも情けない話だが、恋愛に免疫《めんえき》のない私は、ドラマや映画のキスシーンは平気でも、漫画は無理なのだ。ちなみに映像であっても、ベッドシーンや濡れ場は仕事中といえども赤面する。

女の子のチラリズムくらいのセクシーさは好きだけど、明らかに密度の濃いラブが入ると、居心地が悪くなるのだ。家族の団欒《だんらん》で気まずい空気が流れる気分になるというか。

「男女のだって、なかなか直視できなくて苦手なのに」

「そうですか。なら、まずは男女から慣れなさい。いきなり同性の方がレベルが高いですよ」

確かにそうだ。

それなら、街中でデート中のカップルでも積極的に観察しに行くか。

内心でため息を吐《つ》いていると、コーヒーを飲みきった日向さんが、すっくと立ち上がった。

「お腹が減りましたね。もう一時すぎですか。昼食を食べに行ったら、その足で映画のDVDを借りに行きますよ」

「え？　レンタルショップに？」

この流れで、何故。

首を傾げるが、出かける支度《したく》をしろと急《せ》かされる。

積み上げられたゴミ袋に躓《つまず》かないよう気をつけながら、私はバッグを取りに寝室へ戻った。

近所のお蕎麦屋《そばや》さんでお腹を満たした後、行きつけのレンタルショップに向かう。

店内で日向さんと別れた私は、新作コーナーで足を止めた。

超大作のハリウッド映画として話題を攫《さら》っていた、アクションファンタジー。見たかったんだけど、時間が取れなくて映画館に行けなかったんだよね。思わず手に取る。

背後で呼ばれ、私は笑顔で振り返った。

「日向さん、これ見ました？」

「見てないですが、それは今度です。今日はこっちを見ますよ」

彼の手には、ＤＶＤが三枚。洋画の名作と、一昔前に話題になったやつと、そこそこ最近の邦画。

すべて、恋愛映画だ。

「……アクションとかファンタジーは」

「却下」

ですよね～。

……男性とふたりだけでがっつり濃厚ラブを見るとか、どんな苦行だ。

彼に肘《ひじ》を掴《つか》まれた私は、後ろ髪を引かれる思いでアクションファンタジーのＤＶＤを棚に戻した。


一番に見たのは、ずい分昔の名作洋画だ。モノクロのそれは、戦争で引き裂かれた名家のお嬢様と婚約者の悲恋を描いたものだった。

生きて帰れる可能性が低いのを知っていた彼は、彼女のためにと自《みずか》ら身を引いた。だが最後に、愛していると言って欲しいと彼女に懇願《こんがん》する。

お互いの頬を両手で包みながら、何度も愛を囁《ささや》き、口づけを交わすふたり。

その姿は純粋に美しく、儚《はかな》く、切ない。

戦争に赴《おもむ》く婚約者を見送ることも許されず、自室で涙を流すヒロイン。声を押し殺して漏らす嗚咽《おえつ》に、見ているこちらも心が引き裂かれそうだった。

ずびずび鼻を啜《すす》り泣く私に、日向さんはティッシュを箱ごと寄越した。

「ずびばせん……」

恥じらいもなく豪快《ごうかい》に鼻をかんだ私に、彼は何故か笑った。

「昔の女優さんって、本当に美しいですね……」

見終わった後、私は日向さんに思ったことを言った。所作《しょさ》と言うのだろうか。ひとつひとつの仕草が洗練されている気がする。

「最近の邦画と見比べますか」

そう言って、彼は次の映画を再生させた。

「あの、日向さん……これはちょっと」

「なんでしょう？」

キラキラしためちゃくちゃいい笑顔で私を見つめる日向さん。これは完全にからかって面白がっている。

映画が始まって二十分かそこらで、濃厚な絡《から》み。そりゃそうだよ、これ花魁《おいらん》が主人公じゃないか。

華美な和風のセットと衣装に目が奪われるが、それを脱がすシーンが……エロいのひと言に尽きる。

でもエロさの中に美しさも秘められている。また女性の監督視点だから、ある意味安心して見られるはずなのだが……

「こら、しっかり見なさい」

「だ、ダメです！　じっくりなんて見られません！」

隣に日向さんがいるから余計恥ずかしい！

「バカですか。顔を隠したらなんのために見てるんです」

クッションに顔を埋《うず》めていたら、すかさず横から奪われた。鬼！

視線を横に逸《そ》らすことも許されず、しばらく彼にがしっと頭頂部を片手で鷲掴《わしづか》みされて、映画を見るよう固定された。

凛《りん》とした姿勢。毅然《きぜん》と立つ美しさ。吉原《よしわら》の世界の光と影——

女と男と性の世界は、美しくも残酷で、酷《むご》いのに目を奪われる。

エロいけど、それだけじゃない。映像美を追求しつつも組み立てられた物語の緻密《ちみつ》さに、感嘆する。

いつの間にか日向さんの手が退《ど》けられていたことにも気づかず、私は最後まで集中して見続けていた。

「少しは慣れましたか？」

二本立て続けに見た後、身体を伸ばしながら日向さんが言った。

「慣れたかどうかは、わかりませんけど。今まで恋愛映画は、自分で好んで見ることはなかったので、新鮮で勉強になりました」

でも、やっぱりラブシーンは恥ずかしいが。

思い出したら赤面してしまう。

「好きなものだけじゃなく、きっかけができたら手を出してみること。思いのほか面白《おもしろ》味《み》がわかって、ハマるかもしれませんよ」

「食わず嫌いはダメですね。自分の好みばかりじゃ、視野は広がりませんし」

誰かに紹介されたり、仕事で仕方なくだとしても、機会に恵まれたら積極的に関わってみるのもいいかもしれない。

「で、課題の答えは出ましたか？」

突然、話が変わった。視線を逸らし、まだだと答える。

「すみません、いろいろ調べてはいるんですが、自分の中ではっきりしなくって」

「そうですか。別に期限を設けているわけじゃないから、焦る必要はないです」

好きの種類がどう違うのか。恋愛感情で誰かを好きだと思う気持ちは、ほかの人間への「好き」となにが違うのか。

私が明確にその違いをわかる日が来るのは、一体いつになるのやら……

◇◆◇

すっきりした部屋で寝起きすると、思考も整理された気分になる。

箪笥《たんす》もクローゼットも徹底的に片づけてから数日、私は清々《すがすが》しい心地に浸《ひた》っていた。

今まで面倒がっていたけど、断捨離《だんしゃり》はいざやってみるとハマるかもしれない。

何故か身体まで軽くなった気分だ。早起きし、外へ走りに行きながらそう思った。

『で、萌葱との街コンはどうだったの？』

夕方、恵さんに仕事の用事で電話したのだが、途中で先日の街コンの報告を求められた。

敏腕プロデューサーからのインタビューは、執拗《しつよう》で逃れようがない。

「とりあえず、最近の若者が保守的で慎重だということがわかりました」

話しかけるときに名前を名乗らないとか、ビジネスの世界では考えられないことだ。

「あと、三十代前半の男性が想像以上に幼かったのも驚きです」

『まだまだ若造よ、そのくらいの歳じゃ』

その口ぶりだとステキな出会いはなかったわけね～、と電話越しでため息を吐《つ》かれた。

あんなぎゅうぎゅう詰めでは、よい出会いなどできそうにない。

「あ、恵さんはどんな相手なら、連絡先を交換したいと思いますか？」

参考までに訊《き》けば、即答が返ってきた。

『セックスがうまそうな人』

ぶふっ！

紅茶を飲んでいるときになんてことをっ。

『なぁ～に動揺してるのよ。処女でもあるまいし』

その処女なんですが――。私は周りには、普通に男性経験があると思われているらしい。

「言い方が直接的すぎるんですよ」

『だって当然じゃない。いいなと思う相手＝《イコール》セックスしたいと思える相手よ。肉体関係にならない清い関係なんて、あるわけないじゃない。心が繋がったら身体も繋がりたいと思うでしょ』

……なんだろう、今、重要なことを聞いた気がする。

思わずメモを取る。

心と身体は連結している。気持ちが通じたら、相手にも当然触れたいと思うもの。

『人間だって動物なのよ。相手の遺伝子に魅力を感じなきゃ、ヤりたくならないわよ』

「あの、もう少しオブラートに包んで……いや、いいですよもう。人間も動物ですね、確かにそうかと」

動物だから、本能で欲しい相手がわかる、と。野性的な勘を磨けば、相手のフェロモンとやらも嗅《か》ぎ取れるようになるのかもしれない。

「フェロモンを嗅ぎ取るには、自分のフェロモンも意識するべきですかね。私、自分に女らしいフェロモンがあるとは思えないんですが」

『あんたはもう少しオシャレしなさい。せっかく素材はいいんだから』

その後、恵さんから私の外見についていろいろとダメ出しをされた後、仕事の連絡が入ったとかで電話は切れた。

先日片づけたばかりの箪笥《たんす》とクローゼットの状況を思い浮かべる。

「圧倒的に女らしい服が少なかったよね。スカートも全然なかったっけ」

日向さんに買ってもらったワンピースが、最近、唯一増えたスカートだ。

もう少し、自分の中の女の部分を意識してもいいかもしれない。

ネットで同世代の女の子に人気のファッションサイトを覗いてみよう。

よし、明日からは女子力アップだ。そう決めて、先日の断捨離《だんしゃり》で日向さんに気づかれずに済んだ、私の定番の部屋着であるジャージに着替える。メイクも落とし、缶ビールを開けた。

スーパーで補充した乾きもののおつまみを食べつつ、ソファにだらける。夜の定番の光景だ。

「そういえばタコワサと、もらいもののカラスミもあったっけね～」

夕食はほとんどおつまみ系だ。セロリとキュウリの野菜スティックも作り、マヨネーズを用意。もちろんマヨネーズは器《うつわ》に入れない。基本マヨネーズ（大）をそのまま絞って野菜につける。だって洗いもの増えるの面倒だし。

ああ、前髪が邪魔だ。ヘアバンドはどこ行ったっけ？

中途半端に伸びた前髪を、適当に髪留め用のクリップで留める。ちょんまげっぽいが、誰も来ないし気にしない。

宅配便のお兄さんがたまに来るけど、見知らぬ人に見られて恥ずかしいと感じるほど、私は乙女じゃないし。

爪楊枝《つまようじ》に小さく切ったカラスミを刺してパクリ。そしてぐびっとビールを叩《あお》った。

もう少ししたら、おでんと日本酒がおいしい季節が到来する。日本酒の熱燗《あつかん》、いいな。

基本、私が飲むものはビールが一番多いが、日本酒も結構好きだ。焼酎《しょうちゅう》もいける。焼酎のお湯割りもいいよね。梅干し入りもおいしいよね！

「おでん〜。おでん食べたいー！　屋台《やたい》のラーメンもいいなぁ。焼き鳥屋で手羽塩《てばしお》食べた後に、締めにラーメン。最高」

　そうだ、今度は日向さんを居酒屋に連れて行こう。

　日向さんはビールや熱燗《あつかん》というより、こじゃれたレストランで呪文のように長い名前の料理とワインが似合うけど。でも、彼はBL漫画を面白がって読めるくらいだから、なんでも順応できる人だと思う。彼自身が言ってたようにイメージに合わなくても、新しい世界には積極的に関わる人なんじゃないかな。

「意地が悪いけど、優しいんだよね」

　いまいち、なに考えているかわからないところもあるが。

　なんて、飲みながら日向さんのことを考えていたら、ピンポーン、と来客を告げるチャイムが鳴った。

　オートロックのマンション。誰が来たのかモニターで確認すると、小さな画面に日向さんの顔が映った。

「あれ、日向さん？　どうしたんですか？」

『おでん買ったんですが、食べますか？』

　もしかしてテレパシー？　なんてグッドタイミングで現れたんだ。

　おでんに心を奪われた私は、マンションのエントランス扉を解除して、彼を招き入れた。

自分が確実に酔い始めていたんだと気づくのは、日向さんのリアクションを見た後のこと。

玄関扉を上機嫌で開けると、彼は一瞬唖然《あぜん》とした。そしてこらえ切れないように、横を向いてぶふっと噴き出した。

どうしたのかと首を傾げた五秒後、私は自分の服装を確認して、小さく悲鳴を上げた。

「とりあえず、近所迷惑になるから中に入れてください」

「はい……」

しまった。おでんに心奪われている場合じゃなかった。

私はすっかり、着替えるのを忘れていたのだった。

「想像以上の出迎えで驚きました。そんなの隠し持ってたのですか」

未だに笑い続ける日向さんは、実は笑い上戸《じょうご》なのかもしれない。

すっかり開き直った私は、前髪を上げたクリップも外すことなく、スッピンを晒《さら》したまま、おでんをお皿に盛りつける。

「あのときは、ちょうど洗濯中だったんですよ。高校時代の陸上部のジャージです」

「もの持ちいいですね」

「まだ穴空いてませんからね」

トレイにおでんと小皿を二枚。からしも忘れずに持って行く。

「いいところに現れましたね。ビールとおつまみで晩酌《ばんしゃく》中だったんですよ」

「晩酌……ひとりでですか」

「こんな格好見られても平気なのは身内以外にいないので。基本、家で飲むときはひとりです」

ビールでいいかと尋ねると、彼はなんでもいけると言った。

冷蔵庫から自分と同じ缶ビールを取り出し、手渡す。

「タコワサとカラスミに野菜スティック。あとはさきいかとあたりめがありますよ。あ、あたりめ、炙《あぶ》ります？」

「出てくるアイテムが、どんどんオジサンくさくなってますが」

「好きなんですから仕方ないです」

マヨネーズもよかったらとそのまま渡したら、器《うつわ》に入れてディップしないのかと言われた。え、それってやっぱり必要？

ぷしゅ、とプルタブを開ける音が響いた。相変わらずなにがおかしいのか、日向さんはくすくす笑っているけど、その表情から呆れは感じとれない。

「で、その格好が本来の朝比奈潤というわけですか？」

「一番自然体なのがこれですね」

女子としてどうなんだとか、言われるかと思いきや。彼はひと言「そうですか」としか言わなかった。

同じ知り合いでも、もし現れたのが恵さんだったら、きっともっと動揺したと思う。でも何故か緊張感もなく、私は自分の素《す》の姿をそのまま日向さんにさらけ出していた。くつろげるのはお酒のせい？　それとも彼が傍にいるのに慣れたからだろうか。いい意味で私は自然体でいられる気がする。

日向さんが持ってきてくれた、まだ温かいおでんをつまむ。大きな大根はしっかり味が染みていて、えぐみもなくおいしい。煮玉子やはんぺん、餅巾着《もちきんちゃく》にちくわ。私はおいしいを連呼しながら、ひたすら箸《はし》を進めた。

「夕飯はまだだったのですか？　もう九時ですけど」

「簡単につまむ程度には食べたんですが、基本、夜は飲むんで、こんな感じですね」

それでも普段は、もう少し栄養バランスを考えている。今日はいつも以上に手抜きご飯だったのだ。

「あ、焼酎《しょうちゅう》もありますよ！　日本酒は残念ながら切らしてます」

「いえ、まだビールあるので。あなたは結構、お酒強いんですね」

「そうですかね。父がそこそこ飲める人だったからかな」

ひとりで飲むのも好きだけど、日向さんがいるだけでお酒がもっとおいしくなる。

繕《つくろ》わない自然な姿で誰かとお酒を飲むことは、ほとんどないからかな。

焼酎《しょうちゅう》のお湯割りを自分用に持ってきて、ソファ前のラグに胡坐《あぐら》をかいた。ちなみに日向さんはソファに座っている。

女の子が胡坐をかくなんて、とも彼は言わない。きっと私のテリトリー内では、私がなにをするのも自由だと思っているのだろう。強引で横暴に見えて、結構相手を尊重してくれる人なのかもしれない。いつの間にやら、彼といるのは居心地がよくなっている。

「あなたのお父さんって、どんな人なんですか?」

そういえば、うちの家庭の事情は言ってなかったと思い、特に隠してもいないので話し始めた。

「うちは私が高校に入る前に、両親が離婚しているんですけど。実の父親は、簡単に言うと放浪癖のある芸術家、ですかね」

「放浪癖?」

「はい。写真家なんです。気づくとふらっとどこかに行って、一ヶ月顔を見ないこととか普通にありました。子供の頃なんて、たまにしか顔を合わせない近所のおじさんだと思ってたくらいで」

言いながらげらげら笑う私に、日向さんは若干《じゃっかん》驚いた様子だ。ちなみにこれは幼稚園の頃の話だが、結構鮮明に覚えている。

「母がキャリアウーマンでバリバリ働く人だったんで、生活に困ることはなかったですね。あ、私の名前、父がつけたんですよ。六月生まれだから、英語のＪｕｎｅとかけつつ、潤。〝潤《うるお》いのある人生を〟という意味で、って」

小学生の頃に、親に名前の由来《ゆらい》を訊《き》いたことがあった。周りがみんな女の子らしく可愛い名前なのに、潤なんて男っぽいとクラスの男子にからかわれたことがあったのだ。せめて漢字が純粋の純とか、子をつけるとかして欲しかったと訴えた私に、父は説明してくれた。潤いというのは大切な要素だと。私が生まれたとき、ちょうど仕事で砂漠の国に行っていたらしく、そこで感じた思いも込められていたんだろう。

「そんな、単純といえば単純な発想なので、七月生まれだったら奈々《なな》だったのかと訊けば、苗字が三文字で名前が二文字はバランスが悪いから、それなら奈々子にしたとか、意味のわからないこと言ってましたっけね」

七月に生まれていたら、私は麻々原奈々子になっていたのだ。だからこの名前を、私は脚本家としてのペンネームに使っている。母と離婚した後、たまにしか連絡が取れなくなっている父が、どこかで私のドラマを見たら気づけるようにと。

「ご両親の離婚後は、お母さんの方に引き取られたのですか？」

「はい。父は離婚届を置いて家を出て行ったんですけど」

本格的に海外を回ると言い出した父が、離婚しようと言ったのだ。そして私たち母娘の面倒を、自分の親友だった朝比奈さんに託した。両親と朝比奈の父は、高校時代からの親友だったそうだ。

若くして奥さんを亡くした義父は、両親と話し合いの結果、母との再婚を決意した。男女の愛情というよりも、友情の延長線という感じでふたりの仲はよい。再婚後のふたりは父のことを口癖のように「あれは根っからの自由人だから」と言っている。呆れがまじってはいるが、軽蔑などの感情は含まれていない。なんとも変わった家族だと思う。

「母も義父も、ずい分理解のある人たちで。自由で奔放《ほんぽう》な父を若い頃から知っているせいか、こうなる可能性も考えていたみたいです。芸術家は変人が多いというのは本当だ、とか言っちゃう人たちだから」

「お父さんは時折帰国されるのですか」

「一番最近会ったのは、五年くらい前ですかね。でも、たまにメールが届きますよ。以前はさっぱり音信不通でしたけど。今ではインターネットが繋がる環境にいることもあるみたいです」

世界中を放浪している父だが、ごくまれに生存報告をしてくれる。

「ネットのない環境にいることも多いわけですね……」

かなり辺鄙《へんぴ》なド田舎《いなか》も、父にとっては守備範囲なのだろう。アマゾンの奥地とか、アラブの砂漠とか。悪運と生命力は強いようなので、そう簡単に死ぬ人ではないと私は思っている。

「ビール、まだ飲みます？」

そう尋ねると、日向さんは頷いた。冷えた缶ビールを持ってきて、再び日向さんに手渡す。

完食したおでんのお皿は、キッチンのシンクへ運んだ。

ふいに日向さんが、私をじっと見つめた。

「大人と子供の恋愛の楽しみ方の違いは、なんだかわかりますか？」

「え？　なんですか急に。大人と子供の恋愛の違い？　そんなの初心者の私にわかる訳がないじゃないですか」

肉体関係の有無とか言わないよね？

酔っ払いの質問なのかと思いきや、日向さんはまだ酔っているようには見えない。

とはいえ、空気がいつもより、とっつきやすい。若干《じゃっかん》柔らかい表情で、彼は語る。

「大人の恋は、余韻を楽しめます」

「余韻？」

頷く日向さんを見て、首を傾げる。はて、余韻とは一体どういう意味だろう。

「余韻とは、わかりやすく言うなら、情事の後のコーヒーをゆったりふたりで飲む時間でしょうか。心の余裕と流れる空気を、楽しめるかどうか」

——余計な言葉はいらない、空気が重要なんです。

そう彼は言った。

幼い頃の恋心は、純真で一生懸命で、思い返すのも恥ずかしいくらい、青くさくひたむきだ。なにもかもが初めての連続だろう。恋を楽しむ余裕は、ある程度経験ができてからじゃないと生まれない、と。

言われてみれば、恋の駆け引きなんかは熟練した恋愛エキスパートじゃないと無理だ。経験を積んだ大人なら、幾分か心にゆとりが生まれるはず。

でも本当に、恋をしているときに、心の余裕なんて生まれるのだろうか。

一瞬、その余韻とやらを味わって楽しんでいる自分を想像してみたが、うまくいかず首をひねった。

「本当にそうでしょうか」

心の中の疑問は、声に出ていたらしい。

缶ビールを片手に、日向さんはゆっくり私を見つめてくる。

「本当に相手が好きならば、いくつになっても余裕なんて生まれないのでは？」

飲んでいた焼酎《しょうちゅう》のグラスをテーブルに置いて、私はさきいかに手を伸ばした。沈黙の間、日向さんが軽く目を瞠《みは》っていることには気づかずに。

彼の微妙な変化など知る由《よし》もなく、私は大きなさきいかの塊《かたまり》を裂いて解《ほぐ》していた。細く裂いたそれを口に放り込むと、隣から「ふうん？」と、どこか艶《つや》を含んだ相槌《あいづち》の声が届く。

つられて横を見れば、すっと目を細めて私を見つめる彼と視線が交わった。

どことなく意地悪く微笑んでいるように見える表情は、悔しいくらい魅力的だ。けれど同時に「触るな危険」の文字が私の頭に浮かぶ。

なにかまずいこと言った？

咄嗟《とっさ》に記憶を巻き戻すが、それよりも早く日向さんが口を開いた。

「そうですか。あなたは余裕がない恋がお好みなんですね。それなら、私をもっと意識なさい。身内と同じ安心感など抱かないことです。隙を見せたら、遠慮なく喉元に食いつかれると思ってください」

「え？　いきなり猛獣宣言？」

しょっぱなから急所を狙うとは、なんて危険人物なの。薄々わかってはいたけれど、俺様属性は鬼畜《きちく》と隣り合わせらしい。

「こんなイケメンの身内はいないので、家族的な安心感なんて持っていないですよ」

「それはよかった。安全枠の中に入れられたら困りますので」

悪ふざけを滲《にじ》ませる口調で、意味不明なことを言われる。

　彼の意図を正しく理解するのは、まだ難易度が高い。でも、自然と顔に熱が集まるのは、急に身内以外の男性が部屋にいるんだと意識したせいだろう。今までは部活の合宿というか、コーチと生徒のノリだったから、まったく男女を意識してなかったんだけど……。この間も昼間に来てるし。

　妙などぎまぎ感を抱いていたら、前髪を上げて露《あらわ》になった額《ひたい》にデコピンを食らった。

「痛っ。なにするんですか」

「隙を見せるなとは言いましたが、急に緊張して黙り込まないでください」

「要求が細かいですよ」

　加減はされたのだろうがそれなりに痛かった額を、掌《てのひら》でさする。

　ふっと笑う彼の気配を感じると、妙な緊張感は霧散した。

「たまには普段のあなたの話も聞かせてください」

「ええ〜？　なんかもう言うことない気がするんですけど……。じゃあ、なんだろう。日課ではないけれど、週三で早朝ジョギングしてます」

　子供の頃から走るのが好きだったこと、中学・高校は部活少女だったこと、そして貴重な青春時代を部活動のみに捧げてきたため、恋愛とは無関係な生活を送ってきたことを話す。

「陸上をやめた大学時代は？　時間あったでしょう」

「勉強とバイト三昧《ざんまい》だったので。一度だけ付き合った人とも、結局すぐに別れちゃったし」

「笑えるくらい枯れてたんですね」

「放っておいてください」

ぐびっと焼酎《しょうちゅう》を呷《あお》る。

しょっぱいものを食べた後は甘いものも欲しいなと思い、立ち上がり、キッチンへ向かった。

食後のデザートに、なにかあったっけ。そういえば冷凍庫に、夏食べきれなかった大容量サイズのアイスクリームが入ってた気がする。

ついでにビールも二本持って行こう。自分用と、日向さん用に。

「アイス食べます？　三ヶ月ほど冷凍庫で眠ってた、ダブルチョコレートファッジ味」

「結構です」

一瞬顔をしかめた様子から、甘いものは苦手なのかもしれない。

一応スプーンを二本用意し、見た目は新鮮なアイスクリームを一口分すくう。

「こら、そのまま食べる気ですか。さっきも思いましたが、器《うつわ》に取ったりしないのですか？」

「ホールケーキとか切らずに端から食べるの、憧れたりしません？　同じ感覚です」

呆れたため息を吐《つ》いた彼は、スプーンを手に取り、少し硬めのアイスをすくう。そして、艶々《つやつや》したチョコレート味のそれを口に運んだ。

「甘い」

「ダブルですから」

苦い表情で呟《つぶや》いた彼は、口直し目的か、新しいビールを開けた。

「それにしても、とことん色気や色恋とは縁遠い生活ですね」

「わかってますよ。だから女子力を上げるために、もう少し異性とお近づきになっておかなければと思ってます」

誰かに合コンでもセッティングしてもらおう。

「先日の街コンは微妙だったので、やっぱり友人にいい人紹介してもらって……」

誘ってくれた萌ちゃんには悪いけれど、でも彼女も同じ意見だったし。

つらつら考えながら、表面は柔らかいのに中は硬いアイスと格闘する。

そんな中、隣から硬質な声と共に、ひやりとした空気が流れてきた。

「……街コン？　なんですか、それは」

「あ、言おうと思ってたのに忘れてました」

顔を上げた瞬間、秀麗な顔に間違いなく不機嫌な色が浮かんでいるのに気づく。

焼酎《しょうちゅう》で火照《ほて》った身体をアイスで冷やしていたはずが、その必要もないほど、彼の視線だけで一気に冷えた。

あれ、私なんか地雷踏んだ？

「へぇ……。恋愛講座の師である俺に内緒で、そんなのに参加してたわけか」

ん？　あれ？　今俺って言った？　小さすぎてはっきりは聞き取れなかったけど……

「えっと、いいえ、あの、仕事の付き合いで成り行きと言いますか、いきなり決まったもので言うタイミングを逃したと言うか……。決して、報告しないつもりじゃなかったんですが」

しどろもどろに、言い訳がましいことを口にする。なんでこんな責められてる気分になるんだろう。親に隠し事がバレて正座している気分だ。

「すみません、日向さんじゃ頼りないとか、そんなことを思っていたわけじゃないんですよ？　自分から行きたいと言ったわけでもなくってですね、本当に流れで断れなくて」

もしかしてプライドを傷つけてしまったのかな。

教えを乞《こ》うている私が、勝手な行動をしたから腹を立てているとか……

そんなに狭量ではないと思うが、でも、ここはおとなしく頭を下げるに限る。

「潤」

「はいっ！」

コーチの不機嫌な声に、反射的に背筋がピンと伸びる。

がばりと頭を上げた瞬間——唇に、柔らかな感触が伝わった。

美男子のドアップ、眼福《がんぷく》です——そんなことを思う余裕すら、ない。

しっかりと私の唇に合わさったのは、彼の唇。そう気づいたのは、目を見開いて硬直していた私から、ゆっくり日向さんが離れた後だった。

呆然と硬直している私をソファから見下ろしながら、彼はすっくと立ち上がる。手早く帰り支度《じたく》を済ませ、私に宣言した。

「小学生ごっこの遊びは終わりです。中級編に行くから、覚悟しなさい。あと、合コンや街コンは私の許可なしに行かないこと。参加したという街コンについては、後日じっくりうかがいます。いいですね」

バタン。

私の返答を聞かずに扉が閉まる。

その音を聞くまで、私は動くことができなかった。

「……ごちそう様でした?」

誰か、イケメンにキスされた後のリアクションを、教えてください。

頭が真っ白になったまま、言われたことを反芻《はんすう》する。

「チュウが中級編行きへの合図って……」

時間差で顔が火照《ぼて》り、叫び出したくなったのは、ただ私が色恋に慣れていないからだろう。

高校時代から愛用のジャージ姿で、前髪はクリップで留めたちょんまげで、眉毛は恐らく半分消えかかっている。缶ビール片手にあぐらをかきながら乾きもののおつまみをばくばく食べていた女。

女子力皆無どころか、マイナスなんじゃない？　と思われる私相手に、彼がキスしてきた意味は一体なんなんだ。

「い、色気ねぇ……」

唯一よかったと言えるのは、直前にチョコレートアイスを食べていたことか。

もし、今のファーストキスがさきいかの味だったらと考えると……

「意味は、多分ないんだよ。うん、ただの合図で、スキンシップだったんだよ。ねぇ？」

ぐびぐびと残りのビールを呷《あお》ったが、なかなか顔が冷えることはなかった。

第三章

実のところ私は、中級編に入ったからといって、いきなりなにかが変わるとは思っていなかった。

が、どうやらその認識は甘かったらしい。

あの夜の我が家での飲み会から数日も置かず、プライベート恋愛塾の塾長である日向さんから連絡が来た。

メールには珍しく、着て行く服装への要求が入っていた。

『スカートをはいて来てください。水族館に行きますよ』

前回着られなかったので、今回は彼が買ってくれたグリーンのワンピースを選んだ。それに、ざっくりニットのカーディガンを合わせ、タイツとカジュアルなブーツを履いた。歩き回るだろうから、ヒールもほとんどないぺたんこのブーツ。

駅での待ち合わせ時間ピッタリに、無事日向さんとは合流できた。

あの突然のキスの後、初めて会うので緊張していたが、どうやらそれは私だけだったようだ。日向さんのこれまでとまったく変わらない態度に拍子抜けする。

相変わらず立っているだけでいい男オーラを振りまく彼は、すばやく私の服装チェックをした。

「いいですね、そのコーディネート。丈の長いオフホワイトのカーディガンも、よく似合ってます」

「…っ、あ、りがとうございます」

頭を下げて、頬の火照《ほて》りを冷ます。直球でほめられると、なんだか恥ずかしいんですが……！

「そのワンピース、もう少し短くてもよかったかもしれないですね」

「ちょっ、その発言はエロオヤジですよ」

なにじろじろ私の脚を見てるんですか！

だが、彼は前を向いて、意地悪く鼻でせせら笑う。

「よれよれの着古したジャージでさきいか食べながらビールを飲む女に、オヤジ扱いされたくありませんね」

「それだけ聞いたら、私、本当にオジサン!?」

自分でもオヤジくさいとは思っていたけれど、ここにきて初めて、他人の目が気になった。

「女性は本当にうまく化けます。まあ、あなたのあの姿もある意味新鮮でしたし、似合ってましたよ」

「それ、ほめてます？」

「もちろんです」

「なんか棒読みに聞こえましたが」

からかわれるようにくすりと笑われたが、ほめ言葉には聞こえない。

いや、間違いなくイヤミだな。

スッピンでジャージを着て、酒をがぶがぶ飲む女。……百年の恋も冷めるわ。

横断歩道を渡りながら、人の流れに沿って歩く。前から来る人を避けようとした瞬間、ぐいっと肩を引き寄せられた。

「はぐれないでくださいね？」

耳元に低音の美声が届き、背筋が震えた。

「……公衆の面前で、肩とか抱かないでくださいっ」

密着しているため体温も感じるし、日向さんの匂いも嗅《か》ぎ取れる距離。

近いんですよ、あなたのお顔が！

今まで手や手首を掴《つか》まれたことはあったけど、肩を抱かれたことはない。

「肩じゃ不服そうですね。腰がいいならそうしてあげますよ」

「腰!?」

からかいの滲《にじ》んだ声音《こわね》に目を剥《む》くが、彼は恥ずかしげもなく私の腰に手を回して歩き始めた。

「離れてください」

「これも特訓です。慣れなさい」

一体なにに！

「中級編は主に実践授業です。逃げちゃダメですよ？」

「初級編でも十分実践っぽかったですが！」

「甘いです。あれはただの基礎知識でおままごとです」

あれが一般的な基礎知識？　それなら、あのキスも中級編に入るための実践ってこと!?

いくら塾生だからと言って、乙女の唇を簡単に奪うなんて……。いや、隙を見せて簡単に奪われた私がいけないとか言われそうだ。

表面的には冷静に会話を続けているが、不自然に見えない程度に彼から逃れようともがく。

しかし、抵抗なんてなんのその。

私にとっては羞恥《しゅうち》プレイとしか思えない実践授業を、水族館に着くまで味わう羽目になった。

時折、テレビや雑誌でも取り上げられる、人気の水族館。その入り口で、私はひたすらうろたえていた。

「着いた途端に腕を組めとか、訳のわからない要求しないでください」

「周囲を見てみなさい。カップルだらけでしょう。恋人繋ぎと腕を組むのは、どちらがお好みなんですか？」

くいっと顎《あご》で周りを見るよう促《うなが》された。

明らかにカップルと思われる男女を注意深く見れば、手を繋いでいらっしゃる。しかも日向さんが言うように、がっちりとカップル繋ぎで。

え、あれをするとか無理なんですが。

緊張しすぎて手汗かきそう……

「あの、拒否権は……」

「与えると思います？」

——この私が。

そう続くであろう台詞《せりふ》を容易に想像できるくらいには、私は日向さんに慣れたと思う。

「早くしなさい。入り口で突っ立ったままじゃ、目立ちますよ」

「うう、はい……」

おずおずと彼の腕に己《おのれ》の腕を絡《から》める。自然に身体が密着した。

服越しでもわかる、適度に鍛えられた上腕二頭筋とか、女の子にはない筋肉の硬さとか。思わず撫でてみたい衝動に駆られる。筋肉に興味はなかったはずだけど、日向さんのはちょっと見てみたい。

恥ずかしいのは他人にどう思われるかだけで、彼の腕に触れること自体は悪くないかもしれない。

「――日向さんが選ぶんだから、普通の水族館に連れて来てくれることはないかな、って思ってました。てっきり水族館っぽい水槽がある、アダルトな空間のところに連れ込まれるのかと。だからまともなところで、安心しています」

「昼間からそんなところに連れ込みませんよ。ですが、あなたはそれを望んでいるんですね。わかりました。今度、覚悟しておいてください」

「えっ、いえいえ普通で結構ですから！」

私もいい加減、余計なことを口にする癖をどうにかせねば。自分で自分を追い詰めてどうするんだ。

話題を変えるためにもと、私は先を急いだ。

入った瞬間、一面青の世界。

天井まで届く巨大な水槽には、見事なサンゴ礁《しょう》。海底……というか、水槽の底には、真っ白な砂。

青と白のコントラストが美しい。そして南国の魚たちもまた、鮮《あざ》やかで目を奪われる。都会から一転、幻想的な世界へ誘《いざな》われた。

「口、開いてますよ」

はっ！　慌《あわ》てて自由な左手で口を押さえる。

くすくす笑う隣の日向さんに、「久しぶりすぎて感激したんです」と告げた。

「こういうところにはまったく来ないのですか？」

「学生時代に来たっきりなので、十年ぶりとかでしょうか。社会人になってからじゃ、忙しすぎてなかなか」

日向さんは？　と訊《き》こうとして思いとどまった。周りはカップルだらけだ。

「デートスポットですもんね、久しぶりなはずがないですよね」

「なにか言いました？」

小さく呟《つぶや》いた声は、私とは逆方向を向いていた日向さんには届かなかったらしい。わざわざ聞かせることもないので、頭を振った。

現実世界を忘れさせてくれる海の生き物を眺めながら、ふと思う。

こうやって彼とふたりで出歩いた女性は、一体何人いるのだろう。というか、そもそも日向さんに今、特別な女性はいるのだろうか。

……いないはずがない。だって、このルックスと、いくらでも紳士的になれる物腰。そんな人に恋人がいないいないなんてありえない。

でもそれなら、何故彼は私とこうしてふたりきりで出かけたり、恋愛講座に付き合ってくれるのだ。ただの暇つぶしや好奇心ではないと思う。忙しいのに、こんなことをするには時間も手間もかかりすぎている。

心の奥で、もやりとした気持ちが生じる。でも、それをあえて意識しないよう思考を切り替えて、日向さんの案内に着いて回った。

宇宙空間と見紛《みまが》うほど壮大なクラゲの水槽を見て、しばし幻想的な気分に浸《ひた》った後、館内にあるカフェで一休みする。

水族館のカフェっぽく、店内もどこか海の中にいるような内装だ。爽《さわ》やかなブルーの壁紙に、貝殻などでデコレーションされたキャンドルホルダー。ちょっとした手作り感に、なんとなくほっとする。

「イルカのショーでも見ておきますか」

日向さんは、白磁《はくじ》にイルカの絵が可愛らしく描かれたコーヒーカップに口をつけた。端整な顔が、そのイルカを見た瞬間ふと緩《ゆる》んだ。和《なご》んだ空気がどこか甘い。その一瞬の微笑の破壊力ってすごいなと、呑気《のんき》に感心してしまう。

「どうしました、潤。疲れましたか」

見ていないようで、実は目ざとい彼に慌《あわ》てて首を振る。

「いえ、ぺたんこブーツなので歩き疲れはないですが。なんだか普通のデートっぽいなと……」

講座はどうした。恋愛塾でしょう。

「普通のカップルらしいデートは、いくらでも仕事の参考になると思ってたんですが？」

「ええ、それはそうですが。水族館デートなんて初めてですし」

本来ならネタの宝庫にはなるはずなんだけれど……なんとなく翻弄《ほんろう》されている感が、否めない。

「そうだ、もう少しスキンシップを抑えてくれませんか」

そう言って、苦いコーヒーを飲む。彼との距離が近すぎて落ち着かない。

「普通でしょう、あれくらい。実践授業だと言いましたよね。それとも、もう少し迫られてみたいなら、そうしますけど？」

不敵に笑う姿には、大人の色気が滲《にじ》んでいる。低められた声とも相まって、これは想像妊娠しそうなレベルかも。

呑み込まれるな、自分。変に意識したら恋愛講座に集中できない。

カップのコーヒーを半分ほど飲み干して、ソーサーに戻す。

「むやみやたらに色気振り回して、からかわないでくださいね。私だからいいものの、ほかの女性だったら気があるんじゃないかって、本気にしますよ」

「へえ、あなたは本気にしないと言うのですか」

「当たり前じゃないですか。私は教えを乞《こ》う側で、日向さんはコーチでしょう。そんな図々しい勘違い、しませんよ」

だから安心していい。この前のキスも、酔った勢いで過度なスキンシップをしてしまっただけだ。

たとえファーストキスだったとしても、二十八歳にもなってそのくらいでは動揺しない……はず。

というより、そう思い込むことで心の平穏が保てるなら、私はその道を選ぶ。

「勘違い、ですか……」

なにやら思案気に呟《つぶや》いている彼から、不機嫌なオーラが醸《かも》し出されている気がする。

何故だろう。私の本能が危険信号を発している。

とにかく、話題を変えよう！

イルカショーの開始にかこつけて、私は不機嫌ながらも優雅にしか見えない態度でくつろぐ日向さんを、カフェから連れ出した。

実はテレビの中でしか見たことがない、イルカショー。本物のイルカの愛らしさと賢さに、一気にのめり込んでしまった。イルカ可愛い！　ぜひ、撫で撫でさせて欲しい。

撫で撫での希望こそかなわなかったものの、水族館での恋愛講座は一応無事に終わった。私は夕飯のために、彼を行きつけの居酒屋に誘う。

既に素《す》の私がバレているので、取り繕《つくろ》う真似《まね》はしない。

店内の賑《にぎ》やかな声をBGMにしながら、ビールをジョッキで飲む私に、彼は塾長の顔を見せた。

「さて、先日の街コンの報告をしてもらいましょうか」

「あっ」

まだでしたっけ？　なんだかもう済ませた気分でいたんですが……

可愛らしく小首を傾げてみても、営業用スマイルで跳ね返される。

くぅ、流石《さすが》、有能ホテルマン。ごまかそうとしても、慇懃《いんぎん》な態度であしらわれてしまった。伊達《だて》にホテルのフロントで長年接客をしているわけじゃない。

「仕事のメンバーに年下の女の子がいるんですが、彼女が友人と行く予定だった街コンに、急遽《きゅうきょ》代打として参加することになったんですよ。友達が行けなくなってしまったらしく――」

そうして私は、彼にあの日のことを洗いざらい報告した。

「――で、成果は」

私から一通り聞いた日向さんは、大根サラダをつまみながら尋ねてきた。

私はうーんと唸《うな》り、記憶を掘り起こす。

「いや、一応私、仕事目的で行ったわけなので、初めから出会いは求めていなかったんですよね。いいなと思う人にも出会わなかったし、特になにも……」

「誰にも声をかけられなかったんですか？」

「それは寂しすぎる！　じゃなくて、数名の人とは話しましたけど、なんかこう……話す分には面白いんですが、異性としての魅力と言われると、微妙と言うか……」

私、何様だよ、という発言すみません。

でも実のところ、いい男の基準が日向さんになってしまったらしく、普通の男性と話していてもときめくことはなくて。むしろ日向さんと同年代なのにこの軽さはどうなんだろう、なんて感じる始末。

「日向さんのせいで、私の中の男性基準が上がった気がします」

手羽塩《てばしお》にレモン汁をかけて、熱々のところに食いつく。

「なんですか、それは。ほめられているのですか、私は」

「だって一番身近な男性は、最近じゃ日向さんなんですもの」

「へえ、私があなたに一番近い男……。そうですか、私とその方達を比べたのですか」

どことなく、愉快で楽しげな雰囲気が伝わってくる。

あれ、機嫌いい？　相変わらず、彼のスイッチはどこなのかわからない。

その後もいろいろ話し、私はすっかり満足した。ラーメンを頼み、今日はこれで締めようかと考える。日向さんが苦笑いしながら言った。

「あなたは走ってスタイルを維持しているんでしたか」

「そうですよ。摂取カロリーは動いて消費です。たくさん食べる分だけ運動するんで、そこまで太りません」

食べたいものは我慢せずに食べるのが、私のポリシーだ。我慢こそ身体に悪い。だからたとえ太っても、ちゃんと食べて、体重を落とすときは動くのだ。

「カロリーを気にして食べ物を残す女性が多い中、あなたの食べっぷりは見ていて気持ちがいいですね」

苦笑から微笑に変わった日向さんは、存分に食べろと私をそそのかす。だけど、足りなかったら追加注文すればいいとまで言われるのは、妙齢の年頃の女子としてはどうなんだろう——

「すいませーん、生ビールのお代わりくださーい、ジョッキで」

「まだ飲むのですか」

こらえきれなかったようで、あははと彼が笑った。その笑顔が子供っぽくも見えて、何故か目を奪われる。

十分楽しんだ食事のあと、帰り際に日向さんが意地悪く口角を上げて難題を突き付けた。

「それでは潤、恋愛講座は続きますよ。次は、頑張って私を落としてみなさい」

何故突然、そんな課題を!?　ていうかそれは、コーチとしての命令ですか？

本気とも冗談ともつかない言葉に、私が翻弄《ほんろう》される日々はまだまだ続くことを痛感した。

◇◆◇

四苦八苦しながらも、ドラマの脚本をなんとか書き進める。

日向さんとの交流で得た体験談を細かに記《しる》した日記帳、もとい、ネタ帳は、かなりのページ数になった。もちろん、先日行った水族館でのことも記している。

事細かく書いた内容を読んで、私は無言でテーブルに突っ伏した。

なに、この一日……。経験値が急上昇だよ。

「おまけに〝私を落とせ〟って。本気ですか、日向さん……」

お酒の席での戯言《ざれごと》だと、思ってもいいのだろうか。

そう思いたいのに思えないのは、あのときの彼がまったく酔っているふうには見えなかったからだ。

そういえば日向さんはお酒には強いらしい。

くっ……弱かったら、なんとでも言いつくろえたものを……！

「ダメだ、私ひとりで考えてても、まったくいい案が思いつかない！　一体どうしたらいいの……！」

仕事をしていたはずなのに、気づけば自分の状況整理で忙しい。だがこれは重大だ。基本、私の経験をもとに脚本にアレンジしているわけだから、私のうじうじは、このままではドラマにも反映されることだろう。

「ちょっと走ってこよう！」

モヤモヤが溜まったら、悩んでないで身体を動かす。これが私のモットーだ。すぐに着替えて、数十分ほどジョギングをしてきた。だが汗をかいて身体はスッキリしても、頭は整理されない。シャワーを浴びてうなだれてしまう。

誰か、誰かに相談したい。

日向さんの恋愛講座云々《うんぬん》は隠したままで、どうにか相談できないか。

「やっぱりこういうときは、恵さん？」

彼はきっと、色恋のエキスパートだ。

持つべきものは、経験豊富な異性の友達！

「ついでにご飯も一緒にとか、どうかな」

恵さんに、個人的な相談に乗ってもらいたいとメールを打ち、送信した。

今日は週の真ん中の水曜日。メールを送信した後、すぐに彼から連絡がきた。どうせなら仕事の打ち合わせもしようということになり、まずはテレビ局で会うことになったのだ。

「あー！　奈々子先生、ミニスカートはいてる～！」

会議室に入った瞬間に、目ざとく若い女の子が騒ぎ始めた。

と同時に、男性陣からも一斉に振り向かれる。

あのちょっと……じろじろは怖いんですが。

「珍しいわね、あんたが女っぽい格好をして来るなんて。しかも、そんな高いヒール履いて」

いつもは三センチ程度だが、今日は七センチはあるものを履いている。

肌寒くなってきたので、少し厚手のストッキングと、ちょっとタイトな臙脂《えんじ》色のミニスカート。ミニと言っても、太ももの真ん中よりは下だ。

「なに、これからデート？　って、違うか」

「そうですよ。今日は恵さんに付き合ってもらう約束じゃないですか」

通常の私なら絶対に着ないようなミニスカートにハイヒール、なんて格好をしてきたのは、自分の中の女らしさというのを自覚したかったからだ。

中身も重要だけど、外見から少しずつ意識していこうと思ってのこと。

このスカートは、社会人のマナーを最低限守りつつ、品のあるスカートがいいとリクエストして店員のお姉さんに選んでもらった。

結果はなかなかの好感触……だと思っていいのかしら。

というか、予想以上の周りの食いつきに、ちょっとびびる。

「脚、超～綺麗……。奈々子先生、陸上やってたから適度に筋肉あって美脚ですね！　この脚線美は涎《よだれ》ものですよ。脚モデルになれそう」

「いや、それは言いすぎだから。それと、恥ずかしいからあまり見ないでね！　脚モデルになんてなれる代物《しろもの》でもないし」

普段ほめられることがあまりにも少ないため、こんな状況に慣れていない。こうしっかり見られると、隠したくなってきた。

やっぱり、いつも通りのパンツスタイルがよかったかも？

だが、顔を赤らめる私に、恵さんはあっさり「いいんじゃない？」と言った。

「どんな心境の変化かは知らないけど、女らしい格好は似合うわよ。いつも手抜きして来るから、私もいつかは言おうと思ってたのよね～。素材はそこそこいいのに、それをちゃんと活かさないと！　って」

そんなふうに思われていたなんて、まったく気づかなかった。

「色気皆無なあんただけど、少しはマシになるんじゃないの？　女は身につけるものひとつで意識が切り替わる生き物でしょ。メイクも下着も、アクセサリーも。せっかくの武器なんだから、もっと利用していい男惹《ひ》きつけなさいよ、奈々子先生」

そしてそれを仕事に反映させろ――と最後に続いて、苦笑が漏れる。

いつの間にか、仕事とプライベートの区切りが曖昧《あいまい》になっていて、私はどっちもただ楽な方を選んでいた。楽がいけないわけじゃない。自然体でいたいというのは、誰もが思うことだろう。でも、やはり人生にはドキッとする甘さや、ピリッとした辛さのスパイスが欲しい。

その刺激で、マンネリ化している日常に彩《いろど》りを添える。

嗜好《しこう》を根本から変える必要はないけれど、自分の中の可能性を広げるのは大切だと思う。

人生は楽しまなくちゃ損。女に生まれたのなら、私もたまにはオシャレをして、着飾ることも楽しめばいい。急には無理でも、少しずつ、彼が望むいい女に近づけたら――

「って、は？　彼が望む……？」

自分で自分の思考に、待ったをかける。

今、なんかすごいことを考えなかったか。それはまるで、私が日向さん好みの女性になりたいと言っているような……

「なにぶつぶつ言って百面相してるの。さっさと席について、打ち合わせするわよ」

パコンと丸めた台本で恵さんに頭をはたかれた。

その衝撃で、浮かび上がった疑問は霧散する。

先ほど脳裏を過《よぎ》った考えを追い出して、私はすぐに自分の仕事へと意識を集中させた。

夜の七時すぎに、私と恵さんはとある駅で待ち合わせをした。

私は打ち合わせでの案をすぐにでもまとめたかったので、テレビ局を出た後、お気に入りのカフェで仕事をしていた。

気がつけばもう、恵さんとの待ち合わせ時間近くだ。そこまで集中力が続いたのが驚きである。

「で、相談に乗って欲しいことがあるんだっけ?」

開口一番、恵さんはそう問いかけた。彼は、予定より早く仕事を切り上げられたらしい。

「とりあえずお腹減ったし、夕飯食べながら話を聞くわ」

姉のような、兄のような、頼れる年長者の彼は、常に流行《はや》りの情報を持っている。どこどこのお店がおいしい、あそこはシェフが代わって味が落ちた、あの店ならゆっくり落ち着けて味も文句がない、などなど。

「なーんかガッツリ食べたい気分なのよね。お肉食べない？」

「いいですね。お野菜もたっぷり食べられるところがいいです。しゃぶしゃぶとかどうですか？」

「ああ、いいわね。それならいいところがあるわ。こっから歩いて十分もかからないはず」

スマホの地図がないと必ず道に迷う私と違い、彼は真っ直ぐ目的地まで私を連れて行ってくれた。

上質なお肉に舌鼓《したつづみ》を打ち、野菜不足になりがちな身体にたっぷり栄養を補充した。そして今、食後のお茶を啜《すす》っている。ちなみに今日は私の中で休肝日なので、お酒は飲んでいない。

恵さんとは仕事での付き合いは長いけど、実はこうしてふたりきりで食事をしたことは片手で数える程度しかない。

「で、相談したいことって？　仕事の話じゃないわよね」

口調はオネエだが男らしく骨ばった手で、彼は湯呑みを持ち上げた。

なにから話せばいいのやら。現在、恋人がいないことは把握されているけど、私がまったく恋愛に不慣れな初心者だとは、彼も知らない。

あの新作の脚本は、現在の恋愛講座の体験談をもとに作成しております——と言うのも、少しはばかられるので、私は時折利用するホテルの人と、ひょんなことから距離を縮めていると伝えた。

「へえ、たまにご飯に行ったり、遊びに行ったり。完璧なデートじゃない」

デートという名のレクチャーなんですが。付き合っているわけじゃないのか確認されて、頷いた。

「なんて言うか、男女の甘さは皆無なんですよ。どちらかと言うと、こう先輩後輩みたいな？　兄と妹というか、師匠と弟子というか」

「ふーん。で、あんたはその彼をどう思ってるわけ？」

きょとん、と恵さんを見つめる。日向さんのことをどう思っているかなんて、私ちゃんと考えたことがあったっけ？

「えーっと、尊敬してます、ね。博識だし、いろいろ勉強になりますし、仕事に対する姿勢も誠実で熱意を感じます。まあ時折俺様で、意地悪くて人をからかうのが好きで、なに考えているのかわからず翻弄《ほんろう》されてますが」

でも、優しい人だとも思う。

ふーん？　と呟《つぶや》いた恵さんは、私を眺めながら口角を上げてニヤニヤしている。

「あと一歩、二歩というところかしらねぇ……。で、その彼にキスをされたけど、酔った勢いなのかどうなのかよくわからず、自分からも訊《き》けずじまいってわけか」

端的に言うとそうなるんだろう。

「普通、嫌いな相手にはキスしないいんじゃないの？」

「……っ、それは、そうかもですけど。でもほら、世の中には酔うとキス魔になる人もいますし！」

勝手にキス魔疑惑を捏造《ねつぞう》してごめんなさい。でもその可能性に、今気づいた。

「あんたも嫌いじゃないいんでしょ。でも、好きなのかもわからない。まだ、そこまで気持ちが育っていないから」

その言葉に頷き返した。

というか、そういう対象として見ていなかったので、戸惑ってたのだが。部屋に入れたのもコーチとして見てたからで、異性として考え始めたのはキスをされてからだ。

好意はある。でも、それが恋愛の意味での好きなのかが、まだわからない。

日向さんから出されたあの課題も、私が恋と自覚したら答えが見つかるのだろうか。

「キス、もう一度してみれば？」

「はい？　いや、それは無理」

とんでもない提案をされて、思わず拒否った。そんなこと、できるはずがないでしょう。

「そうかしら。いい案だと思うけどね。キスで自覚する想いもあるし」

デザートの桃のシャーベットがふたり分運ばれてくる。熱いお茶を一口飲んだ後、恵さんはピンク色のそれを口に運んだ。

「恋はね、迷宮なのよ。単純な答えも、考えすぎて見えなくなる。他人から見たら簡単なことも、本人にしてみたら難しいのよね。最短ルートなんて、恋愛にはないわ。遠回りと思えることも、必要なプロセスなの。誰かの心が欲しいなら、一歩ずつステップを踏んで努力をしなければ。気持ちがわからなくて、モヤモヤと心が曇ったり、ぐるぐると思考がループするのが恋。誰かにアドバイスをもらうことは簡単だけど、答えは自分でしか見つけられない。恋愛に関しては、正解なんてないわ。自分の心に素直になって進みなさい」

あんたは無駄に行動力がありそうよね――と、何故か笑われた。

「それなりに体育会系だと思いますけど。恋愛面で、心に正直に行動なんてできるのかどうか」

「やってみなきゃわからないわよ。時間はあるんだし、ゆっくり考えることね。キスされてびっくりしたけど、嫌じゃなかった。それだけで答えは半分出ているようなもんだけど」

――こうやって悩むのも、恋愛の醍醐味《だいごみ》よね～。

そう言う恵さんは、いつも以上に柔らかく微笑んでいた。

ふいに日向さんから言われた台詞《せりふ》が甦《よみがえ》る。

——頑張って私を落としてみなさい。

本気か冗談か、経験不足すぎてわからない。まだ、からかわれているだけの線も消えてはいない。

でも、そんなの本人に確認しない限り、判断できないじゃないか。

憶測で考えるのはよそう。ぐじぐじ悩むのは私らしくない。

「相手の気持ちがわからないなら、直接訊《き》くのもアリですよね」

「それは当然じゃない」

「わかりました。機会を見つけて、どういうつもりだったのか、本人に問いただします」

一瞬目をぱちくりと瞬《また》かせた恵さんは、すぐににんまり笑って「頑張んなさい」と後押ししてくれた。

話を聞いてもらえたからか、心の重石《おもし》が取れている。私は足取りも軽く、恵さんと一緒に駅まで歩いた。

気づけば話題は、いつもと同じく仕事のことになっていた。

「たくさん書いて、もっと売れっ子になるよう頑張りなさい。視聴率女王の脚本家にまで上り詰めて、私たちと仕事してもらわないと」

「女王って、いや流石《さすが》にそれは」

無理無理、視聴率女王だなんて。名前も顔も知られていない若輩者《じゃくはいもの》の脚本家がそこまで上り詰めるには、あと四十年はかかりそうだ。

「私が定年になるまでに、称号を得るのよ」

そんな会話をしながら楽しく笑い合っていたら、前方から見知った人物がふたり歩いてきた。

思わず立ち止まると、隣にいる恵さんも足を止める。

見覚えのある女性の姿に、彼も「あら」と呟《つぶや》いた。

「あれ、奈々子先生に仙石さん？　こんばんは〜！」

日が暮れた時刻でも、外出時は顔を隠す帽子とサングラスを着用――のはずが、躊躇《ためら》いもなくそのサングラスを取ったのは、新作ドラマの主演女優、双葉梓ちゃんだった。

「おふたりでご一緒なんて。まさかデートですか？」

声を潜《ひそ》めてそんなことを言う彼女に、恵さんが苦笑する。

ふたりが談笑するのを視界の端で捉《とら》えながら、私の視線は梓ちゃんの隣に佇《たたず》む男性に吸い寄せられていた。

仕事帰りだとわかる、隙のないスーツ姿。きっちり整えられた髪は、ホテルのフロントでいつも見かける容姿のままだ。彼は私を見て、驚きの表情を浮かべた。

が、それは一瞬で消え去り、接客用の微笑みに上書きされる。

「ほら、覚えてる？　私が出てた学園ドラマを作ったプロデューサーの仙石忠さんと、脚本家の麻々原奈々子先生。この間も仕事で会ったけれど、外でバッタリなんて、偶然ですね！　ふたりが並んでると、美男美女でお似合いです」

「そうかな？　ありがとう」

初対面の人がいるからか、恵さんはいつものオネエ口調を隠し、普通にしゃべる。

こうしていると、彼もかっこいい男性に見えるだろう。

私はなんて口を挟めばいいのかわからず、ふたりに視線を向け、曖昧《あいまい》に笑って耳を素通りする会話を聞いていた。

日向さんは、なにも言わないし話さない。ただ相槌《あいづち》を打って、和《なご》やかにやりすごそうとしている。

彼と一緒に歩いているのは、売れっ子女優だ。誰かに見られるのは、まずいはず。

きっと余計なことは言えないのだろう。

そっと視線を動かすと、彼と目が合った。静かに見つめ合う私たちに、梓ちゃんの可憐な声が届く。

「ごめんなさい、おふたりの邪魔をしちゃって。またすぐお会いできると思いますが、デート楽しんでくださいね」

悪意のない、純粋な気遣いが辛《つら》い。

「私たちも急ごう？」

彼女は自然な動作で、日向さんの袖を甘えるように引っ張った。寄り添う姿は、どこから見ても友情以上の親しみを感じるもので……。ちくり、と胸の奥に棘《とげ》が刺さる。

ふたりは会釈《えしゃく》をして去って行った。

「あらら～。もしかしてスキャンダル？　えらくいい男捕まえてたわね、彼女」

「……そうですね」

まさかその彼が、先ほどまで話題になっていた張本人だとは思いもよらないだろう。

「思いっきり誤解されてましたが」

「ああ、冗談でしょ。だって彼女も私がゲイだって知ってるわけだし」

確かに恵さんは同性愛者であることをオープンにしている。

梓ちゃんは私たちが付き合ってるなんて本気では思っていないだろう。でも、日向さんに対して、それを説明したかはわからない。もしかしたら、彼には恋人同士と間違えられたかも。

ふいに込み上げてくる寂しさは、今まで味わったことがない感情で――

私はなんとか恵さんに気づかれないよう、表面上は梓ちゃんの大胆な行動に驚いたフリを続けていた。

笑って先ほどまでの他愛のない話を続けているのに、何故か心がモヤモヤする。

驚いた顔をした日向さんが、私になにも言わなかったことが悲しかったから？

自分でもよくわからない気持ちに呑まれながら、駅で恵さんと別れて家路についた。


帰宅後お風呂に入ると、状況を冷静に分析できるようになった。

「なに落ち込んでたんだろう。別に、私たちは恋人同士でもないのに」

何故か、浮気現場を見られた気分になっていたのかもしれない。

咄嗟《とっさ》に嫌われたくないと強く思った感情は、どこからわき上がったものなのか。

私と日向さんの関係は、もの覚えの悪い生徒と、スパルタな塾長。時折、同じ時間を共有し、友人とはちょっと違う変わったつながりだったけれど。

それももう、終わりにした方がいい。

「相手が梓ちゃんなのは、驚きだけど……。これ以上、迷惑はかけられないしね」

スマホを見つめながら、ひとり呟《つぶや》く。

もう今までのようにふたりでは会えないのかと思うと少し寂しさを感じたが、その感情にはきつく蓋《ふた》をした。

思考を仕事モードにして、たった数行の文章を送信画面に打つ。

『突然すみません。もう日向さんのご迷惑になるのはやめます。今までありがとうございました』

送信ボタンを押した。

これで彼との恋愛講座も終わりだ。

時間ができたら、ホテルに、改めてお礼を言いに行こうと思う。

ちょっと意地悪で俺様で、人を翻弄《ほんろう》する、なにを考えているのかわからなかったコーチ。日向さんに甘えるのは終わりだ。

「結局、なんでキスしたのかは確かめられずじまいか」

ついでに、自分を落とせと言った真意も訊《き》いてみたかったんだけど……それも忘れよう。

ボフンとベッドに横になって、目を瞑《つむ》る。

一晩経てば、このよくわからない寂しさも消えているはず。

スマホの電源を切って、私はそのまま眠りに落ちた。

◇◆◇

基本、早寝早起きを子供の頃から習慣にしている私は、その生活リズムが乱れることはあまりない。仕事で徹夜をするときは別だが、普段は規則正しい生活を心掛けている。

通常、深夜零時《れいじ》には熟睡しているはずが、その夜は浅い眠りを繰り返し、結局すっきりしない朝を迎えた。

ぼうっとする頭を覚醒《かくせい》させるために、今朝も私は走りに行く。

爽《さわ》やかな朝……ではなく、空の雲行きは少々怪しい。

「今日の天気は荒れそうだな……」

曇天《どんてん》で、朝から分厚い雨雲がかかっている。

きっちり五キロを走り、帰宅してからシャワーを浴びる。

天気予報のお姉さんが、夕方から雷雨になるでしょうと告げていた。

今日私は、恵さんの友人の奥様に会うことになっていた。彼女は人気少女漫画家で、シナリオ作りの参考に紹介してもらえることになったのだ。

インタビューに行くついでに、彼女の仕事場も見学させてもらう予定だ。それなのにこの空模様か――

不穏な気配を感じつつ出かけた私だったが、実際の漫画家さんの話はとても参考になった。少しだけお邪魔する予定が、すっかり長居してしまい、ただいま駅で帰宅ラッシュと遭遇している。

そして運の悪いことに、彼女の自宅兼仕事場を出る前までは止《や》んでいた雨が、駅に着いた途端にありえないほどザーザー降りになっていた。

というか、これはもう、嵐と呼べるレベルなんじゃないか？

横殴りの雨に、遠くからは雷鳴が。その瞬間、ピカリと空が光った。

「これ、電車動くの？」

既に駅は電車を待つ人で大混雑している。悪天候の影響で、電車の到着も遅れているらしい。

朝からずっと電源を切ったままだったスマホは、出かける前に電源を入れてマナーモードにしていた。しかし、あえて着信履歴やメールを確認してはいない。

と、タイミングがいいのやら悪いのやら、私の手の中でスマホがプルプル震えた。

「っ、日向さん……」

やばい、昨日のメールは一方的すぎたか。失礼だと怒っているのかも。後日菓子折を持って頭を下げに行くつもりだったが、まだ心の準備が……！

しかし、躊躇《ためら》いは数秒。意を決して私は、小さく、「はい」と応答した。

『潤、今どこですか？』

どこか焦りの感情を帯びた声。もしかして何度も連絡くれていた？　と申し訳なくなる。

自分がいる駅名を言えば、彼は、

『今すぐ車で迎えに行きます』

と、それだけ告げ、電話を切った。

「え、え……？　待って、来るの？　迎えにって、日向さんが？」

断ることもお礼を言うこともできず、呆然としていた私の耳に、電車の運行をストップするというアナウンスが入ってきた。

なんの運命の悪戯《いたずら》か。心の準備がまったくできていない状態で、私は日向さんと一日ぶりに再会することになってしまったのだった。

到着したとのメールが届き、駅前のロータリーに停められた彼の車に乗り込んだ。拒否することも遠慮することも許さないといった、強引さと無言の命令を肌で感じる。

雷鳴と風の音が轟《とどろ》く中、湿度の高い車内の空気は違う意味で重苦しい。

シートが濡れてしまってすみませんと謝れば、彼はひと言「構いません」と返した。

沈黙が辛《つら》い。そして日向さんからなにを言われるのかが、ものすごく怖い。

明らかに機嫌が悪く、そして予想通り怒っている。生きた心地がしない数十分のドライブ後、車はゆっくりと地下の駐車場へ入って行った。

「え？　あの、ここは？」

うちのマンションじゃないですよね？

動揺していたため、車がどこへ向かっているのかまったく意識していなかった。てっきり私のマンションへ送り届けてくれるものだと思っていたら、違ったらしい。

なにやら不穏な気配を感じる私とは対照的に、日向さんは颯爽《さっそう》と運転席から降りる。

「私のマンションです。行きますよ」

「え、ええっ!?」

助手席のドアを開けた彼に、腕を取られてがっちり拘束される。抵抗したら、抱きかかえられて連れて行かれるかもしれない。

本能で逆らってはいけないと察し、私はおとなしく彼に従った。

地下からエレベーターに乗る。

「お帰りなさいませ」

着いたところは、ホテルのロビー並に広い場所だった。きっちりお辞儀をして出迎えの言葉をかけたのは、恐らくコンシェルジュだろう。

ホテルならまだしも、マンションにコンシェルジュがいるなんて！　一体どんな高級なところにお住まいで!?

目を白黒させていると、あっという間に駐車場から乗ってきたのとは別のエレベーターに乗せられた。

そして最上階。静かに到着を知らせる音が響いた。

気づけば濡れた肩を抱かれて、ふかふかのカーペットの上を歩かされている。

私の靴は雨でドロドロだろう。そんな靴でカーペットを汚していることが申し訳ない。

気分は売られる仔牛《こうし》だ。逃がさないとばかりに、がっちり日向さんに肩を抱かれて捕まっている。

「あの、濡れますから」

離れて欲しい意思を伝えれば、手が肩から腰に移動したんですが！

すみません、もうなにも言いません。

彼がパスワードと指紋認証で扉を開けたのを、どこか遠い目をして眺めていた。

強制的に連れ込まれた日向さんの自宅は、恐ろしく広い。部屋数もかなりありそうだ。

急《せ》かされて靴を脱ぐと、あっという間にリビングまで引きずられた。

気づけば……壁ドン!?　両腕に囲まれて、至近距離から見下ろされている。ひそめられた眉と鋭い目の光に、私はびくりと肩を震わせた。

状況はよくわからないけど、とにかく平謝りをした方が傷は浅いんじゃないか？　そんな考えが頭を過《よぎ》る。

冷や汗を流しつつ、顔を背けたくなった。が、横暴な日向さんは、視線を逸《そ》らすのも許さないと言わんばかりに片手で私の顎《あご》をくいっと持ち上げた。

壁ドンに顎クイ？　なに、このコンビネーション！

速まる鼓動と、流れる冷や汗が止まらない。

どこで彼の地雷を踏んだ、自分。ありすぎてわからず、私の思考はまとまらない。

そんな中、怒気《どき》を孕《はら》んだバリトンが、私の耳朶《じだ》を打つ。

「昨日のメールはなんですか？　途中で落第、いや自主退学？　そんなこと、私が許すとでも？」

「自主退学!?　いや、言われてみるとそうですが、ちょっと違うかと……」

というか、日向塾の塾長設定、何気にノリノリだったんですね？　少々驚きだ。

「違う？　なにがですか」

すっと細められた目に竦《すく》みながらも、私は咄嗟《とっさ》に卒業宣言をする。

「もう大体教わったと思うので！　ここらへんで卒業させていただきま――」

「卒業？　……ふざけんなよ」

いつにない荒い口調で言葉を遮《さえぎ》り、そして彼は、冷えた私の唇を熱く塞《ふさ》いだ。

「っ!?」

驚きで目を見開く。私の利《き》き手を背後の壁に縫い付けて、日向さんは私に口づける。キス、されている。そう自覚した私は慌《あわ》ててギュッと目を瞑《つむ》った。

ダメだ、抵抗しなきゃ。彼とこんなふうに口づける権利を、私は持っていない。

「っダメ、……日向、さ……んんっ！」

顎に添えられていた手が、頬を包み込むように移動する。私の顔を上へ向かせて、ふたりの唇が再びしっかりと合わさった。

気づけば私の右手の指は、彼の左手の指と絡《から》められている。恋人同士が手を繋ぐあの形で、強く握られていた。

自由な左手で、彼の胸を押し返す。だけど私の抵抗が気に障《さわ》ったのか、彼は口づけをより深めた。

「っ!?　あ、ふぁ……んッ」

微《かす》かな息継ぎの間に生まれた隙間を、彼が見過ごすはずがなかった。私の口腔《こうこう》内にねじ込まれた舌が、熱くうねる。

頬の内側も、上顎も、歯茎すらくまなく暴かれる舌遣いに、先日ファーストキスを終えたばかりの私は困惑した。

執拗《しつよう》に舌が追われるほど、心が冷えた。

酸欠からか、頭がくらくらする。こんなふうに、まるで恋人にする情熱的な口づけをされる意味がわからない。

なんで？　どうして彼は私にキスしているの？

熱く絡《から》められる舌に翻弄《ほんろう》されつつも、頭の片隅に理性はしっかり残っていた。

生理的な涙が浮かぶ。

訳がわからないまま、流されるようにキスなんてされたくない。

「や、だ……！」

手に力を込めてグイッと彼の胸を押し返した瞬間、日向さんの顔が離れた。

手の温もりも、彼の匂いも、離れてしまうと、自分から抵抗したのに寂しさを感じてしまう。自分勝手な感情に、嫌気がさす。

肩で息をする私の目から、涙が一粒流れていたらしい。日向さんの手で拭《ぬぐ》われた感触で、そのことに気づく。

眉をひそめて私を見つめる日向さんはどこか辛《つら》そうで、そんな彼から目をそらしたくなった。

「泣くほど私が嫌いですか？」

静かに問う声に、胸がギュッと締めつけられる。ゆるゆると首を左右に振って、違うと否定した。

潤、と名前を呼ばれた直後、ゆっくりと日向さんに抱きしめられる。

湿り気を帯びた服が、彼の服と密着した。よく見れば、彼もまだスーツ姿だ。ホテルでの仕事帰りに、私を駅で拾ったのだろう。

彼の匂いに包まれるのは、嫌いじゃない。抱きしめられる腕の中も心地がいい。だが、ここは私の場所じゃない。

小さく身じろぎした私を、彼は今度は力で押さえつけようとはしなかった。緩《ゆる》く腕の中に私を閉じ込めたまま、私が口を開くのをじっと待っている。

呼吸を整えて落ち着いた頃、私は彼を見上げて再び首を振った。

「ダメですよ。大切な女性がいるのに、こんな不誠実なことしないでください」

「大切な女性？　誰のことを言っているんですか」

訝《いぶか》しむ彼に、梓ちゃんが恋人なんでしょう？　と問えば、彼は数秒沈黙した。

「あれは従妹《いとこ》です」

「……え？」

横を向いて嘆息した彼が、自分の髪をぐしゃりと乱した。

「なにか誤解させたかと思って連絡したのに、あなたは一度も電話に出なかった。やはり勘違いしていましたか」

「梓ちゃんが、日向さんの従妹？　え、本当に？」

「すぐにバレる嘘を私が言うと思いますか。しかも、実の妹とふたりまとめて幼い頃から世話をしていたので、本当に妹としてしか見られません」

「……」

そういう付き合いの従兄妹《いとこ》同士なら、あの親密な空気も頷ける。

ってことは、私の早とちりだった？

徐々に恥ずかしくなった。と同時に、彼にキスされた事実がさらに羞恥心《しゅうちしん》を煽《あお》る。

「で、でも、なんでキスしてきたんですか？　それも二回も」

今度のは冗談で済まされるレベルじゃない。ここまで濃厚で情熱的なキスは、恋人同士のキスだろう。気軽にできるものじゃない。

綺麗に柳眉《りゅうび》を寄せた日向さんは、「本気でわからないのですか？」と問いかけてくる。

意味不明な言動に翻弄《ほんろう》され続けてきた私は、流石《さすが》にカチンと来た。

「わかりませんよ！　言葉でちゃんと説明してもらえなきゃ、わかるはずがないじゃないですか！」

キッと睨み上げる私の視線を受け止めて、日向さんは頷く。

「そうですね、あなたは初心者だった。順序が違っていたのは私の責任です。あなたが人一倍鈍くて色恋に疎《うと》いとわかっていたつもりで、わかっていなかった」

ちょっと！　事実だが、そうはっきり言われるとムカつくんですが。

仏頂面《ぶっちょうづら》だった彼が、真っ直ぐ私を見つめる。眼差しの強さに、思わず息を呑む。

知らずに呼吸を止めていた私を抱きしめ、日向さんが告げる。

「私はあなたが好きです」

「んなバカな」

間髪《かんはつ》いれずに反論すれば、「すぐに否定するんじゃありません」と片手で頭を鷲掴《わしづか》みされた。

「痛い痛い！　ほら、好きな女性に対する行動じゃないですよ！」

「あなたの頭が片手で掴《つか》みやすい形なのがいけないんですよ」

訳がわからない！

手加減されているのはわかる。そして口では痛いと言いながらも、何気にツボ押しのようで気持ちいい——とは、絶対言わない。

実はこれが、私にとって人生で初めて受けた告白だ。学生時代の彼氏とは、流れでなんとなくだったので、ちゃんとした告白というものをお互いやっていなかった。それもあってか、日向さんからのこの告白には嬉しさ半分、疑い半分。冗談だと思う気持ちが払拭《ふっしょく》できず、いまいち素直に喜べない。

そんな私の心境が顔に出ていたのだろう。日向さんは頭のツボ押しをやめて、私の頭を撫でては湿っている髪を優しく梳《す》き始めた。

「あなたと初めて会ったのは、一年近く前になりますか。うちのホテルに泊まりに来たときですね。見るからに疲弊《ひへい》した様子だったのが印象に残っています。そして翌日、すっかり元気になった姿も。そのときは理想的な脚をした女性だとしか思いませんでした」

……理想的な脚？　疑問符が頭に浮かんだが、黙って続きを促《うなが》した。

「月に一度、もしくは二ヶ月に一度。決まってへろへろになってやって来るあなたが、うちのホテルで癒《いや》されていくのを見て、気にならないはずがない。少しずつ挨拶《あいさつ》以上の会話ができるようになって、嬉しかったですよ。気づけばあなたに会えるのが楽しみになっていた。そのときはただ気になるだけの存在でしたが、あなたは知れば知るほど私を楽しませてくれた」

「た、楽しませた記憶はございませんが……」

情けない姿と恥ずかしい姿はたくさん見られましたが。

くすりと笑った彼は、「潤は見ているだけで飽きません」と、また反応に困る感想をくれる。

「中身はずぼらなオジサンで、女らしさの欠片《かけら》もないし、好物はと訊《き》けばビールとあたりめを即答する始末。姿勢が綺麗で素材がいいから磨けば光るはずなのに、なんてもったいないと思っていました。でも、そんな飾り気がなく自然体のあなたが、気になってしょうがない。素直に私の話を聞くところも、見た目を裏切る意外性も」

も？

俯《うつむ》けていた顔を上げる。目の前にあるのは、いつもの営業スマイルでも、からかいを含んだ笑みでもなくて。ひと言で言えば、彼は愛おしさが滲《にじ》み出ているような笑みを浮かべていた。

真っ直ぐ私に視線が注がれている。

「隙だらけですね。そんなに無防備で警戒心が薄いのに、よく今まで誰も付け込まなかったもんです」

額《ひたい》にチュ、とキスが落とされた。

「ちょっ……!?」

一瞬で私の顔は、ゆで上がったタコになる。

「そんなところも、好きですけど」

くらりと本気で目眩《めまい》がした。頭も心も、満タンになりすぎてキャパオーバーだ。

いきなりの甘い空気に、免疫《めんえき》のない私は耐えられない。

うまく返事をするどころか、呼吸すらおかしい私を見て、日向さんは落ち着くように言った。

「返事は今すぐじゃなくていいですよ。でもイエス以外は聞き入れませんが」

はい？

それ選択肢なくない!?

すごい発言に思わず目を剥《む》いた。心臓が痛いくらい、早鐘を打っている。

「私を落とせと言いましたが、前言撤回です。私があなたを落としますから、覚悟してくださいね？」

「覚悟!?」

一瞬で捕食者の光を宿した目を見て、私の本能が告げる。これはもう、逃げられないのではないかと。

「ええ。教えていないことがまだまだあります。大人の恋愛はこれからなのに、ここで落第は許しません。わかりましたか？」

そう言われ、私はからくり人形のように頭をこくこくさせた。

とりあえず、この拘束から解放してもらおう。そして、ゆっくり考えよう。

正直展開の早さについていけない。

自分を落ち着かせようと日向さんから少し離れた直後、「へっくしょん！」と盛大にくしゃみをした。

しまった、可愛らしく「くちゅん！」とすればよかった。なんてオジサンくさいくしゃみ。わかっていたが、色気もへったくれもない。

「そういえば雨に濡れてましたね。すみません、忘れてました。今すぐ風呂をわかします」

「え、いえ、悪いですよ！　それに濡れたって言ってもちょっと湿った程度ですし、服だってもうほとんど乾いてますし」

固辞する私に対し、風邪をひいたら困ると言って彼は聞かない。いや、風邪をひくのは困るけど、ここでお風呂を借りるのも困る気がするんですが。

「あ、着替えもないですから」

「私のを貸します」

そういう問題じゃない！

いくら私でも、異性の家でお風呂を借りるのがどれだけ大胆なことか、わからないほど浅はかじゃない。

ましてや、好意を示してくれた相手だ。

「家に帰ってから入りますから。どうせ、また濡れますし」

「帰れると思うのですか？」

そう言って彼は、テレビをつけた。そこでは、交通機関の運行がストップしていると放送されている。

呆然と画面に釘付けになっている私に、浴槽から戻ってきた日向さんはバスタオルを渡す。

「すぐにわきますから、遠慮せず温まって来なさい。今日は客室に泊まればいいですよ」

有無を言わさぬ勢いで、浴室へ追いやられた。必要なバス用品がすべて揃っているため、不自由することもない。

ものすごくありがたいんだけど、これでは断る言い訳もなくなるじゃないか。

「えっと……マジで？」

バスルームに並ぶ、彼の勧めるホテルのアメニティグッズを眺めながら、この急展開に思わず頭をかかえてしまった。このときの私は、彼に車で送ってもらうという発想が、何故か思いつかなかった。


ホカホカの身体をふわふわなバスタオルで包み、日向さんが貸してくれた服に着替える。

流石《さすが》に女性の下着の替えはないので、ちょっと抵抗はあったものの、はいていたものを再び身につけた。

化粧水や乳液なども完璧に揃っているため、急なお泊まりにも対応できるホテルのアメニティグッズは便利だが……何故自宅にこんなものを常備しているの？

サンプルでもらうのかもしれないと自分を納得させて、ヘアドライヤーで髪を乾かした。

「あ、しまった。スッピン……」

このタイミングでスッピンを晒《さら》す勇気はない。が……今さらな気もする。最低限の化粧直しはバッグの中だし、これはもう仕方ない。

「男性の家にお泊まりなんて、生まれて初めてなんだけど……！」

しかも、告白してきた相手のところだ。

平常心でいられる自信がない。

お風呂に入って癒《いや》されたはずが、私は見事に緊張感を取り戻していた。

意を決して広々とした居間に戻ると、私服に着替えていた日向さんとバッチリ目があった。

微笑む姿に、胸が高鳴る。美形のふい打ちの笑みは反則すぎる。

「やっぱり大きいですね。ぶかぶかだ」

「あ、お先にありがとうございました。あと、この服も。裾《すそ》は折り曲げたんですけど、ちょっと長いですね」

日向さんのトレーナーとズボンは、身長がそこそこある私にも大きい。

近づいてきた彼に、思わず手をかざして待ったをかける。

「あまり顔見ないでくださいね！　スッピンなんで」

「なにを今さら」

二十八のオッサン女子でも、一応見られるのは勇気がいるんですよ。

「日向さん、大物すぎる……。あの私の、ジャージにちょんまげでスッピン、おまけに缶ビールとさきいか片手にしている姿を見ても動じなかったですよね」

「生憎《あいにく》私は、無防備な姿を見せられた方が燃える性質《たち》なんです。たとえば、下着が上下お揃いじゃなかったりしても」

「ふへっ!?」

なんでバレた!?

ただのたとえ話なのに、私が動揺したら上下セットじゃないと証明しているようなものじゃないか。

くすりと笑う彼は、なにを考えているのかわからない。ただ、大人の男の余裕を感じた。

日向さんは、少し冷めたカモミールティーを私に手渡してくれた。お風呂上がりにはこのくらいの温《ぬる》さがちょうどいい。

お礼を言って受け取り、透明なティーカップのお茶を飲み干した。

「部屋に案内します。こちらです」

客室に通されたら、後は寝るだけ。

なんて思っていたのだが、彼はバスケットのようなものを抱えて、私のあとについて来た。

ん？　キャンドル？　アロマセラピー？

日向さんは、バスケットの中からお店で見たことのある精油のボトルをいくつか取り出し、ベッドサイドに並べていく。

そしてその中からふたつのボトルを選び、なにやら調合し始めた。

「日向さん、どうしたんですか？」

「ええ、せっかくなのでマッサージしてさしあげます」

「はい？」

「ベッドに仰向けになって寝てください」

「い、いえいえいえ、遠慮しま……」

「潤。さっさと仰向けになりなさい」

「はい！」

最初は拒否したが、名前を呼ばれ命令されると反射的に従っていた。コーイの命令は絶対だ。身体にしみついた反射は直らない。

しぶしぶ寝転んだけど……。これってちょっと身の危険を感じる体勢ではないだろうか。

未婚の男女がベッドの上でマッサージ。……ただのマッサージで終わる気がしない。

「あの、一体なにを?」

「簡単なリフレクソロジーですよ。一通り私も研修で習ったんですが、忘れるから時々自分でもやるんです。他人《ひと》にやるのは久しぶりですが」

ホテル勤めだと、そういった研修も受けると彼は続けた。

「夕方になると、脚がむくむのでは?」

「そうなんですよ。ブーツとか履いたら、きつくなってたり」

ベッドに腰掛けた日向さんが、私の片足を自《みずか》らの膝に乗せる。そして、オイルを垂らした手で私の足を包み込んだ。

精油の匂いが強すぎず、ちょうどいい。ティーツリーとベルガモットの二種類を選んだらしい。

オイルを両足の爪先から踝《くるぶし》まで馴染《なじ》ませた彼は、私の足を解《ほぐ》すように揉んでいく。

なんだかちょっとくすぐったいけど、気持ちいいかも——なんて余裕をこいていられたのもこのときまで。

「ギャー!? 痛い痛いーーー!!」

「そうですか、ここは肝臓《かんぞう》の反射区ですね。連日飲んでいるんじゃありませんか?」

「ちゃ、ちゃんと休肝日は設けて、おります……！」

彼のぐりぐりが容赦ない！

そんなに強く押していないとか言ってるけど、嘘だよね？

「次は目。パソコンを見る時間が長いでしょう？」

ギュウ、と足指の付け根を押されて、私は身体をよじり、バンバンとベッドを叩く。

「ちょっ、そこもぐりぐりって、ギャアッ！」

「へえ、このくらいで痛いのですか」

涙目でこくこくと頷き、もう少し手加減して欲しいと訴える。が、日向さんは実にいい笑顔で揉みがいがあると言い放った。

足指を一本ずつつままれて、くすぐったさと痛さに悶《もだ》える。彼はというと、なんだかちょっと、楽しそうじゃありませんか？　私を好きだとか嘘だろう！

「痛がる私を見て笑うとか！　いじめっこですか、ドSですかぁ！」

「なにを言うんです。完全なる厚意じゃないですか。ありがたく受け止めてくださいね？」

厚意と仰《おっしゃ》るけれど、その容赦のない手つきは痛がる私を見て楽しんでいるよ、絶対。

「っ、ああ！　そこ、も痛い……」

「胃も疲れてますね。明日は野菜中心のデトックススープでも作りますか」

外食続きで確かに胃は疲れてるかも……。なるべく自炊を心掛けているが、野菜中心の生活は送れていない。

ほかの足ツボも、彼は容赦なく押していく。

本人曰《いわ》く、「優しく」労《いた》わっているらしいが、とっくに涙目の私は頷けない。

肩の反射区にはひときわ反応した。思わず声が漏れる。

「ひゃあ、ん！」

「……」

ぴたりと止まった日向さんの手に、シーツを握っていた私の手の力が若干《じゃっかん》緩《ゆる》んだ。

呼吸を整えている間、痛さが襲ってこない。あれ、もうお終《しま》い？

よかった、解放された。

ふう、と息を吐いて見上げれば、彼は眉根を寄せ渋面を浮かべていた。

そしておもむろに、踝《くるぶし》の骨から少し離れた場所を掴《つか》んで、親指でぐっと押してくる。

「ぎゃあ！　そこも、効《き》きます……っ」

「そうですか、ここは冷えのツボですよ。冷え性なんじゃないですか？　ああ、ついでにリンパマッサージもしてあげましょう」

拒否権もなくうつ伏せにされた私は、だぶだぶのズボンの裾《すそ》を膝までぐいっとまくられる。

気づけばふくらはぎに、先ほど足裏に塗られたのと同じオイルが広げられていた。

「え、あの……あ、足首より上はちょっと」

一応、昨日の晩にお手入れはしたばかりだけども！　それでも男の人に触られるのは緊張する。マッサージをやってもらうのは、いつも女性ばかりだから。

だが彼は、「力を抜いて」と優しく囁《ささや》いた。

うう、そのギャップは、ちょっとずるい。抵抗しにくいじゃないの。

ゆっくりとリンパの流れに沿って、彼の掌《てのひら》が足首から膝裏にかけてすべる。

痛さは感じない。

心地いい気分に浸《ひた》り、いつしか私は、彼の手に身をゆだねていた。

日向さんの手の温もりに、身体がどんどん溶かされていく。

「ずい分、気持ちよさそうですね？」

「あふぅ……はい、日向さんの手、気持ちいいです……」

日向さんのホテルでは、よくマッサージを利用していた。

お姉さんたちの手も柔らかくて気持ちがいいが、男性の大きな手はそれとは違う感覚で気持ちいい。

掌が大きいから、脚を包む面積も大きくて、全体的に揉まれている気分になるのかも。

時折ツボを押されながら、下から上へ老廃物を流すように押し上げられる。

余計な力が抜けて、身体がシーツに沈んだ。

「痛いですか？」

少し強めにギュッと膝裏の上までしごかれて、軽く呼吸が乱れた。

「ん……痛いけど、気持ちいい……」

これが癖になったらどうしてくれよう。彼の片手で頭を鷲掴《わしづか》みされるのも、最近じゃヘッドマッサージを受けている気分になっていたし。

頭の片隅でそんなことを考えていると、微《かす》かに笑う気配がした。

「本当に……、無防備すぎてどうしようもない」

ぽつりと呟《つぶや》いた台詞《せりふ》は、なんのことなのか。正しく理解するより先に、日向さんが膝までまくり上げていたダボダボのズボンに手をかけた。

「邪魔だから脱がせますよ」

「……え？」

上はお尻まで隠れるトレーナーだからと言って、それはちょっと無理……！

「待った、って、ひゃあ!?」

ウエストで調節していた紐が解かれ、するんと脱がされてしまう。鮮《あざ》やかすぎです、その手つき。

「おとなしくしてくださいね？　ちゃんと気持ちよくしてあげます。なんだったら寝ててもいいですよ」

この状態で眠るなんて無理です！

内心叫んだこの台詞は、だが、ものの数分で覆《くつがえ》されることになる。

脚全体を優しくゆっくり揉み上げられると、蕩《とろ》けるほど気持ちいい。少し強めに押されるのも、ぐりっと刺激されるのにも、私はすっかり順応していた。

「適度に引き締まってて、いい脚していますね」

「変態くさいです……」

「ほめてるんですよ。おとなしく寝てなさい」

くすりと笑う彼に、怒った気配はない。

枕に顔を埋《うず》めたまま、私の意識は半分朦朧《もうろう》としていた。

そんな状態で、「肩や背中もやって欲しいですか？」なんて、普段の日向様からは考えられないほど甘く囁《ささや》かれたら――。欲望に忠実になっている私に、抗《あらが》う術《すべ》はない。

厚手のトレーナーの上から腰をギュッと掴《つか》まれて、私は詰めていた息を吐いた。

適度に押される圧迫感が、座りっぱなしでパソコンとにらめっこすることが多い私には気持ちいい。

正直、もう少し強くてもいいかもしれない。

「もっ、とぉ……」

「もう少し強めがいいのですか。ああ、やはりこれも邪魔だな」

ひやりとした空気を肌で感じた直後、上半身を覆《おお》っていたトレーナーは、背中の真ん中のあたりまでまくり上げられた。

でも、夢の世界に片足を突っ込んでいた私は、うまく反応できない。

背骨に沿うように指圧される。

掌《てのひら》全体を使ったマッサージも、指での指圧も、すべてが自分好みすぎる。

「肩と首も酷《ひど》かったですね」

やがて日向さんは、まくっていたトレーナーの裾《すそ》を下ろした。それから、私の首裏と肩を揉む。

私はもうぐでんぐでんで、彼のなすがままだ。

意識が完全に夢の世界へ旅立つ寸前、耳元で日向さんの声を聞いた気がした。

「私は気が長くないので。……さっさと俺に落ちて来い」

ゆっくりと、日向さんの体温が近づいてきた気配を感じる。

唇に、柔らかな感触。

気づけば、私は仰向けに戻されていた。日向さんとの口づけをさらに深める。

「ふぁ、……んっ」

「拒まないってことは、受け入れるということか？」

ざらりとした声が、鼓膜を震わせる。半分眠りに落ちている私だが、ぼんやりと彼の声は届いていた。

「嫌なら抵抗しなさい。じゃないと、止まらない」

なにが？　なんて訊《き》くほど子供ではない。

うっすらと目を開けると、情欲の光をともした日向さんの濡れた瞳が視界に飛び込んできた。男性のそんな顔を、初めて見た気がする。

真っ直ぐ注がれる力強い視線。私の身体が焦げてしまいそう。

色っぽいその姿に見惚《みと》れた一拍後。

「潤……」

熱く濡れた肉厚な舌が、僅《わず》かな隙間に入り込む。先ほどの激しい口づけよりも柔らかく、労《いた》わりを感じる触れ合いだ。

嫌悪感は一切ない。ほかに恋人がいると思っていたときのキスはイヤだったが、今の私はそれを感じていない。

頭がぼうっと霞《かす》む。包み込まれる心地よさに、このまま流されてしまいたくなる。

くちゅりとした唾液音に羞恥心《しゅうちしん》がわき上がる隙もなく、私は日向さんに翻弄《ほんろう》され続けた。

「俺とのキスは、嫌いじゃない？」

嫌いじゃない、という答えは、声にはならなかったかもしれない。だが、正確に私の気持ちを受け取った彼は、ふと口許を綻《ほころ》ばせる。

「そうか。なら、もう少し味見させなさい」

再び塞《ふさ》がれる唇。これが何度目のキスなのか、もう数えられそうにもなかった。

ふいに日向さんの手が、私の脚を撫で上げる。

私の素脚をくまなくマッサージした手が、膝小僧に軽く触れ、そのまま上がってくる。

その手は、トレーナーの中に侵入してきた。

脇腹に触れる手がくすぐったい。彼の手は、さらに上へ進んでくる。もう寝るつもりだった私は、締めつけるもの……すなわち、ブラジャーをつけていない。

厚手のトレーナーだし、下にはキャミソールも着ているし、見た目にはまったく問題はなかったが、先ほどのマッサージで背中の真ん中あたりまでまくり上げられたので、彼はそれを知っている。

日向さんはトレーナーの中に入れた手を、あろうことか私の胸に伸ばしてきた。

「ふぁ……ひゅうが、さ」

「要だ」

あ、そういえばそんな名前だったっけ。鈍い頭で思い出す。

覆《おお》い被さられたまま口づけされているから、逃げることも、声を上げることもできない。

ぴくりと震えた肩を宥《なだ》めるように丸く掌《てのひら》で撫で、そして不埒《ふらち》な彼の右手は私の平均的なサイズの胸を、キャミソールの上から柔らかく包み込む。

頂きには触れず、ただやわやわと形と感触を楽しんでいるようだ。

私の官能を引き出すための、刺激的な触れ方ではない。どこまでなら拒絶されずに受け入れられるか試しているのかもしれない。やがて彼はぴったりしたキャミソールの下に手を侵入させ、素肌を撫でた。

「潤の肌はすべすべしてて気持ちがいいな。手に収まる胸も引き締まった脚も、俺好みだ」

そんなことを、掠《かす》れた声で囁《ささや》かないで欲しい。

吐息にすら、色気がまじっている。

酸欠気味の私には、そろそろお手上げだ。

ふいに日向さんは私の耳に唇を寄せ、艶《つや》めいた声で問いかけた。

「もっと気持ちよくなりたいか？」

――満足するまで、気持ちよくさせてあげる。

理性が半分以下の状況でそんな質問はずるい。頭ではっきり考えるよりも、欲望が勝ってしまうではないか。

貪欲《どんよく》な本能に突き動かされるように、私は微《かす》かに頷いていた。その瞬間をもちろん、日向さんが見逃すはずがない。

「なら、お望み通りに——」

額《ひたい》、こめかみ、耳にキスを落とした彼は、本格的に私を酔わせようとしているらしい。

濡れた唇の感触に肌が粟立《あわだ》ち、身体の熱が高まっていく。

鮮《あざ》やかな手つきでトレーナーとキャミソールを脱がされ、我に返る前に再び唇が合わさった。熱くうねる肉厚な舌の感触が、嫌じゃない。私の隠れた官能が暴かれていく。

服を脱がされ、ショーツしか身に着けていない状態で、恋人未満の男性に覆《おお》い被されながらキスをされる現状。普段の私なら、この状況を受け入れられるはずがない。

「あ、はぁ……ひゅ、がさ……くすぐった……ひゃあんッ」

「気持ちいい、の間違いだろ？」

チュ、とリップ音を立てながら首筋を舐められ、脇腹を大きな手でなぞられた。ぞわぞわしたなにかが身体の奥から這《は》い上がり、私の肌の感度を高めていく。

くすぐったいのか、彼が言う通り気持ちいいのかわからない。でも、肌に触れられる体温に拒絶感はなくって、頭はさらに熱さでくらくらしていた。

「潤は耳も弱いが、脇腹も弱いんだな。ああ、あと鎖骨も弱そうだ」

「や……っ、そんなとこで囁《ささや》かな、で……んぁっ！」

唇を首筋に埋《うず》めたましゃべる彼の声は、肌を通過して骨に浸透するんじゃないだろうか。尾てい骨に響くバリトンは、やはり色香に溢《あふ》れていて私の羞恥心《しゅうちしん》を煽《あお》る。唇が鎖骨に移動し、舌先でぺろりと舐められた。耳だけじゃない、鎖骨までもが性感帯だなんて初めて知った。というか、日向さんに与えられる熱は全てが心地いい。魔法の手でも持っているみたい、なんて唇が離れた直後にぼんやりと思ってしまう。

「リンパマッサージは足だけじゃない、首や鎖骨も重要だ。そのあたりのリンパが滞《とどこお》ると顔もむくみやすくなるが、ちゃんと流せばすっきりする」

と言いながら、私の鎖骨をぺろりと舐める日向さん。舐めるのがどうリンパを流してくれるのだろう。けれど唇を離した彼は指を二本使って、外側から内側へ、しっかりリンパマッサージを施《ほどこ》す。

心臓に流れる前に鎖骨を通るので、ここはリンパ節の中で重要な場所だと真面目に説《と》いてくれたが、私は僅《わず》かに頷くだけで精一杯。老廃物が溜まりやすいということだけ、かろうじて頭にインプットできた。

そのうち彼の手が脇の下に移動した。仰向けに寝て、外に流れてしまった胸を中心に寄せるように、脇から胸にかけて身体を揉まれる。際どい部分には触れないけれど、くすぐったくって身をよじってしまった。

彼の講義の中に漂《ただよ》う甘さが麻薬のようで、まともな思考が奪われる。胸を見られていることへの抵抗感をほとんど意識していない。

「え、あ……っ、ひゅうがさ……」

「なに？」

両胸の中心に顔が埋《うず》められる。皮膚の薄いそこにきつく吸い付かれ、腰がびくんと跳ねた。背中や脇に流れた肉をバストに寄せ、胸回りのリンパの循環をよくしてくれているのだと彼は言うけど——。彼の指が胸の頂きを掠《かす》めれば、下腹部の疼《うず》きがキュウンと増した。

私の変化に気付いているのか、いないのか。くすりと笑う彼は、不埒《ふらち》な手つきで私のお腹をゆっくりとさする。

「お腹もちゃんとマッサージして解《ほぐ》さないとな？」

「んぅっ……！」

経験したことのない疼《うず》きを起こす中心に触れられ、身体が一瞬で火照《ほて》ってしまう。熱くて融《と》けそうで、身体の奥が燻《くすぶ》る。鼓動が早く、呼吸も荒い。

マッサージと称しておへその上に吸い付くのはなんでなの。ちくりとした痛みが快感に変換され、私の身体は自分でも制御不能だ。

ゆっくりとおへそ周りを手で揉まれ、時計回りにさすられて、その手がそれぞれ左右の脚の付け根へと移動する。溜まったリンパを脚に流しているようだ。既に目を開けているのも億劫《おっくう》な私は、彼にされるがまま。片足を持ち上げられて、恥ずかしい体勢なのに、なにも考える余裕がなかった。

「脚の付け根もリンパが溜まりやすい」

「あ、ぁあ……、はぁ……んんっ……」

痛いのに気持ちよくて、自分でも訳の分からない声が出る。仰向けのままの脚のマッサージは、うつ伏せの数倍羞恥心《しゅうちしん》を煽《あお》られるのに、もはやそれすら感じることができずにいた。

「本当に、綺麗な脚をしている」

そう呟《つぶや》いた声は、私には届かない。そのかわり、所有物の証《あかし》というように、太ももを彼の唇と舌で味わわれた。

「あ、あぁ……っ、ひゅう、がさ……」

「そろそろ限界か？　そんなに感じきった顔をして。気持ちよかった？　潤」

緩慢《かんまん》な動きでコクリと顎《あご》を引く。乱れた呼吸を整えながら、うっすらと目を開けた。視線の先にいる日向さんは、情欲に濡れた瞳を私に向けて小さく微笑んだ。

「それはよかった」

きゅっ、と硬く反応しかけていた胸の飾りをつままれた直後、いろいろとキャパオーバーだった私は、そのまま意識を飛ばした。

自分が乱した衣服を整え、その身体に布団をかけた日向要は、すやすやと眠る潤を見下ろす。

◇◆◇

流石《さすが》に少々やりすぎたか。

淡く薔薇《ばら》色に色づく彼女の頬をすっと撫でる。気を失うように眠ってしまった彼女は、きっといっぱいいっぱいだったのだろう。

キスもそれほど経験があるとは思えない。

無茶をしてしまったと反省しつつも、マッサージをしながら彼女の口から零《こぼ》れ出た艶《つや》めいた嬌声《きょうせい》や潤《うる》んだ瞳を目の当《ま》たりにして、手を出さないのは無理な話だと自分を正当化した。

自分は聖人君子ではないのだから。

むしろ手加減したとほめてもらいたい。というのは、男側の勝手な言い分か。

いつまでも眺めていたいが、理性で抑え込んだ欲望が復活したら困る。

足音を極力殺して、要は彼女が眠る客室を出た。

明かりがついたままのリビングに戻り、グラスにウィスキーと氷を入れた。もらいもの酒なら腐るほどある。

　からり、と氷が涼やかな音を立てた。窓を閉め切っているが、その音だけで清涼な空気が流れ込んでくる気がする。

　正直、火照《ほて》った身体を持て余している。要は、ソファに腰掛け大きくため息を吐《つ》いた。

「いろいろと、無意識に煽《あお》ってくれる……」

　痛いと言いながらも、気持ちいいと言う彼女。

　なにを連想するかなど、言わずもがなだ。

　思わず口から零れた嬌声を聞いてしまえば、理性の糸がぶちぶち千切れていくのも致し方ないだろう。

「俺への誤解は解けたが、まだ、あの男との関係を訊《き》けてないか」

　昨夜の男は誰なのか。

　あの場にいた梓からは、プロデューサーだと聞いた。だが、潤とは親しげで、単なる仕事仲間とも思えなかった。

　知らず眉間に縦皺《たてじわ》を刻んでいた要は、そんな己《おのれ》に気づいて苦笑した。

　余裕がないにもほどがある。

　脳裏に、潤に告げられた言葉が甦《よみがえ》った。

『本当に相手が好きならば、いくつになっても余裕なんて生まれないのでは？』

心の奥底を突くような、彼女らしい疑問。

自分があのとき感じた心の揺れに、潤は気づいてすらいないだろう。

余裕を失うほど、本気で誰かを好きになったことがあっただろうか——。覚えていない時点で、少なくともここ数年はないと断言できる。

すべてわかっている顔で恋愛講座などと言っていた自分の方が、潤に気づかされることがあるなんて。恋愛遍歴は多くても、相手に本気で想いを寄せた経験は、自分にはなかったのだ。

彼女のことが気になっていたのは事実。

最初は、姿勢が美しく脚が綺麗だということに目を奪われた。

潤に好意を抱いていなかったら、深く関わるようなことなど絶対にしなかっただろう。

もちろん、恋愛講座の指導者になることなど持ちかけたりしない。

彼女と関わるうちに、急速に惹《ひ》かれていく自分に気づいていた。そして完全に欲しいと思ったのは、潤に言われたその言葉のせいだ。

もし、余裕を失うほど誰かを好きになれるなら——

「ここからが大人の恋愛だ。覚悟しておけよ？　潤」

楽しくなりそうだと、要はひとりごちて楽しげに笑った。

第四章

台風が通過した翌朝のように空気は澄んで、朝陽がキラキラと輝いている。

が、爽《さわ》やかな朝にふさわしくない悲鳴が、私の中を駆け巡っていた。

目が覚めた瞬間、飛び込んできたのは見慣れぬ部屋の天井。ゆっくり室内を見回し、寝心地のいいベッドに首を傾げ、身につけている服に視線を落とした後、ようやく脳が覚醒《かくせい》した。

ああ、なんてこと、なんってことを！

昨日はまったく素面《しらふ》だったのだ。

酔った勢い、なんてわけでもないのに、気づけば彼に口づけられ、マッサージと称して身体中を触られた。いや、実際マッサージではあったんだけど。

私は容赦なく揉まれた脚を見つめる。そしてベッドから立ち上がり、少し歩いてみた。

「軽い……。むくみも感じない。というか、細く引き締まったような？」

リフレクソロジー効果か、リンパマッサージのおかげか。だけど……。

「……～～っ!!」

あ、あああぁーーー!!

姿見の前で思いっきり蹲《うずくま》る。なんだってあんなことになったんだろう。日向さんの突然の告白にも驚いたけど、あんなふうにキスされるとか、身体をまさぐられるとか……しかも胸まで触らせちゃうとか。

「ありえない、あれは夢だ。きっと夢だよ。私は単に欲求不満なだけ」

それはそれでどうなんだとかいう、そんなツッコミは置いておいて。

さっさとこの場から離れよう。外は晴れている。電車だって今日は朝から問題なく動いているに違いない。

時刻はまだ早朝六時すぎ。今すぐ支度《したく》をすれば、日向さんの出勤時間前にはお暇《いとま》できるはずだ。

着替えてさっと挨拶《あいさつ》だけして帰宅したかったのだが——服はどこだっけ？

昨日着て来た服を探すが、見当たらない。バッグと一緒に部屋に置いてあったはずなんだけど、あれ？

「このままじゃ帰れないし」

悩んでいると、扉が控えめにノックされた。

小心者の胸が、驚きでびくりと跳ねる。

扉を開けたのは、当然この部屋の主。スーツ姿で現れた彼は、両手に私の服を抱えていた。

「目が覚めましたか。おはようございます。昨夜の服は乾かしておきましたよ」

いつもと変わらぬ口調で、服を手渡された。

「あ、ありがとうございました」

あまりにもこれまでと変化のない態度に、一体昨夜のどこからどこまでが現実だったのか、わからなくなった。

動揺しているのは私だけらしい。ということは、梓ちゃんが従妹《いとこ》だとかの告白は多分現実で、お風呂から出た後のイチャイチャ……は、夢に違いない。

ひとりで自己完結させて内心ほっとしていると、いつの間にか目の前に来ていた日向さんが私の耳に唇を寄せた。

「夢オチで片づけられるとでも？」

「っ!?」

色っぽい低音ボイス。ぞわりと肌が粟立《あわだ》ち、反射的に耳を押さえた。

見上げると、不敵に微笑む日向さんの端整な顔が。すっと細められた目は、黒々と怪しく艶《つや》めいていた。

その眼差しだけで、想像妊娠できそうなんですがっ。

目を丸く見開いたまま一歩後退《あとずさ》る。

ここは、なんのことかととぼけるのがベスト！

――なんて思っていたことはお見通しのようで、服を抱きしめる私の手首をがっちり握った彼は、一歩詰め寄り私を腕に閉じ込めた。

「とぼけようとしないでくださいね？　忘れたと言うなら、今からもう一度再現してさしあげます」

「っ！　め、めっそうもございません！　覚えております、ええ、はっきりと！」

顔が噴火しそう。

真っ赤に熟《う》れたトマトになっているであろう私の顔を見下ろして、彼は意地悪く微笑む。

「そうですか。なら、どこまで覚えているか、答え合わせに聞かせてもらいましょう」

「そ、そんなことしてる暇はないんじゃ……ほら、朝は忙しいですし！」

「ご心配なく。まだ時間は余裕です。それともあなたはやはり覚えていないとでも？　嘘はいけないですね。お仕置きされたいのでしょうか」

ギャー!?

なんていうドS。

追い詰められた小動物というのは、こんな心境なのか。お仕置きになにをされるかわかったもんじゃない。恐ろしさから、口を割った。

「よ、容赦なくリフレクソロジーをされ、パジャマのズボンを脱がされ脚を揉まれまくった挙句、わたくしめの色気のないパンツまで見られ乳を揉まれながらキ人をされましたっ」

「なんだ、全部覚えてるじゃないですか」

ええ、覚えてますよ！

口に出した後のダメージが半端ない。なかば涙目だ。

そうだよ、昨夜はなんだかぼうっとしてたから気づかなかったけど、しっかり下着まで見られたんだよ。しかも素肌を撫でられ、胸を弄《いじ》られ……

ああ、私もうお嫁に行けない……

「これはもう、私が嫁をもらうしかないのか……」

「どんな思考をしたらそうなるんですか。ほら、早く着替えて来なさい。朝食が冷めますよ」

朝ごはん？　日向さんが作ったの？

彼が部屋を出て行った直後、盛大にお腹が鳴る。すっかり乾いて快適な状態になった服に袖を通し、身なりを整えてからダイニングルームへ行った。するとテーブルには、ホテルや旅館で目にするような和食の朝ごはんが並んでいた。

「すごい……日向さんったら、いつでもいいお嫁さんに」

ない。

「私が嫁なのですか」

椅子を引いてくれるところなんかは、執事っぽいけど。そうは思っても口には出さない。

お礼を言って目の前のご飯を眺める。

炊き立てのご飯にふわふわのだし巻き玉子。紅鮭《べにじゃけ》の切り身とほうれん草のお浸《ひた》しに、わかめと豆腐のお味噌汁。

日向さんは手抜き料理と称するが、一体どこらへんが手抜きなのかさっぱりわからない。

満面の笑みで日向さんのお手製朝ごはんを頬張る私を見て、彼は「キスより餌《え》づけの方が確実な気がしてきました」と、口許を引きつらせていた。

「食器洗いは私に任せてください」

「食洗機があるので結構ですよ」

結局お世話になりっぱなしで、あっさり断られてしまった。なんだか申し訳ない。

帰り支度《じたく》を済ませた私は、昨夜のことには触れず、お暇《いとま》するための挨拶《あいさつ》をした。

が——何故だろう。気づけば日向さんにがっつりキスをされている。

「んんっ……⁉」

「あなたは隙が多すぎる」

チュッ、とリップ音を奏《かな》でた後にようやく私を解放した彼は、そんなことをのたまった。

こんなに心臓に負担がかかる突然の行為は、やめていただきたい。ドックンドックンと脈打つ鼓動は、絶対身体に悪いと思う。

「昨夜言ったことは冗談じゃないですよ。これから遠慮なくあなたの隙を突いて、落とします。返事は急がないですが、私は気が長くはない」

「それって暗に早く返答しろって言ってません？」

「イエス以外を聞き入れるつもりもないです」

なんて王様発言！　私の額《ひたい》に汗が浮かぶ。

「ひとつはっきりさせてください。先日一緒にいた、あの仙石というプロデューサーとは、本当のところはどんな関係なんですか？」

「え、恵さんですか？　本当のところもなにも、仕事関係者でしかないですけど……。しいて言えば姉と妹？　よき相談相手で、頼りがいのある姉御でしょうか」

「待ちなさい。性別がおかしいです。男性ですよね？」

「ええ、でも恵さんはゲイなので。普段の口調もオネエですし」

数秒の沈黙の後、日向さんは私に嘘がないとわかったらしく、ようやくひと言「そうですか」と呟《つぶや》いた。

そして日向さんは、それはそれは素敵な笑顔で私に告げた。

「今日から上級編に行きましょう。覚悟しておいてくださいね」

「え、……ええ!?」

「ここから、大人の恋愛講座の本格始動です」

朝っぱらから、なんて迷惑な色気を振りまくのだ、この人は！

不整脈が発生しているみたいだ。これが異性を好きになる予兆なのか——

それでも彼に傾いている心の天秤《てんびん》は、ギリギリ地面から離れたまま、完全には落ちていなかった。

◇◆◇

好意、好き、友愛、親愛、情愛、熱愛。

同じ「好き」という感情の中でも細かく区別があるなんて、つくづく人間の情とは複雑だ。

その僅《わず》かな心の変化を、どのように表現してドラマを作り出していくか。脚本家が描いた物語を演じる役者に、どこまでうまく意図を伝えられるか。試行錯誤は終わらない。

脚本は単に台詞《せりふ》を書けばいいだけではない。場所の指定や登場人物の動き、表情の変化など、細かな描写も交えていく。

パソコンのキーをタイピングをしている手が止まった。自分が入力した、登場人物の台詞がいまいちピンとこない。

「このドラマの制作発表、そろそろなんだよね」

クランクインも間近だ。ますます私も忙しくなる。

ため息をひとつ吐《つ》く。ダメだ、集中力がすぐに切れる。

つい考えてしまうのは、日向さんの冗談のようでいて、その実本気らしい告白だ。

ふと指で、自分の唇をなぞった。生々しい感触が今でも鮮明に甦《よみがえ》る。

あのときの記憶だけで、顔から火を噴きそうだ。あの端整な顔が私に近づき、唇をがぶっと……

「わー！　ダメだ、思い出したらー！」

慣れていないんだよ！

しかも、これから上級編って……。大人の恋愛講座本格始動って！

考えただけで、心臓が破裂しそうだ。

いつもはなにか悩みごとがあると、大抵寝るか走るかして解決してきた。だが最近では、いくら気分転換に走ってみても、次から次に新しい問題がわいてくる。

はぁ、と大きくため息が零《こぼ》れた。

「好きなら好きでいいのに、どう好きかと言われると明確に表現できない……」

自分が、まさかここまで面倒な人間だとは思わなかった。

現時点で、すでに彼に対して好意は持っている。ならばその好意が、異性への好きに変われば、きっと彼から向けられる視線に戸惑いは感じないはずだ。

捕食者のような目で私を見つめてきた日向さんを思い出し、なんだかぞくっとする。

手加減、するよね？　いきなりラブホテル見学とかしないよね？

ホテル勤務なだけに、市場調査とか言ってラブホ巡り……。ありえそうで、ちょっと怖い。

「まあ、いきなり今日明日になにか言われることはないと思うけど。日向さんだって仕事で忙しいし」

凝《こ》った肩を解《ほぐ》すように背伸びをした直後、ブルブルとスマホが震えた。

画面に表示された「日向要」の名前に、びくりと身体が跳ねる。

え、なにこのタイミング。壁に耳あり障子《しょうじ》に目あり？　いや、噂をすれば影？

恐る恐る出ると、日向さんは休憩中とのこと。

貴重な休み時間に電話をくれるなんて、なんだかちょっと特別な感じがして、途端に胸がそわそわと落ち着かなくなった。

『チケットを二枚もらったんです。急な話ですが、それが今夜の公演分で』

「公演って、クラシックかなにかですか？」

まさかオペラとか？　ブルジョワ過ぎる。

『いえ、生演奏のジャズです。ジャズを聞きながらくつろげるクラブがあるんですよ』

「行きたいです！」

気づけば反射的に元気よく返事をしていた。特別音楽が好きなわけではなかったけれど、好奇心が刺激されたのだ。

『オシャレして来なさいね』

苦笑気味に笑う彼が、そう言って電話を切った。耳に直接吹き込まれる甘いバリトンボイスに、そわそわしていた胸がキュンと疼《うず》く。

告げられた待ち合わせ時間は、夜の八時。八時半から始まるらしいそのライブには、かなり有名なジャズピアニストが来るんだとか。

「今夜はオシャレしてジャズ……。お、大人って感じだ」

こうしちゃいられない。夜の逢瀬《おうせ》にふさわしい、オシャレなワンピースはあっただろうか？

時計を見れば、まだ午後二時半だ。時間はたっぷりある。

手早くクローゼットを確認し、着回しができるカーディガンを選ぶ。そして欲しい服のイメージが固まったら、それに似合いそうな靴も見つけておいて、私は近場のショッピングモールに駆け込んだ。

待ち合わせ時間より十分ほど早めに到着すると、日向さんは既にお店の入り口で私を待っていた。

彼は濃いグレーのスーツ姿。スリーピースで、中にベストを着ている。スタイルがいいから、かなり似合っていて眼福《がんぷく》だ。

「こんばんは、日向さん」

「急な誘いですみません。予定が空いててよかったです」

ふと微笑むその眼差しが柔らかくて、心臓がドクンと跳ねた。彼に肩を抱かれながら、静かな佇《たたず》まいのジャズクラブに入る。

ここは私も名前だけは知っている、都内でも有数の超有名ジャズクラブだ。

フロントで予約名を告げる。スタッフにエスコートされた場所は、ステージを正面に見る指定席だった。

シックで落ち着いた雰囲気の店内は、半分ほど人で埋《う》まっている。ステージの中央に大きなグランドピアノとマイクスタンドがあった。

私たちが座るところはボックス席になっていて、ゆったりとしている。

コートを脱いで日向さんと隣同士に座る。正面はステージで、両サイドと後ろが頭まで隠れる程度の高さのある仕切りで区切られ、プライベートな空間が得られる工夫がされていた。

メニューを手渡されたので、まずは飲み物を選ぶ。

オリジナルのカクテルメニューを見て、たまには甘いお酒も飲みたくなった。

「なにがいい？」

「えーと、この青空を連想させるカクテルもおいしそうですが、柑橘《かんきつ》系よりこちらのベリー味が気になるかなと」

「なら、まずはそれから頼みますか」

日向さんはワインリストからグラスで一杯頼み、私はカクテルを注文した。次に料理のメニューを開いていると、

「その服、よく似合っていますよ」

と、さらりとほめられた。

なんて言うか、恥ずかしくて嬉しい。フォーマルになりすぎない、落ち着いたペールピンクのワンピースに黒いカーディガン姿だ。照れながらお礼を言う。

ふいに、巻いていた髪をすっと耳にかけられた。ドキリとして、隣を向く。

艶《つや》めいた微笑を浮かべる日向さんは、私の耳になにも飾りがないことを確認したらしい。

「なんだ、今日はイヤリングはつけていないのですか」

さらりと耳に髪をかける手付きは大胆だが、いやらしさはない。でも、その後、彼の指先が耳を掠《かす》めて、緊張している私は小さく反応してしまった。

「わ、忘れてしまって……ネックレスは見つけたんですけど」

「そうですか、残念ですね。男を釘付けにさせるんでしょう？　揺れるものは」

——私を釘付けにするには、ネックレスだけで十分ですが。

動揺するようなことを続けて言われ、落ち着いてメニューを見るどころではなくなってしまった。

本気なのか冗談なのかわからない、こんな会話は心臓に悪い。

そのくせ、切り替えが早いのだ。私を翻弄《ほんろう》して緊張させるだけさせて、気づけば彼の視線はメニューに落ちている。

私も慌《あわ》てて、メニューを見た。

……このコース料理や一品ものの名前、呪文に見えて仕方がないんですが。

前菜だけでも一品二千円はする。メインディッシュにデザートも頼んだら、アルコールと合わせて一体いくらになるのだろう……

財布に諭吉様は何人いらっしゃったかしら、なんて頭の片隅で考えながら、オーダーは日向さんにすべてお任せした。正直、自分では選べそうにない。

彼なら、きっとハズレのないのを選んでくれるはずだ。

「それなら前菜には、スモークサーモンとクリームチーズのキャビアのせに、トマトとバジルとモッツァレラチーズのカプレーゼサラダ。メインは肉と魚、どちらがいいですか？」

「えっと、じゃあ、お肉で」

メインディッシュには、牛肉の赤ワイン煮込みを頼む。とりあえずドリンクとデザートメニューだけを手元にそのまま残し、ほかは返した。

注文したドリンクが運ばれて来る。日向さんは赤ワイン、私は同じ赤系の、ベリー味のカクテルだ。こつんとグラスを合わせる。

祝日でも記念日でもない普段の日に、一体なにに乾杯するのかとか冷静に思うとちょっと照れくさかったが、彼は無難にひと言、「お疲れ様」と言った。

「お、お疲れ様です」

一日の締めという意味での乾杯。なんだかちょっと気恥ずかしい。

くいっとグラスを呷《あお》れば、酸味がきいてすっきりした味わいのベリーの風味が口全体に広がる。口当たりがよく、甘すぎない。アルコール度数もそんなになさそうで、まさに女性が好む味だ。

ライブが始まる少し前に、頼んだ前菜が運ばれてきた。

スモークサーモンとクリームチーズのキャビアのせには一口サイズのクラッカーもついてきて、見た目もすっごくオシャレだ。

「いただきます」

口の中で、蕩《とろ》けるサーモンと濃厚なクリームチーズがまざり合う。キャビアの粒粒が舌の上で弾けた。

笑顔でおいしいを連呼していると、いつの間にやら日向さんに観察されていたらしい。

あの、そんなに見られていると食べにくいんですが？

「日向さん、食べてます？　私ばっかり食べてる気が」

「ちゃんとつまんでいますが、料理よりあなたを見ている方が面白い」

おいしさと面白さは別だと思う。なのに同列に並べられるのは何故だ。

「あなたはなにを食べさせてもにこにこおいしそうに食べますね。どんな店に連れて行っても、嫌な顔をしたことがない。正直、私がひとりで食事に行けば、その店のサービスや接客態度が気になり、それに引きずられて味に対しての評価もシビアになることがままあります。一種の職業病ですか」

なるほど、そういうものか。ホテルマンも大変だ。

「疲れてるときほどひとりで外食するのは嫌なんですよ。家で作った方がいい。だけど、あなたみたいになんでもおいしいと言って食べる人と一緒なら、居心地がいいです」

ふと目元を和《なご》ませる日向さんを見て、私は口に入っていたクリームチーズの塊《かたまり》をごくんと呑み込んでしまった。

カクテルを喉に流し込み、見せられた微笑みの破壊力を中和させる。

ふい打ちでその顔は、反則ですよ……

「単に食い意地が張っているだけですが、お役に立てたのなら、よかったデス」

人の動揺をすべてお見通しらしく、日向さんは小さく笑ってから、「足りなかったらもっと頼みましょう」と勧めてきた。

たまの贅沢《ぜいたく》なら、いいか。超高級フランス料理のフルコースを頼んでいるわけでもないし。

でも、そんなフルコース料理を食べるより、日向さんとなら屋台《やたい》のラーメンでもおいしいと思う。

なにを食べるかより、誰と食べるかだ。きっと料理の味は、作り手の腕だけでなく、食べる側の心や状況で、変化するんだろう。

モッツァレラチーズに、バジルとスライストマトが重ねられたカプレーゼサラダを食べながら、先ほど言われた「居心地がいい」というほめ言葉を噛みしめる。

「私も、日向さんとご飯食べたり飲んだりするの、居心地がよくて楽しいですよ」

日向さんは僅《わず》かに動きを止めた。

「そこまでわかっていながら、まだなのか……」

彼の台詞《せりふ》の最後の方は、ステージに現れたジャズピアニストを歓迎する拍手によって掻き消されてしまった。

「なにか言いました？」

「いえ、なにも」

彼はグラスワインを飲み干すと、新たなワインをボトルでオーダーした。


ゆったりとしたバラードが奏《かな》でられる。先ほどまではアップテンポの激しいジャズだったのだが、今は情感たっぷりのメロディーに、客たちは浸《ひた》っていた。

適度に照明を落とされた店内に、ムードたっぷりの曲。訪れているカップルはみんな、夢見心地でうっとりとしていることだろう。

先ほど日向さんがボトルで頼んだ赤ワインを飲みながら、メインディッシュを食べ終わり、今は私だけデザートに口をつけるところだった。

ラズベリーやブルーベリーなどのフルーツがのせられたフランと、バニラのジェラートの盛り合わせ。ジェラートの上にはココアパウダーがかかっていて、見ているだけで涎《よだれ》が出そう。

ジャズクラブなんて初めて来たけれど、これは最高に贅沢《ぜいたく》だ。一流の音楽が聴けて、ご飯もおいしい。癒《いや》されるし、純粋に楽しい。そして、ムードがたっぷりなので、ドキドキもする。

付き合いたてのカップルの勝負デートのみならず、長年付き合っているカップルがお互いの愛を深めるためのデートにもオススメだ。

甘いデザートを食べながら、日向さんに一口食べてみるか尋ねる。スプーンは二本ついてきたので、わけるカップルも多いのだろう。

「よろしければどうですか？　ちょっと甘いですけど」

ワインが辛口だったから、私はこのくらい甘くても問題ない。

ひとつ頷いた日向さんが、置きっぱなしになっていたスプーンを持ち上げて、ジェラートを掬《すく》う。

そして彼は、それを私の口に差し込んだ。

「っ！」

反射的に食べちゃったけど！　今のは、「はい、あ～ん」ってやつではないだろうか。

徐々に熱が上がってくる。いきなりこんなのは、驚くんですが！

「おいしいですか？」

口を閉じたままこくんと頷けば、満足そうに目を細める日向さん。その端整な横顔に見惚《みと》れていると、「それなら味見」と引き寄せられた。

「……んんっ⁉」

合わさった唇の隙間から、彼の舌が入り込む。冷たいジェラートを食べた直後に触れてくるその熱が、より生々しさを感じさせた。

まさか、味見って私の口でですかー！

資料にと読んだBL漫画に、こんな描写があった。毒見をした従者の騎士に、普段いいようにしてやられている王子が意趣返しとばかりに味見と称して彼の唇を奪うのだ。いつもの攻めと受けが逆になったことで、新鮮でよかったと読者の受けも上々だったらしい。

が、自分が体験する羽目になるなんて。

バニラの味が残っている口腔《こうこう》内を、くまなく舐めとられるように味わわれる。

突然のキスに驚きながらも、私の身体からは次第に強張《こわば》りが解《ほど》けていく。抱き寄せられる形で貪《むさぼ》られる強引さが、嫌じゃない。

ここが、ある程度プライベート空間を守られた席でよかった。後ろからも横からも、覗かれる心配はない。唯一の懸念はステージでピアノを弾いているあの彼だが、目を閉じながら演奏しているので気づかないだろう。

プロの音楽をBGMにこんなことをするなんて申し訳なさすぎるが、抵抗できそうにもない。

　腰に回された手の拘束がゆっくりと離れるまで、私はただ彼の熱に翻弄《ほんろう》され続けた。唇が離れた直後、そこに付着していた唾液を、日向さんが舌でぺろりと舐める。小さく漏れた声は、自分でも恥ずかしいほど甘かった。

「ここのデザートはおいしいですね」

　壮絶な色気に満ちた顔で、ニヤリと笑う。ああ、私の反応を見て楽しんでいる顔だ。

「……セクハラですよ」

「今さらセクハラとは違う気がしますが。でも、キスは嫌いじゃないでしょう？」

　すっと唇を親指でなぞられ、ぞくっと震えが背筋に走る。咄嗟《とっさ》に背を反《そ》らせば、彼は私の左手を掴《つか》んで握りしめた。

「逃げないで、潤。嫌がることはしないと言ったはずです。私とのキス、嫌いじゃないんでしょう」

　問いかけではなく、断言。真っ直ぐ見つめてくるその眼差しの強さに、身体が熱くなる。

　背筋を駆け抜けた震えが、身体の奥深くに浸透し、じわじわと燻《くすぶ》るのを感じた。

　キスで蕩《とろ》けていたのは、唇だけではない。背筋に巡ったなにかは、きっと快感というものだ。

　先日感じたのと同じ甘い疼《うず》き。恥ずかしくて、くすぐったくって、でも嫌じゃない。

見つめられる視線から逃れたくて、つい顔を俯《うつむ》けてしまう。

「き、嫌いじゃないです……。むしろ気持ちよくって困ります」

本当に、どうしてくれるんだ。急激に変化する心の揺れに、私の小さな脳みそじゃついていけない。

潤《うる》んでいく目で彼を見上げれば、日向さんはくっきりと眉間に皺《しわ》を刻み、横を向いて嘆息した。

「これで無自覚とか、生殺しにする気ですか。——わかってはいたが、鈍すぎる」

私の手を握りしめたまま、日向さんは続けた。

「私が初めに出したあの課題の答えも、まだ見つかってないんですよね？」

「す、すみません！　もう少しで掴《つか》めそうなんです。好きの種類と違いをはっきり説明できるかと。だから、あの……」

意識が握られている手に向かってしまう。不整脈に顔の火照《ほて》り。胸の高鳴りとドキドキ感。あと一歩の隙間が埋まれば、私の答えも見つかるはずだ。

「あとちょっとだけ、時間ください。ちゃんと〝好き〟がなにかわかったら、言いますから」

もう少しこの感情をはっきりさせたい。ただドキドキ翻弄《ほんろう》されて流されるんじゃなくって。

「真っ赤な顔を見たところ、私への好意は高まっているし、意識もしているし、キスも嫌いじゃないんでしょう。なのにそれでもまだわからないと」

「す、すみません、異性に対する好きに限りなく近い好意というか、決定打がまだ見つかっていないというか。まだ流されている感がぬぐえていないというか」

しどろもどろに、言葉を紡《つむ》ぐ。

「単純かと思っていましたが、案外面倒な性質《たち》なんですね」

呆れたように、でも納得したように呟《つぶや》かれ、つい謝ってしまった。だが、謝る必要はないと、彼が私の頭を撫でる。むしろ昨日の今日で急《せ》かしすぎなのは、こっちの方だとも。

確かに、私のキャパはあっぷあっぷですよ。

「あなたから私に好きだと告白してくるのを、楽しみに待っててあげます」

そんな不遜《ふそん》で俺様な発言をするくせに、私を見つめる眼差しは甘いとか。もう、勘弁してください。

バラードからノリのいい曲調に変わった後も、日向さんは私の手をずっと握りしめたままだった。

急速に近づいていた彼との関係は、お互い仕事が多忙になったことで一旦距離ができた。

◇◆◇

ここ一ヶ月ほど、まともに日向さんに会っていない。時折メールが届いていたり、留守電が残っていたりはするけど、電話がかかってきたときも打ち合わせ中だったりして、何故かタイミングが合わない。こちらから折り返し電話すると、今度は彼が出ない、という日々が続いた。

それでも、私たちは他愛もない話をメッセージに残し合う、という静かな交流を続けていた。

日向さんと会えないまま、秋も深まった頃——。ドラマの撮影が始まった。

脚本家が表舞台に出ることは少ない。名前が知られているベテランならまだしも、まだ若輩者《じゃくはいもの》の私にそんな機会はめったにない。

だからと言って暇かというと、全然違う。ここから先は、今まで以上に忙しく、そして気を張らなければならない日々に突入するのだ。

台詞《せりふ》の変更や、登場人物の出番を増やしたり減らしたり、はたまた時間内で収まるように計算してシーンを調整したり、要望に応《こた》えたりと、やることは盛りだくさんだ。

プロデューサーや監督の注文以上に、演じる側からのダメ出しが怖い。もちろん、どうしても無理な要求なら無理と答える。でも、よりよい作品を作るための改善要求なら、できる限り応えたい。

こうして、日向さんとも最低限の連絡しかできなくなって久しいある日。断りきれない筋から雑誌のインタビューが入り、渋々行ってきた。

しっかり宣伝して来いという上からの命令は絶対だ。

帰り道、恵さんから呼び出されたためテレビ局に寄ると、恵さんは私の顔を見た瞬間「あんた、やつれたわね」と言った。

ううう、慣れないインタビューで緊張したんですよ。それに、そろそろ身体が凝《こ》りまくって辛《つら》い。思わずため息が零《こぼ》れた。肩も首も腰も、というか全身がすっきりしない。

「あら、これは酷《ひど》いわね。かったいわ～。パンパンじゃない」

私の肩に触れながらそう言い、恵さんはとある券を私に渡した。

「これ、この前、知人からもらったんだけど、あんたにあげるわ。ここに行くのが一番のリラックス方法なんでしょ？」

差し出されたのは、日向さんのホテルの宿泊割引券。しかも通常料金の五十％引きで泊まれるという、破格のものだ。

「え、ええっ！　いいんですか!?」

「よくなかったら、あげないわよ。このためにあんたを呼んだんだから、ほら今日はそこに泊まってきなさい」

「恵さまぁ～！」

抱き着く私に、鬱陶《うっとう》しいと嫌な顔をしつつも、邪険に扱わないところに愛を感じる。

速攻で帰宅した私は、一泊分の着替えと下着を詰めて、獅子王グランドホテルへ向かった。


インタビューが朝でよかったとつくづく思う。ホテルにチェックインしたのは午後三時だった。いつものようにフロントへ向かった私は、珍しく日向さんの姿が見えないことに気づく。

休憩中なのかな……。私が行くときは、ほとんど彼が応対してくれてたんだけど。

少しの寂しさを抱えたまま、ていねいにチェックインの手続きをしてくれた女性にお礼を言った。

完璧な一礼に、控えめな微笑。瑞々《みずみず》しい肌に清潔感溢《あふ》れるメイク。同じ女性として、その高レベルさに落ち込んでしまう。

部屋に着いて荷物を下ろした私は、トリートメントルームへ向かった。いつもは身体の凝《こ》りをほぐすためにと背中のマッサージを受けているけど、今日は全身をお願いする。

担当してくれる女性を見て、感嘆の声が漏れた。

美しい……。同じ生き物として、なんだこの敗北感は。シミひとつないもっちりした肌に、パッチリな目。綺麗なアーチを描いた眉ひとつ取っても、隙がない。

あれ、このホテルで働く皆さん、こんなに綺麗だったっけ？

こんな女性たちに囲まれた職場に日向さんはいるのか。

その事実に気づいて、私の心の奥で、もやりとしたなにかが広がった。

少し前の私なら、単純に「羨《うら》ましい、いいですね！」と言っただろう。だが、今の私は違った。

――綺麗になりたい。

唐突に、そんな思いが込み上げたのだ。

これまではただ、清潔感に気をつけたファッションを心がけていた。今回のドラマを書くにあたって男性目線の服装の研究もしたけれど、それでも、自分はそこそこでいいじゃないのと思っていたのだ。

常に綺麗でいるなんて無理だし、家ではジャージでゴロゴロしながらビールを飲んでいたいし。そんな自分が好きで納得していたけれど、今初めて誰かと比べて、思う。

私も頑張れば、もっと変われる？　綺麗になれる？

——日向さんに釣り合うような、女性になりたい。

気持ちの変化に、自分自身で驚いた。気づけば、いつも選ぶコースより数段高い、全身フルコースを選んでいた。

垢《あか》すりにリフレクソロジーに、顔のパックまで含めた贅沢《ぜいたく》二時間コース。身体の凝《こ》りを解《ほぐ》すマッサージより、美容効果の高いものばかりを無意識に選んでいたらしい。

好きなオイルを選び、施術が始まった。内臓の反射区を刺激するリフレクソロジーは、女性の力だからか、日向さんにされたときより痛みがない。

優しく脚のマッサージをされながら、目を閉じた。常ならこのまま眠れると思えるほど気持ちがいいはずなのに、なんでだろう。いつものようなリフレッシュ感があまり得られない。

どうしても比べてしまう。雷雨の夜に日向さんにされた、あのマッサージと。

痛みが快楽に転じたあの刺激は、なかなか忘れられない。

あの日、脚や背中に触れてくる大きな手が心地よかった。

優しく私の名前を呼ぶ声も、不埒《ふらち》に動く指も、私に甘やかな熱を与えては翻弄《ほんろう》した。

同じマッサージでもこうまで違うのか。触れられることに抵抗はないが、どうせなら日向さんに触れてもらいたい——

無意識にわき上がったその衝動を自覚した途端、ああそうか、とようやくわかった。

この気持ちこそが、「好き」なのだ。

異性として感じる「好き」の違い。明確ななにかを得られずに探していたけれど、ようやく納得がいった。

触れたい、触れられたい。知りたい、知って欲しい。

ほかの女性がその人の傍にいることへの不安感。胸の奥に広がるこの不快なモヤモヤは、嫉妬《しっと》だ。

相手を独占したいと思う気持ちは、まぎれもなく異性としての「好き」の気持ち。

顔が見たい、声が聞きたい。傍にいて欲しい、彼の温度を感じたい——

はっきりと彼への気持ちを自覚した途端、心の霧が晴れた。

女性のエステティシャンに首から肩、背中の凝りも解《ほぐ》してもらい、垢《あか》すりでピカピカに肌を磨かれる。泥のパックを塗って、すべてが終わったのは午後五時すぎだった。

着替えてから、トイレで鏡を覗いて驚く。

「すごい……。くすみが取れてる。肌のトーンが明るい」

触れれば、ぽよん、と跳ね返る。先ほどまでのやつれ具合が信じられない。

これならスッピンのまま眉毛を描くだけでいいんじゃないか。ファンデーションなんか塗るのはもったいない。だから、簡単にアイブローとアイシャドウだけ引くことにした。

すっきりした状態で部屋に戻った後、ホテル内のカフェに向かう。ちょっと時間が中途半端だけど、小腹が減ったからケーキセットでも食べたい。

ホテル内を歩くだけで、そわそわする。もしかしたら、日向さんに会ってしまうんじゃないかという、淡い期待からだ。

今日、私がここに泊まっていることを、彼には教えていない。ばったり遭遇したら驚くだろうか。

彼はきっと、親しくなる前と同じように、完璧な営業用スマイルを浮かべて接してくるに違いない。職場では、どこで誰の目があるかわからないから。でも、その笑顔の中に、私にだけ向けてくれる特別な感情があるはず。

「……会いたいな。どこにいるんだろう」

彼に対する感情を自覚した途端、落ち着かなくなった。早く会って見つけた答えを言ってしまいたくなる。

とはいえ、仕事中に電話をかけるのははばかられる。ならばせめて、後でメールでひと言連絡しておこう。

きっと何気ないひと言を打つのに、頭を使うのだろう。だけどそのときを考えただけで、心が弾んだ。好きの感情を自覚した途端にこうも変化が出るとは、恋の力ってすごい。

「よくも悪くも、絶大なパワーだ……」

カフェに着き、店の前にあるメニューを見ると、今日のオススメケーキはモンブランとある。それにしようかな――と、呑気《のんき》に思いながら中へ入ろうとしたとき、背後から声をかけられた。

「ねえ、あなた。もしかして朝比奈潤さん？」

「はい？」

振り返れば、サラサラな栗《くり》色の髪が印象的な、二十代半ばぐらいの美女がいた。くっきりした二重《ふたえ》に濃くて長い睫《まつ》毛《げ》。すっとした鼻梁《びりょう》ながら冷たい印象はなく、形のいい唇は艶《つや》感たっぷり。

非の打ちどころがない、美の女神に愛されたと思える女性だ。思わず内心『おお！』と見入ってしまった。

「はい、そうですけど……あの、失礼ですが、どこかでお会いしたことありましたっけ？」

芸能人に関わる仕事をしていることもあり、私は一応、メジャーどころの美人は知っている。だけど、この美女は記憶にない。雑誌モデルかな？　でもそれなら、私の本名を知っているのはおかしい。

「覚えてないかしら。以前、要君と一緒にいたときにお会いしたことを。あなたと食事に行く先約が入っていたのよね？」

「……ああ、あのときの！」

「ええ、思い出してくれてよかったわ。突然ごめんなさい。もしよかったら、私と一緒にお茶でもしない？」

にっこり微笑んだ美女の誘いを誰が断れるだろうか。

結局成り行きで、向かい合わせでケーキを食べることになりました。——なんだ、この状況。

好きと自覚した直後、まさか彼のストーカー未満さんと鉢合わせになるとは。世の中なにが起こるかわからない。

だが、今のところ彼女から不穏な気配は感じない。彼女は人見知りをしない性質《たち》らしく、気さくにこの店のオススメケーキを教えてくれたりしている。

運ばれてきた熱い紅茶を一口啜《すす》った。初めて頼んだ紅茶だが、渋くなくて飲みやすい。ホッと息を吐《つ》き、ここまでタイミングが掴《つか》めず訊《き》けなかった彼女の名前を尋ねることにした。

「あら、ごめんなさい。私ったらうっかり。既に自己紹介したと思い込んでたわ」

口許を片手で押さえて、彼女は可愛らしく慌《あわ》てた。

「今さらで申し訳ないけど、初めまして。獅子王菫《すみれ》と申します」

「獅子王、菫さん？」

ん？　獅子王って、このホテルの名前と同じ苗字だ。

疑問が表情に出ていたのか、彼女はこくりと頷いた。

「このホテルの社長が、私の父よ」

「え!?」

てことは、獅子王ホテルのご令嬢!?

「うちのホテルを気に入ってよく利用してくださってるのよね。ありがとうございます」

驚きでなにも言えない私に、彼女は続けて言った。

「いつも兄がお世話になっております」

さらりと告げられた言葉に、頭が一時停止する。

「……お兄さん？　えっと、どなたのことでしょう？」

たっぷり十秒沈黙後、問いかけた私に菫さんは小首を傾げる。

「誰って、要君のことだけど？」

「要……君？　……日向さんは、日向さんですよね？」

自分でもなにを言っているのかよくわからない台詞《せりふ》が口から出た。

だが、私の言葉を正しく理解してくれたらしい。数拍後、彼女は慎重に尋ねてきた。

「付き合ってるのよね？　要君と」

「いえ、違いますす！　付き合ってはいません。……まだ」

視線を逸《そ》らして顔を赤らめる私を見て、彼への好意があると気づいたんだろう。

「忘れてたわ、兄が現場では母の旧姓を使ってるのを……。勝手に教えて怒られそう」

しまったと呟《つぶや》きつつ、彼女は私に説明してくれた。日向さんの本当の名前は、獅子王要。彼は彼女の兄で、このホテルの跡取り息子だと。

「あなたと親密な関係なのは知ってるのよ。それで、どのくらい兄が本気で、そしてあなたも彼を愛してるか直接知りたくなって、お声がけしたの」

「あ、愛……!?」

違うの？　と真っ直ぐに訊《き》かれては、頷かないわけにはいかない。

「いえ、違わないですけど……。実は自覚したのはほんの数十分前でして、はっきり言われると照れると言いますか……」

顔が一瞬で赤くなった。好きなひとの妹さんに気持ちを打ち明けるとか、いきなりハードルが高い。

「今さっき気持ちに気づいたっていうあなたに、いきなりこんなことを言うのもなんだけど。兄と付き合うなら、それなりの覚悟が必要よ。要君をちゃんと支えていく覚悟はあるかしら？」

……覚悟？

彼が好きだと気づいた直後に、なんだかとてつもなく大きなことを訊かれている気がする。彼がこのホテルの御曹司というだけでも青天の霹靂《へきれき》なのに、覚悟って一体。

恋愛偏差値も低く、女子力だって微々たるもの。仕事が忙しくなれば相手に合わせることもできなくなる。

それにこの先、彼が私を生涯のパートナーに選んでくれるのかなんて、全然わからないのだ。

まだようやくスタートラインに立とうというときに、一足飛びでゴールを考えることは難しい。

でも……。

「付き合うとか、その先のこととか、まだなにも考えてません。日向さんが私との未来をどこまで考えてくださっているのかも、私は知りません。でも、もし共に歩めるのなら、私もやれるだけのことはしたいです。体力と根性だけは自信があります。それにたとえ彼が無一文になったとしても、私が働いて日向さんを養うから問題はありません！」

数秒の沈黙の後、大きな目をぱちくりと瞬《また》かせた彼女は――大爆笑した。

「あ、あの要君を、無一文扱いって……あは、あはは！」

菫さんが繊細な指で涙を拭《ぬぐ》う。

「笑っちゃってごめんなさい。そんな逞《たくま》しいこと言ってくれる女性は今までいなかったから、つい……。でも、うん、気に入ったわ。体力への自信と、その男前な根性。あなただったら、安心して兄を任せられそう」

——私、ブラコンなの。

そう続けた彼女は、今まで誰とも本気の交際をしているように見えなかった日向さんが、心配で仕方がなかったそうだ。歳の離れたお兄ちゃんが、とにかく昔から大好きらしい。そんな彼が、ひとりの女性に深く関わってるらしいと知り、気になってたまらなかったのだという。

かっこいいお兄さんを持つと、いろいろ大変なんだな……

「告白の返事、まだ要君にしてないんでしょ？　わかったわ、私も一肌脱ぎましょう。要君はこのホテルには滅多に来ないの。月一で来る程度。いつもは数駅先にある、本社勤務なのよ」

「え？　でも、私が泊まりに来るときは、いつもフロントにいましたよ？」

「うわ……それって、きっと潤さんに会いたかったから、予約が入るとわざと予定を合わせたんじゃ……」

そんなはずはないと私は笑って否定したが、菫さんは本気でそう思っているようだ。

え、マジで？

「それはともかく。要君を喜ばせるならミニスカートよ。潤さんの綺麗な脚を見せつけましょう。上品で短めなスカートで悩殺《のうさつ》よ！」

ミニスカートで悩殺？　そんなこと、私にできるのだろうか。

だけど、そういえば彼からは頻繁《ひんぱん》にスカートをはけと言われていたっけ。

あれは単なる女性としての意識を高めるためだと思っていたが、菫さんは日向さんのことを「脚フェチだから」と言い切った。

言われてみれば、そう思える要素がありすぎる……。あんなに脚に触れてきたのは、彼が私の脚を気に入ったからなの？

嬉しいような、微妙なような……。いや、やっぱり嬉しい気がする。身体の一部でも、彼を夢中にさせられる武器を持っているのだもの。それを有効活用しない手はない。

服装のアドバイスをもらって、私は今夜、日向さんに会いに行く決意を固めた。善は急げだ。

その後、私は菫さんに、ホテルにあるヘアサロン兼貸衣装の店に連れて行かれ、散々そこで弄《いじ》られる羽目になった。

◇◆◇

色々便宜《べんぎ》をはかってくれた菫さんにお礼を言って別れた。

「今日の予定だと、急な残業が入らない限り十九時には上がれるはずよ。待ち伏せするなら、ちょうどいい死角があるから教えるけど」

去り際にそんなことを言われたが、丁重にお断りした。

そして私は、急いで日向さんにメールを入れる。

返信が来なかったらそのときは待ち伏せしよう、そう思っていたが、運よく今回はすんなり返事が届いた。

日向さんと、彼の会社の最寄り駅近くのコーヒー店で待ち合わせをし、夕食を一緒に食べることになった。

菫さんによると、彼は入社当時から数年前まで、ホテル現場の各部署を転々としていたらしい。将来上に立つ身として、実務経験を積むためだ。本社に異動後も、現場状況の確認のため月に一度のペースでフロント業務をしているんだとか。そのときネームバッジが「獅子王」だと目立ちすぎるから、お母様の旧姓である日向でフロントには立っているそうだ。

だが、当然ながらホテル内では彼が御曹司というのは周知の事実で、知らないのは無関係な宿泊客だけ。

つまり、あのホテルの関係者の間では、彼は超優良物件として知られている、というわけだ。

「競争率が……！」

どう考えたって、周りがライバルだらけな気がする！

そんな中、気持ちを自覚した直後にすぐ行動なんて、あまりにも性急ではないか自分。

もう少し作戦とか練った方が……

だけど、菫さんから詳細を聞かされた今、悠長に構えている暇はない。確かに前に日向さんから口説《くど》かれているとはいえ、今も彼がその気持ちのままかなんて、わからないのだから。

約束の時間の三十分前から、私は待ち合わせの店にいた。

温かいコーヒーを飲みつつ、視線はついスマホへと吸い寄せられる。さっき時間を確認してから、まだ五分も経っていなかった。

小ぶりのオシャレなバッグから手鏡を取り出す。このバッグももちろん、先ほど菫さんに連れられて利用したレンタル店のものだ。

「メイク、変じゃないかな……髪乱れてないよね？」

日向さんにどう思われるだろう。ホテルでプロにヘアメイクを施《ほどこ》されて、衣装と靴までレンタルして。

菫さんとスタイリストさんからは太鼓判をもらったこの格好だけど、日向さんに似合っていないと言われたら凹《へこ》むかも。

さっきから心臓がドクドクとうるさい。待ち時間を長く感じたことなんて今までなかったのに、今は一分一秒が長く感じられる。

できることなら自分の城にこもって、ジャージでビールを飲みたい。数日前の私なら、本当にそうしていたかもしれない。でも自分の気持ちから逃げたらきっと後悔する。

「恋って恐ろしい……。短時間でここまで心と身体に変化をもたらすなんて」

会えなかった時間、確かに寂しいとは思った。メールや電話の留守電だけでなく、ちゃんと顔が見たいなと。でもお互い忙しいこともあって、あっという間に時間はすぎた。

半分以上、彼への気持ちには気づいていたのに認めたくなかったのは、心が乱されるのが怖かったからだ。自分が自分じゃいられない感覚に陥《おちい》り、仕事にも身が入らなくなると本能的に悟っていたのかもしれない。

でも、それも今日まで。私は自分自身と向き合わなくては。

コーヒー店の入り口から入って来た若者たちの後ろから、見間違えることのない人物が現れた。

同じようなスーツ姿の男性はたくさんいるのに、一瞬で目が奪われる。

私の好きな人――

「日向さん……」

店内をざっと見回した彼に、私は立ち上がって声をかける。顔をこちらに向けた直後、彼は目を瞠《みは》った。

「潤？　驚きました。いつもと雰囲気が……」

私は手にコートを持って、彼に近寄る。シックな紺色のミニスカワンピを着た私に、彼の視線が注がれた。視線の先は、なるほど、脚に集中しているのがひしひしとわかる。

でも、真顔で黙り込まれると困るんですが！　太ももの真ん中辺りの丈の、大人可愛いワンピース。ギャルっぽくはなく、上品でディテールに凝《こ》っている。襟元《えりもと》と裾《すそ》のレースが気に入ったんだけど、これ似合ってない？

「変でしょうか？」

不安に思い尋ねた私に、彼は首を振った。そして恥ずかしげもなく、「いえ、見惚《みと》れてました」なんて言ったのだ。赤面せずにはいられない。

コートを着て、日向さんに手を引かれるまま店を出る。

落ち着いて話ができるところがいいと私が要望したところ、彼はお座敷があるお寿司屋さんに連れて行ってくれた。

品がよく、落ち着く造りの店内。小ぢんまりとしているが、店内はそこそこ賑《にぎ》わっている。奥の座敷に上がれば、客の話し声は聞こえても内容までは届かない。耳にちょうどいい雑音だ。

茶碗蒸《ちゃわんむ》しに、穴子《あなご》の押し寿司。松茸《まつたけ》の土瓶蒸《どびんむ》しに特上の握り寿司を二人前。和装の店員さんに日向さんがオーダーをしてから、私は熱々のお茶を一口含んだ。

ふたりきりになった途端、緊張感が込み上げる。どうしよう、私これから告白する気でいるのに、ご飯なんて食べられないかも……

既に空腹感を感じない。いつもなら、なんでも食べていられたのに。

ドクンドクンと打つ心臓が痛い。緊張感から冷や汗を浮かべる私に、日向さんが訝《いぶか》しむような顔を向けた。

「具合でも悪いのですか？　顔が青いです」

「いえ、そういうわけでは……！　ただ、勝手に緊張しちゃって」

「緊張？　私に？」

途端に不穏な気配が漂《ただよ》ってきた。見れば、柳眉《りゅうび》を寄せて思案している。

「すみません、怖がらせる要素がありすぎて、なにが原因かわからない」

「えっ？」

嘆息した日向さんが謝った。あの俺様な日向さんが!?　私は慌《あわ》てて首を振る。

「違います、怖いとかじゃなくて！　ただ私に告白経験がないから、なんて言い出したらいいかわからないだけで」

唖然《あぜん》として私を凝視する彼。自分がうっかり口を滑らせたことを悟ったのは、目が合った瞬間だった。

視線が交差し、沈黙が流れる。みるみる内に、私の顔はゆでダコになった。

「潤。今日いきなり会いたいと言ってきたのは、私に返事をくれるためですか？」

「っ……は、い」

「その様子を見る限り、あなたは私に好意がある。好きだと自覚したと見受けますが」

――自惚《うぬぼ》れても構わないか。

問われた質問に、私はしっかり日向さんの目を見つめて頷いた。

「好きです……日向さんが好きだと、そうはっきり自覚しました。まだ日向さんが私を好きだと言ってくれるなら、私はあなたの傍にいたいです」

自分の心音が鼓膜に響く。激しく打ち鳴らす心臓に、顔の火照《ほて》り。両手にはじわりと汗が浮かんでいる。

掘りごたつになっているテーブルの下、私は両手をぎゅっと握りしめていた。

「私が出した課題の答えは、見つかったということですか？」

その静かな声音《こわね》と視線は、とても理性的に感じる。私の本音を嘘偽りなく訊《き》き出そうとする姿だ。

私ははっきりと、嘘でも気のせいでもない自分がたどり着いた答えを口にする。

「私は今までずっと、誰かに特別な〝好き〟を感じたことはありませんでした。家族や友人に感じる〝好き〟も家族愛と友愛とを区別することもなく、すべて同列だと。唯一付き合った大学時代の恋人も、友人関係の延長で、ただなんとなく付き合ってみたもので……恋をしている自覚も、恋《こ》い焦《こ》がれる気持ちもよくわからないまま、あっけなく終わってしまったんです」

　好きという気持ちが恋に変わるのはどんなときか。なにが違うのか。この歳になってようやく見つけたのだ。

「会えない時間が寂しい。顔が見たい、声が聞きたい。今なにをしているのか気になって、ふと気づけば日向さんのことを考えている。日向さんの笑顔が見たくて、その視線を独占したくてたまらない。ほかの人に、私に向けるのと同じ笑顔を向けて欲しくない。私の名前を呼んで欲しい、私に触れて欲しい。そして私もあなたに触れたい。今、こうして向かい合って座っていても、テーブルを挟んだこの距離がもどかしく感じます」

　見えない引力があるように、ただただ惹《ひ》かれる。この感情に名前をつけるなら、「好き」以外、私は思いつかない。

「キスをされてドキドキするのも、私が慣れていないからなんじゃないかって思ったんです。色恋に未熟だから、日向さんのペースに流されているのではないかとも」

　でも、それは違うとわかった。

「ほかの人にキスされたら、きっと抵抗します。たとえ身近にいる男性の恵さんでも、キスしたいとか、されたいとか、思いません」

まあ、彼も断るだろうが。なにせ女に興味がない人だから。

「私がそう思うのは、日向さんだけです。ただ流されてドキドキしてるんじゃないって、ようやくわかったんです。俺様で強引で、ちょっと意地悪だけど、でも優しくって、傍にいると心地いい。抱きしめてくれるのも、キスしてくれるのも、日向さんがいいんです」

——あなた以外では、嫌なんです。

一世一代の私の告白に、彼は詰めていた息を静かに吐いた。いつかと同じく、セットしていた髪を乱し、ネクタイを軽く緩《ゆる》める。

届いただろうか、私の気持ち。嘘偽りのない、本音が。

数秒の沈黙が長く感じられて仕方がない。固く両手を握りしめたままでいると、ふと頭上に影が差した。

「潤」

ふわりと、嗅《か》ぎなれた匂いに包まれる。気づけば日向さんが私の隣に移動していて、彼に抱きしめられていた。

呼びかけられた声の甘さに、身体が反応して止まらない。

「そんなに私を喜ばせてどうするつもりですか。嬉しすぎて困ります」

ギュッと抱きしめる腕に力が込もった。それが愛おしくて、私も彼の背中に腕を回す。

「私、自分の好物もやめられないし、自宅じゃだらけたオッサンだし、色気も皆無ですけど……。それでも、日向さんの隣にいたいです。私に、大人の恋愛、教えてくださ い……」

「いいんですね？　もう逃がさないし、後戻りはできませんよ」

頷く私を引きはがして、彼は私の唇に指を這《は》わせた。が、すぐに手を離す。そして彼は席に戻った。離れる熱が寂しい——なんて思った直後、注文した品々が運ばれてきた。

セーフ！　私は日向さんに夢中で、店員さんが来るのに全然気づいていなかった。会釈《えしゃく》して去った店員の女性が消えたとき、思わず安堵の息を漏らしてしまう。

日向さんは、「まずは腹ごしらえですね」と苦笑した。

甘やかな空気はだいぶ薄れはしたが、見つめられる眼差しは甘く、柔らかい。実際に抱きしめられてはいなくても、まるで触れられているかのような錯覚を感じた。


今夜は獅子王グランドホテルに泊まっていると言うと、彼に謝られた。そして食事を終えた今、私たちはタクシーで日向さんの自宅に向かっていた。

「せっかくホテルに泊まりに来てくれたのに、申し訳ないですが、帰せません。流石《さすが》に自分の職場に女性と泊まりに行くところを見られるわけにはいかない」

宿泊代を持つと日向さんに言われ、必死で断る。

「いえ、私も割引券をもらって泊まりに来てたので、そんなお構いなく……！」

「新しい宿泊券をわたします」

「いや、それは悪いですしもらえません……、私が日向さんに会いに来ます」

こんな台詞《せりふ》をドラマ以外で使う日が来るとは思わなかった。まるで私がヒロインになっている気分だ。一瞬で羞恥心《しゅうちしん》に火がともる。

「本当に、ずい分と可愛いことを言う……。遠慮せずにもらっておきなさい、次回も泊まりに来られるように。それにそんなチケットなんかよりも、今夜は大事なことがたくさんありますよ」

ぞわりと腰にまで響く声に、一気に脱力する。ご自分の色気を自覚して、手加減してもらわないと。私がいろいろと初心者なのを忘れてもらっては困る。

日向さんの部屋に入ると、リビングの中央で彼は振り返った。

夜景をバックに佇《たたず》むその姿は一枚の絵画のようで、なんだか現実味がない。

「あなたが本心を打ち明けてくれたのに、私が隠し事をしているのは公平《フェア》じゃない」

「隠し事？」

「今まで言うタイミングが掴《つか》めず黙ったままでしたが、私の名前は日向ではないんです。

それは母親の旧姓です」

本当の名前は獅子王という——と告げられて、私は小さく頷いた。

ここで知らなかったとか言うのは白々しいし、それに、菫さんが今日のことを話せばバレることだ。

あまり驚きを見せない私に違和感を抱いたらしく、彼は私をどこか探るような目で見つめてきた。

「すみません。実は今日、菫さんに会ったんです」

「はっ!?」

驚く日向さん。その驚愕《きょうがく》っぷりはなかなかレアだと思う。

なにを言われた、一体あいつはなにをした？　なにしにホテルまで来たんだ、まったく——

慌《あわ》てて私を質問攻めにしてぶつくさ言う様子は、困った妹に振り回される兄だった。

なんだか少し微笑ましい。彼女がブラコンなら、彼もシスコンではないか。

「菫さんが応援してくれたんです。日向さんとのこと」

「なんですって？　あれは相当好き嫌いが激しく我儘《わがまま》で、出会ってすぐの相手を応援するなど……」

きっと過去にもいろいろあったのだろう。日向さんが顔をしかめる。だが私は怯《ひる》まない。

「覚悟は訊《き》かれました。正直、好きと自覚したその日に、日向さんが日向さんじゃないって聞かされて、しかもあのホテルの御曹司で私とは別世界の人とか、頭がついていかなかったです。だけど菫さんに、日向さんをサポートできるか、支えられるかって訊かれたから」

じっと私を見つめ続ける彼に、私は微笑みかけた。

「たとえ日向さんが一文無しになっても私が養うから問題ない！　……って啖呵《たんか》を切りました。大丈夫です、いざとなったら、私がバリバリ働くので」

「……そんな心配は無用ですよ。あのホテルは私が継いだ後もさらに成長させます」

私の代で潰す気ですか、と彼はぼやいた。だけど、その苦々しい声とは裏腹に、表情は柔らかい。眦《まなじり》が下がり、視線は穏やかだ。そして気づいたら、私は日向さんに引き寄せられて、抱きしめられていた。

「男前すぎますね。私にもかっこつけさせなさい」

「日向さんは十分かっこいいですよ」

彼の匂いも吐息も体温も、すべてが私をドキドキさせてやまない。

「要です。名前で呼んで」

「か、要さん……」

かあぁ、と恥ずかしさで一気に顔が火照《ほて》った。動揺する私とは対照的に、日向さんは嬉しそうに笑う。

「心変わりしたと言っても遅いですよ。私はあなたに飢えている」

その直球な言葉が、ずくんと身体の奥深くを刺激する。こうやって私が欲しいと言われるなんて。恥ずかしさよりも喜びが勝った。

「私も、飢えてます。日向さんに触りたいし、触ってもらいたい。蕩《とろ》けるようなキスを、たくさんして欲しいです」

「キスだけで満足する気はないですが？」

くすりと笑った彼は、私の腰を抱いたまま至近距離で見つめてくる。

教えてくださいと言ったのは私。今さら撤回する気はない。でも、これ以上大胆な発言を恥ずかしげもなくできるはずがない。私は羞恥心《しゅうちしん》に耐えながら、お任せしますと彼に丸投げした。

「ええ。それでは、大人の恋愛講座、実践編だ――」

言った直後、唇が塞《ふさ》がれた。

軽く唇が合わさるキスだけで、脳が痺《しび》れるくらい気持ちがいい。

日向さんから与えられる久々の口づけ。次第に官能が刺激されていく。

少し離れて小さく口を開いた彼は、男の色気に満ちた声で問いかけた。

「キスにも種類があることは、知ってますか？」

「種類……？」

すっと目を細めた彼は、どこか楽しげな空気を纏《まと》っていた。ジャケットを手早く脱ぎ、私の腰を再び引き寄せてリビングの奥へ進む。そして、ソファに腰掛けた彼の脚の上を跨《また》ぐようにして、私を座らせた。

「っ！　日向さん!?」

「要だと言ったでしょう。それに、距離が近い方が楽ですよ？」

違う、そういう問題じゃない。この体勢はちょっとまずい。スカートがめくれて、タイツで覆《おお》われた太ももが露《あらわ》になっている。

これはやはり経験値の差か。自分のテリトリー内に入ったところで、彼は宣言通り、上級編のレッスンを開始した。

私の頬に手を添えながら、キスの種類を語り始める。

「ざっくり言えば二種類です。ソフトキスとディープキス。今した軽く合わせるだけのキスは、プレッシャーキスと言って、ソフトキスの一つですね」

プレッシャーキス……初めて聞いた。薄く靄《もや》がかかっていた思考がちょっとクリアになる。脳内メモに早速記入だ。ドラマのネタに使えるかもしれない。

「もっと軽いのはバードキスです」

ちょん、と触れるだけの口づけを落とされた。こめかみや額《ひたい》にも同じく。

「これがスタンプキス」

軽く開いた唇に、しっかり合わさるキス。プレッシャーキスよりも深く、だけど舌は入らない。

そして角度を変えながらスライドするようなキスが、文字通りのスライドキス。深く合わさった情熱的なキスなのに、舌が入らないからソフトって。この時点で、私の冷静さはかなり薄れていた。

「はぁ、ひゅ……か、なめさん……」

名前呼びはまだ慣れない。でも彼がくれる甘く蕩《とろ》ける熱は好き。

背中を撫でる彼の手の熱を敏感に感じ、悪寒《おかん》にも似たぞくぞくした震えが背筋を駆け抜けた。

キスが気持ちよくって、心地よくって、どうしていいかわからない。ここまで教えられたのがソフトキスだというのなら、ディープキスはいったいどうなるのだろう。

膝に乗せられている体勢を変えようと、後ろに下がろうとしたが、背中に回っていた手によって、あっさり引き戻された。そして再び落ちてくる、甘い蜜のような触れ合い――

「ディープキスがまだですよ。これがカクテルキス」

「ふぅ、んッ……！」

薄く開いた隙間に舌が差し込まれ、口腔《こうこう》内に侵入される。柔らかな粘膜を舌でなぞられ、私の舌が絡《から》め取られる。所謂《いわゆる》一般的なディープキスだと言う。

私が日向さんにされてきた、あの脳髄《のうずい》が溶かされてしまいそうなキスだ。

なんとか彼の舌に応《こた》えようとしていると、彼が小さく笑う気配が伝わってきた。

ぴちゃりと響く唾液の音が淫靡《いんび》すぎて恥ずかしい。口の端から零《こぼ》れる唾液が顎《あご》を伝う。

このキスの気持ちよさを知ってしまうと、先ほどまでのソフトキスではもの足りなく感じそうだ。

快楽が引き出されるキスに没頭していたら、どこかで水音とは違う音が響いた。

そして、背中にひんやりとした感触が。後頭部に回った日向さんの手に頭が固定されているため、振り返ることはできないが、首から肩甲骨《けんこうこつ》の上まで入り込んだ掌《しのひら》の感触に、彼がワンピースのファスナーを下ろしたことを悟る。

って、え？　ちょっと！

「掴《つか》まって」

「えっ、なに……って、ひゃあ！」

こ、これは世に言うお姫様抱っこ……！

背中は半分ファスナーが開いた状態のまま、しっかりと彼の首にかじりつく。

不安定さを感じさせない足取りで、日向さんは私を寝室に連れて行った。

そこにはダークブラウンを基調としたベッドやサイドテーブル、そして観葉植物があり、シンプルながらリラックスできる空間になっていた。

下ろされた場所は当然、柔らかなベッドの上――。わかってはいたけど、この展開に緊張しないはずがない。

仰向けになれば、乱れた背中は見られない。だけど元々短めだったワンピースの裾《すそ》が際どいところまでめくれ上がって、思わず身体を起こして直そうとした。

が、覆《おお》い被さって来た日向さんが、私の手を顔の横に縫いつける。

「あの、服が……」

「今から脱がせるのに、直す必要なんてないでしょう」

脱がせるって！　そんな直球で言われたら、キスで熱の高まった身体にさらに火がともる。

「このワンピース、形が綺麗でよく似合ってます。長さも品のよいミニ。だがしかし、あなたの美しい脚をほかの男に見せつける必要は、ないな」

「見せつける、って」

まさか嫉妬《しっと》？

思わず「自分以外の男に見られたのが面白くないとか、思ってます？」と尋ねてしまう。そんなことないだろうと思いながら訊《き》いただけなのに、返事は予想外のイエスだった。

「可愛く着飾った姿なんて、ほかの男に見られたくない。見るのは私だけでいい」

「……っ」

そんな恥ずかしい台詞《せりふ》を、押し倒しながら言わないで欲しい。目線を泳がせる私の服を、彼は手早く脱がせにかかる。

「ド、ドラマなどでは、こんなときシャワーを浴びてますが！」

いくらホテルのエステで肌がツルツルだからって、やっぱりシャワーは浴びたい。

「無理です。私が待てない」

「い、いやいやいや、いきなりそんな応用編っぽいのは初心者には厳しいですって！」

「あなたが言ったんですよ。本気で好きな相手には余裕なんかないって」

……そういえば、そんなことも言ったっけ？

だけど、こういう状況のことを言ったのではない気がする。

「それに、応用編はまた別の機会に。今からやるのは応用なんかじゃない」

安心していい、と悪戯《いたずら》めいた顔で微笑まれ、ぞくりと再び背筋が震えた。至近距離での艶《つや》めいた笑みの奥に、妖《あや》しすぎる気配を感じる。応用編がなにを示すのか、めまぐるしく頭を動かした。

「それって、今日はマグロでいていいってことなんですか？」

「マグロ……いや、別にそうとは言っていませんが」

なにを言い出すんだ——とか、日向さんがブツブツ言っているが、そんなの気にしていられない。じゃあ、なにをさせるつもりだ。さっきのキスのように、あれやこれやを教え込まれるのか。

初回でそれは……勘弁してください！

「なに考えてるのか丸わかりですよ。初めてのあなたに無茶な要求をするほど私は鬼畜《きちく》じゃないはずですが」

「シャワーを浴びさせてくれないのは鬼畜じゃないんでしょうか」

つい反論すると、彼は覆《おお》い被さっていた身体をさらにかがめて、私の肩に顔を埋《うず》めた。

直後、首筋に走る衝撃。かぷりと噛まれたのだ。

「っ！」

そして、歯型がついたであろう箇所を、舌で舐められた。妖しく色気を振りまく日向さんに、一瞬で鼓動が跳ねる。この僅《わず》かな時間で、捕食者と被食者の立場をはっきり思い知らされた気がした。

「お望み通り、今日は基礎をたっぷり教えてあげます。潤はただ感じていなさい」

——感じることこそが、今日の課題だ。ただ快楽に身を任せればいい。

混乱しながらも耳に吹き込まれる囁《ささや》きに、身体から力が抜けていく。

ファスナーが最後まで下ろされ、ワンピースをはぎ取られた。

ワンピースの下に着ていたベビードールとタイツのみになってしまう。

ちなみにワンピースはホテルの貸し衣装で、ベビードールとタイツはその場で購入した。

そこでは販売も行っていたのだ。ワンピースも買うべきか悩んだが、菫さんの「要君の反応見てからでいいわよ」との助言に従った。

心もとないベビードールは、ギリギリお尻を隠す長さだ。誰かに脱がされる経験なんてなさすぎて、鼓動が半端なく速い。

「タイツも脱がせますよ」

自分から脱ぐのも恥ずかしいけど、脱がされるのも恥ずかしい。どっちがダメージ少ないんだろうなんて思っている間に、くいっと一気に膝まで下げられた。

「きゃあ！」

彼は私の足元まで身体を下げ、片足ずつタイツを脱がせていく。そして、ぽいっと放り投げられたそれが視界から消えた。今日マッサージを受けたばかりの脚に、彼は丹念に手を這《は》わせる。

「むくみもなく、滑《なめ》らかで気持ちいい」

「あ……それは、ホテルでコースメニューを受けたから」

そう。そしてそのとき、はっきり自覚したのだ。私が触れて欲しいのは、日向さんだと。

「いつもは癒《いや》されるのに、今日はもの足りなく感じて、わかったんです。私は日向さんに触れられたいんだって」

マッサージもリフレクソロジーも、あなたの手でされたい――

私のふくらはぎを柔らかく撫でていた彼は、片足を持ち上げる。

「いくらでも、触れてあげます。あなたの身体も心も、所有権は私のものだ」

色気たっぷりに呟《つぶや》き、彼は私の足の親指を口に含む。

ああ、もう。口調はていねいなのに、言ってる内容は俺様だ。

シャワーも浴びていないのに、彼はなんのためらいもなく私の足の指をねぶる。抵抗らしい抵抗もできず、私はされるがままだ。足の指やつま先が性感帯なんて、聞いたことがない。だけどこの、ぞくぞくするような感じが生まれるのは一体どうしてだろう。

性感帯なんて、今まで意識したことがなかった。だって自分の肌に直《じか》に異性が触れるなんて、体験したこともなかったから。

キスが蕩《とろ》けるほど気持ちいいと感じることも、ぞくりとした快感が身体の内から溢《あふ》れてくる感覚も、理性が麻痺して思考に靄《もや》がかかるのも、全部知らなかった。私にそれを感じさせるのは、今、私を情熱的に見下ろすこの人だけだ。

真っ黒な瞳の奥に燻《くすぶ》る、情欲の炎。その光は強く、そして真っ直ぐ私が欲しいと訴えている。

目で、表情で、仕草で、私を欲してくれるのが伝わってくる。好きな人に求められて、嬉しくない人なんているのだろうか。

踵《かかと》を舌で舐め上げ、彼はふくらはぎの下を片手で固定する。そしてすっと唇を横にずらしながら、ふくらはぎの肌を確かめた。湿った柔らかな感触に、肌が粟立《あわだ》つ。

「ひゅ、要……さん」

上半身はいくつかの枕によって支えられているため、完全に寝そべることはない。持ち上げられた生足が彼に舐められる瞬間を目の当《ま》たりにして、羞恥心《しゅうちしん》から顔を赤らめた。

チュッ。

奏《かな》でられるリップ音が、大きく響く。膝小僧の辺りが少し赤く色づいた。

彼は自分で色をつけた場所を丹念に舐めては、膝上から太ももにかけてゆっくり手で撫で上げる。

見ていることで余計恥ずかしさが込み上げてきてしょうがない。

「目、逸《そ》らすな。私を見てなさい、潤」

「……っ！」

む、無理です！　そんな妖《あや》しい色気を振りまくあなた様を直視なんてできません！

涙目の私を見て、彼は喉でくつくつ笑う。意地の悪いことを言うくせに、その瞳からは愛おしさが溢《あふ》れている。そんなふうに見られるのも、慣れなさすぎて戸惑う。

身体全体がざわざわして落ち着かない。

日向さんのシャツの袖が私の身体を掠《かす》めただけで、肌も神経も過敏に反応する。

自分だけ乱された格好で、いたるところに口づけが落とされるのを目の前にすると、顔を背けてしまいたくなる。

でも、そんなことは許されない。だって、彼はずっと見てる。あの熱がこもった目でずっと……

「……っ」

ああダメだ、もう本当に恥ずかしくてたまらない！

逃げたい、今この場から逃げてしまいたい。

でも、逃げたところで、部屋でひとり枕に顔をうずめてこの状況を反芻《はんすう》するんだろう。

そしたらまた心臓が大騒ぎしそうだ。

別に流されてるとは思ってない。こうなる予想はついていたし、自分で望んだ展開でもある。触れて欲しい欲求が高まったから、彼を受け入れたいと望んだわけで。

だから、こんなふうに着飾って、いわゆる勝負下着というやつまで菫さんに手配してもらった。

大好きなお兄さんを私に取られるかもしれないのに、応援していいの？　と訊《き》いたら、彼女は微笑んで言った。

「私じゃ、ずっと傍にはいられないでしょ？　だったらせめて、私が認めた女性と幸せになってもらいたい」

――潤さんとなら、いい義姉妹にもなれそう。

そう付け加えてくれた彼女に背中を押され、ここまで来たのだけど……。ごめん、菫さん。あなたのお兄さん、私の手に負えないかも……

一足飛びに身体を重ねるのは無謀《むぼう》だった。初めに気づけ、自分。

「考えごととは余裕だな？　いい度胸だ」

ぐい、と大きく脚を広げられた。いわゆるM字開脚。あまりの大胆な格好に目眩《めまい》がする。

「ちょ、ちょっと待っ……!?」

私の制止なんて当然のように気にせず、彼は脚の付け根のギリギリに顔を寄せて、太ももの内側の薄い肌に口づけた。ぴりっと走る鋭い痛み。

「ギャッ!?　なに、して」

「キスマーク。ああ、これは綺麗についたな。当分消えない」

何故か彼から、不穏な空気が漂《ただよ》う。口調もいつの間にか砕けていた。

私が上の空だったのがバレてるだけじゃなく、もしや逃げたいと思っていたのも筒抜けか？

「今さら逃げようなんて思っても遅い。あと中途半端にやめてやるつもりもないから」

「心の中、読まれた！」

「潤はわかりやすすぎる。大方、恥ずかしすぎてキャパオーバーだから、今日はここまででやめてもらいたいとか思ったんだろう。往生際《おうじょうぎわ》が悪い。だが生憎《あいにく》、紳士じゃないから無理だ。残念だったな」

「自分から紳士じゃない発言はどうかと思いますよ！　それじゃ、やっぱり鬼畜《きちく》ってことに……」

ひい……っ、日向さんの目が妖《あや》しく細められた。

「鬼畜がお望みならそうしてやるが。……諦めて俺に食われろ」

今俺って言ったよ!?

もしかしてまた、どこか噛まれる!?

思わず目をきつく閉じると、思いがけないところに衝撃を感じた。

「ひゃッ、あん！」

背中が弓ぞりになる。枕の柔らかなクッションに、僅《わず》かに浮いた上半身が再び沈んだ。

グリッとショーツ越しに触れられたのは、誰にも触らせたことのない敏感な花芽。

いきなりピンポイントでそこを押してくる日向さんの鬼畜っぷり、半端ない。

ビリリと走った痺《しび》れに驚いて、身体から力が抜けた。

自分でもそんなところを弄《いじ》ったことなんてない。身体を洗うときに触れたことがあるくらいで、それ以外の目的で触れたことなどないし、ましてや快楽を得ようと思ったことなんてなかった。思い返すとどうやら私は、恋愛ごともだけど、性に関しても淡泊だったらしい。

すっとなにかが足に引っかかり、ぼうっとしていた意識が再び戻って来た。

そして飛び込んできた光景に、私は目を剥《む》いて卒倒しそうになる。

「ちょ、待って、それはダメ……やぁっ、んん!!」

濡れた肉厚の舌が、ざらりと私の秘部を舐める。先ほどまではいていたショーツは、あの僅かに放心していたときに脱がされたらしい。なんていう早業《はやわざ》。手際よすぎでしょう。

上半身は未だベビードールとブラを身につけたまま、下半身だけ露出しているこの状況……おまけに、イケメンが私の脚の間に蹲《うずくま》り、蜜口を舐めている。なんだか倒錯的で、くらくらする。

「ああ、やめ……きたな、い……ひゅ、がさ……あんっ」

「潤が悪い。考えごとをしてた罰だ」

ぴちゃり。水音が聞こえる。

淫靡《いんび》に響く音にまで身体が反応し、奥からなにかが溢《あふ》れてくるのがわかった。

さんざん脚を舐められて、弄《いじ》られて。私はそれなりに感じていたらしい。じゅるりと吸われる音が示すのは、私の身体から蜜が零《こぼ》れているということ。

恥ずかしいと思えば思うほど、子宮の奥がずくずく疼《うず》く。舌で花芽を掠《かす》められれば、抗《あらが》いがたい快楽が身体中を駆け巡った。

やだ、恥ずかしくて本当に死にそう……！

「脚、舐められて感じてた？　今も恥ずかしくて余計感じてるのか」

じゅっ、と強く突起に吸いつかれる。

「やぁ、ああっ、はあ……ん、ダメ、です……っ」

口から自分の声とは思えない、甘い嬌声《きょうせい》が漏れた。

舌が、まだ誰の侵入も許していない秘められた箇所に移動する。

蜜が溢れ出す入り口はまだ固く閉ざされているため、無理やり中に入って来ることはないが、それでも敏感なその場所に湿った感触を感じ、肌が粟立《あわだ》った。

もう、本当に勘弁して欲しい。不規則な呼吸を繰り返し、涙目になりながら彼の名前を呼ぶ。

「ふぁっ、んヤ、め……ひゅ、ぅが……さぁ、ッ……！」

ようやく顔を上げた日向さんは、直視できないほどの色気に濡れていた。

彼は私の耳に唇を寄せて、今度は掠れた色気ダダ漏れ声で、私の耳を犯す。

「さっきから呼び方間違えてるよな？」

「え？」

それは、まだ慣れていないからで！　ちゃんと言い直してるじゃないですか。

だが、彼は今度は舌で耳を攻めてきた。

「今度間違えたら、どうするか」

なにその不穏な台詞《せりふ》。独り言のように耳元で呟《つぶや》かないで欲しい。

「要さん、要さんって呼びますから、……っひゃあん」

ちゅくり。湿った舌先が耳の穴を刺激する。ぞわわと悪寒《おかん》に似た快感に、腰が跳ねた。

「約束だぞ」

耳も性感帯だと、このとき初めて思い知らされた。

声を吹き込まれるだけで、じんわりと秘所が潤《うる》んでくる。

脚を閉じたくても閉じられない。日向さんの身体が割り込んでいるからだ。身体をよじり、込み上げてくる熱を逃がそうとするが、顔を背けた瞬間首筋に吸いつかれる。

「んんッ……！」

ちくりと走る痛み。湿った唇の感触と、肌が吸われる刺激に声が漏れた。

またキスマークがつけられた。自分じゃ見えないが、きっと鮮《あざ》やかな色がついたはずだ。

先ほど噛まれた場所にもまだ歯型が残っているのかわからないけど、その反対側についたはずの、赤い所有印。

この人は独占欲が強いのでは？　との疑いは消えた。

疑問じゃない、断言できる。日向さんは絶対、独占欲も執着心も強い、獰猛《どうもう》な肉食男子だ。

「これも邪魔だな。脱がせるぞ」

するりと手際よく脱がされたベビードールは、ベッドの端にぽいっと放置。ブラジャーが露《あらわ》になった。

既に脱がされたショーツとお揃いのそれは、紺色の生地にペールピンクで花形に刺繍《ししゅう》が施《ほどこ》された、一目惚れの下着だ。アクセントの小さなリボンも愛らしく、そしてワンピースと同じ紺色に統一感を感じた。

だけど、そのシックで大人可愛い下着を上半身だけ堪能《たんのう》されるというマヌケぶりにどう対応すべきか。思わず両手でカバーする。が――

「なに隠してるんだ。見せなさい」

両手首を頭上に一纏《まと》めにされてしまった。

「も、もう恥ずかし……」

この体勢も、格好も、見られていることも、初心者にはハードルが高すぎる。イヤイヤと顔を左右に振ったのだが、彼は見事な鬼畜《きちく》発言を披露する。

「もっともっと恥ずかしがればいい。羞恥心《しゅうちしん》で快楽も高まって、より感じるだろ？　言ったはずだ。今日の潤は感じることに徹すればいいと」

貪欲《どんよく》に快楽を求め、貪《むさぼ》れ――だなんて、無茶を仰《おっしゃ》る。感じることに慣れるには、まだ時間と経験が必要なんじゃないの!?

プツン。ブラのホックが外され、解放された胸がぽろんと零《こぼ》れる。日向さんの目の前に、大きくも小さくもない自分の胸が曝《さら》け出された。

「綺麗だ」

上半身を起こし膝立ちになった彼が、仰向けで寝ている私を見下ろす。手首の拘束が外されたので、咄嗟《とっさ》に隠したい衝動に駆られるが、彼の目にそれを制された。隠したら許さないぞ？　という無言の脅しである。

「そんなに、見ないでください……」

羞恥心から視界が滲《にじ》んでくる。きっと全身真っ赤になってるはずだ。好きな人に全裸を凝視されるなんて、叫び出したい。

「目を逸《そ》らしていいなんて許可、出してないよな」

そんな意地悪を言う日向さんが、憎らしいのに、ときめいてしまう。何故なら横暴な彼の台詞《せりふ》に反して、その声音《こわね》に冷たさはまじっていないから。感じられるのは、私への愛おしさだけだ。僅《わず》かに彼の目元も赤らんでいる。

彼は自《みずか》らのシャツを手際よく脱ぎ去った。露《あらわ》になる肉体に息を呑む。

適度に筋肉質の身体は均整が取れていて、美しい。うっすらと盛り上がる胸筋と割れた腹筋。肩から手首にかけてはしなやかで、決して太すぎず細すぎない上腕二頭筋は芸術家が作り上げた彫刻のよう。

なに、この色気。見惚《みと》れるな、という方が無理だ。顔の造形美だけでなく、身体も非の打ちどころがないとか、神様は不公平すぎないか。

「熱心に見られると気恥ずかしいが、気に入ったか？」

「っ、ちが、そうじゃな……！」

「違う？　へぇ、お気に召さないのか」

屈んだ彼に手を取られ、掌《てのひら》に口づけられる。それから舌で舐められ、声にならない悲鳴を上げた。

「潤にならいくらでも触らせてやるのに。ほら、触りたいだろう？」

覆《おお》い被さる日向さんが、そのまま私の手を使い、自分の身体に手を這《は》わせた。首筋、鎖骨、胸板に腹筋。指先が彼の体温と筋肉の凹凸《おうとつ》を読み取る。反射的に手を引っ込めようとしても、彼が固く握ったまま放してくれない。

心臓の真上に掌全体を押し当てられて、その鼓動の速さに息を呑んだ。

「余裕がないのは自分だけだと思ってたか？　聞こえるだろう、俺の音。さっきからずっと鳴りっぱなしだ。情けないほど速い」

彼の胸に押し当てられていた手に彼の長い指を絡《から》められ、握られる。彼はその手をゆっくりシーツの上にずらし、私の手をそこに縫い留めた。そして彼は、私の音も感じたいと、自由な反対の手を私の心臓の上に当てる。

ドクンドクンと激しい鼓動が、彼に伝わる。

彼の掌が熱い。私で興奮してくれている証拠だと、嬉しく思ってしまった。

柔らかく、優しく、日向さんは私の胸を揉みしだいた。外側からすくい上げるようにゆっくりと触り、感触を確かめては乳輪の周りを指でくるりとなぞる。

「んっ……！」

むず痒《がゆ》さとじれったさに、無意識に身体が反応した。だけど彼は、肝心なところには触れてこない。心臓の真上に強くキスされ、新たな華が咲く。

「ぁ、ん……」

舌で薄い皮膚を愛撫された。チュッ、と落とされるリップ音に下腹の疼《うず》きが止まらない。お腹の奥がムズムズする。

「声、我慢するなよ？　もっと聞かせて」

舌先で胸の先端をつつかれた。すっかり立ち上がっている蕾《つぼみ》は、彼を誘うように赤く色づいている。それを舌で舐められた後、ぱくりと口に含まれた。

「ああ、はぁん……っ！」

片方を吸われ、握っていた手を解いた手に、無防備だったもう片方の胸を弄《いじ》られる。指でつままれ、グリグリ押され、少し強めにすり潰される。

ビリビリした刺激が全身を襲った。

「んぁああ……ッ！」

強すぎるそれに、ひときわ高い声が漏れる。自分の声が恥ずかしくて咄嗟《とっさ》に手で口を押さえれば、日向さんにその手をどけられた。

「聞かせろって、言ったよな？」

「やぁ……って、はずかし……っ、んんッ」

再び胸の頂きが彼の舌で包まれて、強めに吸い付かれた。

自分で触ったり洗ったりしても、こんなふうに感じることはないのに、どうして彼に触れられると、快感を得てしまうんだろう。舐められしゃぶられ、舌で転がされる蕾《つぼみ》が痛いくらい気持ちいい。指で弄《いじ》られているのとは違い、視覚的にも感じてしまう。

少し離れて欲しくて彼の頭を触るが、髪をかきまぜるだけに終わってしまった。

くすりとその体勢のままで微笑まれる。チュウ、と長く吸われたそこは、多分先ほどよりももっとぷっくり赤く熟《う》れているだろう。

もう思考もまともに働かない。私の口からは、ひっきりなしに甘ったるい声が漏れ続けている。

どこもかしこも、触れられる場所がとんでもないほど敏感になり、目眩《めまい》がする。

気持ちよくって仕方がない。男性の大きくて硬い掌《てのひら》に肌をなぞられ、さらに肌が粟《あわ》立《だ》つ。

恥ずかしくて、切なくて、嬉しくて、甘い。

全部ごちゃまぜな感情がぐるぐるせめぎ合う。

さんざん弄《もてあそ》んだのち、ようやく日向さんは私の胸を解放した。

体内で燻《くすぶ》る熱をどうしたらいいのかわからない。気持ちいいのにもどかしいなにかを感じながら私が脚を動かせば、脇腹を撫でていた彼の手がすっと下りた。

「しっかり濡れてるな。ちゃんと感じてる証拠だ」

先ほど彼に口づけられた秘所に、指が這《は》う。くちゅん、とぬかるんだ水音が聞こえた。

「潤の蜜で指がふやけそうだ」

彼は恥ずかしい台詞《せりふ》を耳元で囁《ささや》く。きっと私の反応を楽しんでいるのだろう。顔の火照《ほて》りが止まらない。なのに、私は与えられる次の刺激を確実に望んでいた。

指を上下に数回こすり、つぷりと埋められる。舌で舐められた場所に指が侵入するのは初めてだ。自分でも自覚できるほど、そこは潤《うるお》っていた。

「んぁ……くぅ、……」

狭い入り口に指が一本抜き差しされる。

痛みや異物感はない。

「一本でもきついな……痛いか？　潤」

「ふっ、んん、まだへい、き……」

日向さんは、小さく喘《あえ》ぐ私の顎《あご》を自分に向かせた。壮絶な色気を放ちながら、私の口を塞《ふさ》ぐ。

「ふぁ……あん、ン……んぅ」

いきなりのディープキス。日向さんに教えてもらった、あのカクテルキスだ。

口腔《こうこう》内に攻め込む彼の舌に翻弄《ほんろう》され、夢見心地になりつつも、彼の舌に自分の舌を絡《から》めて動かした。チュクチュクと響く唾液音に、さらに官能が煽《あお》られる。

だが少し、今までのキスとは違う。彼が私の舌を吸い込み、柔らかく舌で舌を包んだ。

吸われて包まれて、より一層快楽が高まる。ふわりとした浮遊感を味わっているみたい。

チュッ、とリップ音を奏《かな》でてから離れた日向さんは、色香がまじった声で告げた。

「今のがオブラートキスだ」

——キスの講座はまたやってやるから、今は深く考えなくていい。

そう続《つ》けられ、私はただ流されればいいと判断した。彼が与えるさらなる甘い刺激に期待を募らせる。

「ほぐれてきたな……もう一本挿れるぞ」

しとどに濡れる蜜壺に、指が二本挿入された。ピリッと僅《わず》かに痛む。ぐちゅり、と卑《ひ》猥《わい》な音が奏でられた。

「中からどんどん溢《あふ》れてくる。ああ、手首まで伝ってくるな」

「や、はずかし……っ」

くすりと微笑んだ彼は、その艶《つや》めいた声を直接私の脳に響くように吹きかけた。

「もっともっと、俺を感じろ」

指の存在感が中で増し、私の中が反射的に彼の指をぎゅっと締め付けてしまう。

「一回イくか」

そう言った途端、バラバラに二本の指が動き、膣内の壁をこすられた。そして彼は親指で私の花芽を強く押し、円を描く。

「ッ！　……っん、ああ！」

快楽の波が一気に押し寄せ、私の思考がショートする。溜まっていた熱が弾け飛ぶ。背中が弓ぞりになり、ピンと伸ばした足のつま先がシーツに沈んだ。一瞬の浮遊感の直後の落下。ドクドクと、自分の中を巡る血流が速い。

表現しがたい強烈な快感に、恐らくこれが絶頂というものなのだろうと、冷静に働かなくなった頭で思った。

もう、腕を持ち上げることもしたくない。

急激に睡魔に襲われそうになったけど、日向さんはやっぱり鬼畜《きちく》だった。

「寝るなよ？　ここで寝たら、起きた後どうなるか知らないぞ」

「……っ！　あ、ああっ」

初めてイッたばかりの身体に、もう一本指が追加されて、狭いそこを三本で攻められる。

彼の指が内壁をこすり、引きつった痛みを感じた。

「痛いか？」

「んっ……だ、いじょうぶ」

じんじんと違和感はある。でも痛みとは違うなにかも感じていた。

胸も触られ、親指で先ほどより優しく花芽も弄《いじ》られる。奥からさらに蜜がとろとろと溢《あふ》れ出たらしい。ふいに日向さんが指を抜いた。そして指に絡《から》んだその愛液を私に見せつけるようにしながら、その指を舐めた。

「甘い」

「や……っ！」

凄絶な色気が漂《ただよ》う仕草を見れば、それだけで感じてしまう。

ちらりと向けた流し目が色っぽい。意地悪く口角を上げる姿にさえ、胸が反応してやまない。下腹がずくんと疼《うず》いてしまう。

「蕩《とろ》けた目をしてるな。俺の指が恋しい？」

こくり、と喉が鳴った。私の中で感じていた存在感が消えて、物足りなさを感じている。

「目は口ほどに物を言うと言うけど、今自分がどんな顔をしているか気づいていないだろ……」

——物欲しげで、切なそうだ。

言われた意味はよくわからないまま、私は彼をじっと見上げていた。視線が逸《そ》らせない引力に惹《ひ》きつけられている。

いつの間にかスラックスを脱いでいた日向さんは、ボクサーパンツ姿で膝立ちしていた。乱れた髪がさらりと頬にかかり、暗めの照明のせいで顔の陰影が濃く映る。

伏せた目や高い鼻梁《びりょう》、指を舐めるその仕草。ひとつひとつに心が高鳴って仕方がない。

かっこいい……。すごく色っぽくってかっこいい。見つめているだけで子宮がぞくりと疼いた。それはきっと、これから先の行為を望んでいる証拠だ。

気づけば自然と、口を開いていた。

「要さん……触って」

重怠《おもだる》い腕を上げて、私は彼を求めた。

「もっと、欲しいです……要さんの、熱が」

欲望に従順になったのは、ここまで蕩《とろ》かされたから。

理性や羞恥心《しゅうちしん》が入り込む隙間がないくらい純粋に、彼が欲しいと望んだ。身体も心も、貪欲《どんよく》に彼を求めている。

繋がりたい、もっと直接、彼の熱を感じ取りたい――そう、本能が訴えている。

私がそんなおねだりをすると思わなかったのか、日向さんは僅《わず》かに目を瞠《みは》り、頬を緩《ゆる》めた。愛おしむ光と共に、瞳の奥から情欲の炎がくっきり現れる。

「もう少し保つかと思ったが、俺も限界。煽《あお》ったのは潤だぞ」

手元に置いてあったらしい避妊具のパッケージを彼が歯で破った。そんな野性的な動作にもドキドキする。

流石《さすが》に準備中の姿を直視するのは躊躇《ためら》われる。私は自分の部屋より断然高い天井を見上げ、その間に呼吸を整えた。この部屋に来てから、心臓が落ち着くことはない。今も期待と不安が半々だ。

　でも、大丈夫。大好きな人に触れてもらえる。それはきっと至上の喜びになるはず。

「潤。かなり蕩《とろ》けているが、それでも痛いと思う。辛《つら》かったら我慢するなよ」

　こくり、と頷いたと同時に、蜜口に彼の熱を感じた。

　圧倒的な質量に唾を呑む。彼は私の手をギュッと握って、ゆっくりと腰を押し進めた。

「んっ、んぁあっ……！」

「くっ……、狭っ」

　めりめりという音が聞こえそうだ。狭い膣道に入り込む彼の屹立《きつりつ》は私には大きくて、想像していた以上の痛みに呻《うめ》く。

　歯を食いしばる私に、日向さんは呼び掛けた。

「力、抜け……じゃないと、潤が辛《つら》い」

　辛いのはお互い様だと思う。

　でも、どうしていいかわからず、ただ彼の背中に手を回して縋《すが》り付いた。

「んん……くぅ、だ、いじょうぶ」

　本当は大丈夫じゃないけど、でもこれは夢じゃなくて現実なんだって思わせてくれるから、このまま彼を受け止めたい。

中途半端に繋がったまま、日向さんを見上げる。僅《わず》かに歪《ゆが》められた表情は、男の色気に溢《あふ》れていた。男性なのに、本当に色っぽい。

「つづけて？」

少し力が抜けたところで、ずずっとゆっくり挿入される。解《ほぐ》されていたとはいえ、未開通の道はやはり堅い。だけど、彼はゆっくりゆっくり、私への侵入を続けた。そして最奥まで満たされたとき――

「はぁ……」

みっちり埋まったまま、彼はギュウっと体重をかけないよう気をつけながら、私を抱きしめた。零《こぼ》れる吐息が艶《なま》めかしい。痛み以外のじわじわとわき上がるこの感情が、幸せというやつなのか。

「潤、大丈夫か？」

「は、い……」

彼の胸板で胸が押しつぶされる。先端がこすれると、ジワリと奥から潤滑油が分泌されたようだ。

人肌ってこんなに温かくて、気持ちがいいんだ。苦しいけれど、どうしようもなく嬉しい。

「動くぞ……だが、辛かったら言ってくれ」

――止められるかはわからないが。

そんな呟《つぶや》きとともに、上半身を起き上がらせた彼が律動を始める。痛みは徐々に気にならなくなり、反対に快楽が増していった。

「あん、ああっ、くぅ、んん……ゃあ」

声に苦しさや痛みより、甘さがまじる。私の口から漏れるのは、艶《つや》めいた嬌声《きょうせい》。日向さんの抽挿《ちゅうそう》も徐々に速さを増した。

「ヤバい、気持ちよすぎて、もっていかれる……っく」

「ふぁあ、ああん、かな、め……んッ」

私だけじゃない、彼も感じてくれている。そう思わせる声に、ぞくぞくした。

「ここで名前呼ぶとか、わざとだろ……っ」

「んぁっ、や、はげし……っ」

「……っ、痛むか？」

痛みはあったけれど、今はそれを凌駕《りょうが》する快楽に身体が染まっていた。緩慢《かんまん》に首を左右に振ると、日向さんが安堵に似た吐息を吐く。

全身から汗が噴き出す。身体中が熱くて、離したくないと私の中が彼を締めつける。

「すき……すき、かなめぇ……ああっ！」

まるでうわ言のように、彼の名前を繰り返し呼んだ。

すべての想いを伝えたい。大好きだと言って、今この瞬間が幸せなんだと知って欲しい。

涙を流しながら日向さんを見上げた。目が合った直後、すかさず唇が塞《ふさ》がれる。そして熱くとろりとした唾液が流し込まれた。抵抗もなく嚥下《えんげ》し、彼の舌に己《おのれ》の舌を絡《から》ませる。上も下も隙間なく密着して、キスをしたまま、彼は私の太ももを撫で上げた。

「好きだ。愛してる」

日向さんは私の脚を抱えて、さらに奥まで深く穿《うが》つ。彼の口から断続的に零《こぼ》れる声が、ひどく艶《なま》めかしい。

「あ、ああ、あん、ああっ」

迫りくる波にどうしていいかわからず、声も抑えられないでいると、彼が大きく中でぐるりと円を描いた。ひときわ感じる場所を探し当てられ、集中的に攻められる。

「ああっ！　ヤぁ、そこ、は……あっ！」

「嫌？　好きの間違いだろ」

彼の屹立《きつりつ》が、最奥の子宮口まで届く。

痛みは消え、今は確実に快楽を拾っていた。子宮口にノックする彼の熱が、私の理性を完全に奪っていく。蕩《とろ》けきった秘所からは、とめどなく蜜が溢《あふ》れていた。

「締め付けて、離さない……ッ」

「ふぅっ……ぁあん、ああ……」

　ぐちゅん、ずちゅん。淫靡《いんび》な水音は止まない。恐らくシーツには水たまりができているはずだ。私の破瓜《はか》の血が愛液とまざり、直視がはばかられるほどドロドロになっているだろう。情交の証《あかし》に、翌日羞恥《しゅうち》に身悶《もだ》えると思うが、今の私には明日の心配をする余裕はない。

　視界がチカチカする。たまらず喘《あえ》いだ私は、腕を伸ばして彼を求めた。自然と彼の腰に両足を回し、日向さんに抱き着く。しっとりと汗ばんだ肌と体温の高さに安心感を抱きながら、余裕がないのは自分だけじゃないと実感した。

「ん、んっ、んぁ……ッアア」

「もっとだ、もっと啼《な》けばいい」

　声を聞かせろと言った直後に人の唇を塞《ふさ》ぐってどういうことなの。再び喘ぎ声は日向さんの口内に呑み込まれて、熱い舌に翻弄《ほんろう》される。

　絡められる舌にこれがどのキスだったか、もはや考えられない。あるのは本能だけ。彼がもっと欲しい、もっと深く繋がりたいという貪欲《どんよく》な欲望。

　両肘《りょうひじ》を私の脇につき、彼は私に覆《おお》い被さりキスをする。蜜壺への抽挿《ちゅうそう》はゆるゆると続けられながら、同時に胸の頂きをキュウっとつままれた。背筋がびくんとするが、彼にのしかかられているため、反応は僅《わず》かだ。

　ジンジン痛む胸の刺激が甘い痺《しび》れとなって全身を駆け巡る。どこもかしこも性感帯だ。片手でやわやわと胸を揉まれるのも気持ちがいい。蕩《とろ》けるようなキスに、脳髄《のうずい》もぐずぐずになってしまう。繋がっている秘所はとっくに蕩かされて、無意識に彼の屹立《きつりつ》を締め付けた。

「つぅ……、煽《あお》るのが、うまい……」

　ずちゅん！

「ぁあッ！」

　一際大きく奥を穿《うが》たれて、悲鳴に似た声が漏れた。断続的に零《こぼ》れる嬌声《きょうせい》は、もはや自分の意志ではどうにもできない。

　目を瞑《つむ》って身体の中に昂ぶる熱に耐えていれば、彼は意地悪く笑う。

「誰が目を閉じていいと言った？　視線を逸《そ》らすことは許さない」

　ドSな命令が発令された。

「快楽に流されなさい、潤。もっと声を聞かせて俺を見ろ」

「うう、あぁ……はぁっ、い……んッ」

　濡れた黒曜石《こくようせき》の瞳は壮絶な色香を放っていた。その眼差しを直視しただけで、さらに身体の中の熱が高まっていく。額《ひたい》にはりつく前髪をかき上げた姿に胸がドクンと高鳴った。もうこれ以上ドキドキさせて、彼は一体どうするつもりなの――

出口のない熱を解放したい。一際大きな波が私に襲い掛かって来る。

強い刺激にたまらず、大きく喘《あえ》いだと同時に、ぷっくり膨れた花芽をぐりっと押された。

「あ、ああっ……！」

膨れ上がった熱が一気に弾け、目の前で火花が散った。

「くぅ……っ、潤」

じんわりと薄い膜越しに広がる彼の熱を感じながら、私の意識は白く染まる。

温かな体温に抱きしめられた安心感に、自然と笑みが漏れ、そして私は、夢の世界へ誘《いざな》われた――

◇◆◇

初めて要さんと結ばれた日から、瞬《またた》く間に時間は流れた。今日は私が脚本を担当した新作ドラマの一話目の放送日だ。私はオンエアをスタッフとともにテレビ局で見守った。

軽快なテンポのラブコメを目指した作品にピッタリの、ポップでキャッチーなエンディング曲。次回予告を見終わって、ようやく一息ついた。

「視聴率が出るまで気は抜けないわね」

だけど恵さんのその言葉に、気が引き締まる。視聴率は、めちゃくちゃ重要視されているポイントだ。番組が生きるも死ぬも視聴率次第……なんてのは、この業界では常識。数字が出たら教えてくれるという恵さんの言葉に緊張気味で頷き返し、帰宅した。

家に着き、ビールを開けたちょうどそのタイミングでスマホが振動する。

『奈々子先生～！　私の演技どうでした？　今、菫ちゃんと見てたんです』

電話をしてきたのは、主演女優の梓ちゃんだ。

「すごくよかったよ！　私も今みんなと見終わったところです。この調子で頑張りましょうね」

ドラマの撮影はまだまだ続く。それに視聴者の反響次第で、私の脚本が当初の予定から大幅に変更される可能性もあるので、気が抜けない。

このまま切れるかと思っていたのに、なんと梓ちゃんから『要君と付き合ってるんですよね!?』と確認されてしまった。

何故今訊《き》くの!?　ビールを飲もうとしていた手が止まってしまう。

『この間はなにか誤解させたみたいでごめんなさい！　本当に要君とはなんでもないっていうか、奈々子先生が仙石さんとお似合いで羨《うらや》ましかったというか……』

え？　なにそれ。

「梓ちゃん、ちょっと落ち着いて」

『あ、はい、そうですね』

訊けば、彼女は実は密かに恵さんに憧れているんだとか。って、不毛すぎない、それ!?

『要君のことは従兄《いとこ》以上に思ってませんから安心してください！』

そんなことまで言われ、戸惑いつつも相槌《あいづち》を打っておいた。

彼女は彼女で、私と恵さんが歩いていたところを目撃してショックを受けたらしく、早くその場を立ち去りたくなったらしい。

意外な話に驚きつつも、要さんとのことについては私は気にしてないからと安心させて通話を切った。彼と気持ちが通じる前は気にしまくっていたけど、今はもう大丈夫だ。

知らせを受けた視聴率は、同時期に放送開始したドラマの中では高かったが、こちらが狙っていた数字には僅《わず》かに及ばなかった。

でも、これから伸ばす！　と私たちは気合を入れなおし、その後を走り抜けた。

怒涛《どとう》の日々をすごし、そしてすべてが終了した今日、私は要さんに会うために獅子王グランドホテルに泊まりに行く。

ホテルに到着すると、彼はいつも通りにフロントに立っていた。そして、柔らかい笑顔で迎えてくれる。

もちろん、宿泊予定は事前に知らせてあった。

「お久しぶりです、朝比奈様」

「三ヶ月ぶりですね、日向さん」

くすりと小さな笑みが漏れた。このホテルに泊まるのは三ヶ月ぶりだ。ホテルに癒《いや》しを求めていた私は、今ではすっかり要さんに癒しを求めるようになっていた。

と言っても、彼のマンションに行く頻度はそう多くはない。なにせお互い仕事が忙しいのだ。

それに、要さんにされるマッサージの方が気持ちいいと知った後、私はなかなかホテルの方には足を運ばなくなってしまっていた。けれど、今日は違う。久しぶりに要さんじゃなくて、日向さんに会いたくなったのだ。

穏やかな笑みと柔和《にゅうわ》な口調で、プロフェッショナルに仕事を進める彼。

私が憧れた仕事姿の彼は、やはりかっこいい。

カードキーの入ったカードを渡され、軽く会釈《えしゃく》した。あくまでもここでの私たちは、お客とホテルマンの関係だ。

エレベーターホールに続く扉を開けようと、バッグからキーを取り出す。すると、キーがはさんであったカードからはらりと紙が落ちた。そこには「今夜二十二時に部屋で」とメッセージが書かれている。

彼の手書きの文字を見ただけで胸が高鳴るとか、私はなかなか重症だ。すっかり恋の病《やまい》に罹《かか》っている。

恋とはなにかよくわからなかったあの頃から、今の自分は考えられない。

私の幸せは彼の隣で感じたい、そう思ってしまうほどに、要さんに溺れている。

エレベーターで高層階に昇り扉を開けて入った部屋は、いつも私が泊まる部屋よりワンランク上のものだった。これは彼なりの労《ねぎら》いなのだろうか。私が多忙だったのを、彼は近くで見ていたから。

リビングと寝室が別の造りのスイートルーム。いつもだったら戸惑いを強く感じたかもしれないけれど、今日だけは彼の厚意に甘えることにした。

恋愛は、とても難しい。頭で考えただけじゃ、答えは見つからない。

単純なことも、考えすぎてわからなくなる。恵さんが恋を迷宮と言っていたが、まさに本当だと思う。

彷徨《さまよ》い続けて、それでも先へ進んだ者が、ふとした瞬間に自分の心に気づく。

打算や計算なんていらない。心に従って、行動する。怖くて怖気《おじけ》づきそうになるけど、素直になる勇気が大事なのだ。

欲しいのなら手を伸ばさなくては。

この先に、きっと自分の出口が見つけられると信じて苦しみながらも前へ進むのも、恋愛の醍醐味《だいごみ》なのだ、きっと。

夕食後、仮眠を取っていた私の部屋のチャイムが鳴る。ぼんやりとした思考のまま、ドアを開けた。

「お帰りなさい」

「ただいま、潤」

目の前には、スーツを着た大好きな人。先ほどの接客中の笑顔より、幾分か意地悪で、そして色っぽい視線。

パタンと扉が閉まったと同時に、抱きしめてくれる。その温もりが、私に安心感を与えた。

「ふふ。ここは自宅じゃないのに、お帰りなさいっていうのも、不思議な気分ですね」

「間違いではないですよ。私が帰る場所は、あなたの傍でしょう？」

「私も、私が帰る場所は、要さんの隣がいいです」

自然と唇を重ね合った口づけは、次第に深さを増していく。

私の左手の薬指に光るのは、エンゲージリング。きっとそれは、ゴールじゃなくてスタートの証《あかし》だ。

今はまだ、新たにふたりで歩むためのスタートラインに立ったにすぎない。でも、この人となら、私だけじゃ解決できない問題も一緒に乗り越えていけると信じてる。

心が満たされる幸せを感じながら、私は彼の背中に腕を回してギュッと抱きしめた。
大好きなあなたと、いつまでも一緒にいられますように――そんな願いを込めて。

ぶらりあなたと温泉♨旅行

ドラマの撮影が無事クランクアップを迎え、そして最終回が放送された。それによって愛しい婚約者の潤には休憩する時間ができるのかと思いきや、すぐに新たな仕事が舞い込んできたらしい。要はそんな彼女の様子に少しだけがっかりしていた。

正直なところ、自分の従妹《いとこ》である梓が主演したそのドラマは、関係者が期待していたほどの超話題作にはならなかった。視聴率はきちんととれたが、爆発的大ヒットとは言えない――というのが、制作に携《たずさ》わっていたスタッフの本音らしい。

脚本を担当した潤は、最終的な視聴率を知らされた後、多少は落胆していた。だが、持ち前の前向きさで、次回はもっと上を目指すとの意気込みを新たにしていた。

そんな彼女を隣で見ている要の頬は、つい緩《ゆる》んでしまう。

根性も行動力もあり、元気が取《と》り柄《え》で明るい彼女。だが男としては、落ち込んだところを慰《なぐさ》めてみたいと思ってしまうのも事実だが。

彼女は以前と変わらず多忙な日々をすごし、要は要で忙しく、ふたりしてのんびりできない時期が続いていた。
そんなある日、仕事がスムーズに進まず行き詰まる潤を、要は一泊旅行に連れ出すこ
とにした。
たまには息抜きに温泉にでも行かないか——、そう言って要が選んだのは、海も近く
て自然にも触れられる鎌倉《かまくら》だった。
「鎌倉なんて、小学生の頃に来て以来かも……！」
煮詰まりすぎてはいいアイデアは浮かばない、リフレッシュが必要だと言い聞かせ、
半ば無理やり連れて来たが、それで正解だったと思う。
初めは時間がないからと渋っていた潤だったが、今はのびのびとしている。
「私も滅多に来ませんね。学生のとき以来でしょうか」
小町《こまち》通りを歩きながら雑貨店を見て回っていたとき、ふと彼女が振り返った。なにか
気になることでもあったらしい。
純粋な彼女は、思っていることがすぐ顔に出る。
そこに僅《わず》かな嫉妬《しっと》の色を見つけ、要はほくそ笑んだ。
「それって、学生時代の彼女さんとですか？」
躊躇《ためら》いがちに、だが気になる様子でじっと見つめてくる彼女が可愛い。思わず頭を撫

でくり回したくなったが、人通りが多い場所だからと自重した。

とはいえ、すぐに否定するのはもったいない。もう少し妬《や》いてる姿が見たい。

「さあ、どうでしょうね？」

ニヤリと意地悪気に笑えば、滅多に不機嫌さを表さない潤には珍しく、むっつり黙り込んだ。無表情で考え込む彼女がなにを言ってくるか――

反応を楽しむ自分は、我ながらいい性格をしていると思う。

「いない方がおかしいのはわかりますけど、無性に腹が立ちますね。元カノとの思い出の場所に私を連れて来たんですか」

じっとりした目からは、こんな子供みたいなことを言う自分が嫌という気持ちと、ヒドイと要を責める気持ちがせめぎ合っているのが見て取れる。

彼女の感情を正確に読み取りながら、要は「いいえ」と答えた。

「昔の恋人と鎌倉に来たことは一度もないですよ。そもそもどこに連れて行ったのかさえ、覚えていません。ここには妹にせがまれて来たんです」

「菫ちゃんですか？」

訝《いぶか》しむ声は、まだ半分疑いを持っている。元カノとどこに行ったのか覚えてないという台詞《せりふ》にも、恐らく反応したのだろう。

だが事実、要の記憶に元カノについてのことはほとんど残っていない。それは彼にとって、真剣に付き合った女性がいなかったという意味なのだが、鈍い潤にはおそらく伝わっていない。

「六歳離れてますからね。私が二十歳のとき、彼女はまだ十四です」

友人が鎌倉旅行に一泊で行って来たという話を聞いた菫に、自分も行ってみたいとせがまれたのだ。

両親が共に忙しく、兄の要もすでに成人を迎えていたため、歳の離れた妹の菫は寂しい思いをしていたらしい。そういえば、この頃からブラコンが激しくなったな、なんてことも思い出していた。

「ひとりでは行かせられないので。私が連れて来たんです」

定番コースが見てみたいと言った無邪気な妹は、終始ご機嫌だった。

「そう、でしたか……。それは、勘違いを……」

すぐに顔を羞恥《しゅうち》で真っ赤に染める潤が面白くて、愛おしい。頭を下げて謝る姿に、目尻が下がる。

「潤が珍しく嫉妬《しっと》するから、つい否定しませんでしたが、ここに連れてきた身内以外の女は、あなたが初めてですよ」

じっと見つめる顔から、嘘がないと判断したのだろう。潤はほっと息を吐《つ》く。

離れないように手を繋いで、ふたりで店を見て歩いた。

「それで？　あなたが来たのは家族とですか」

「ええ、まあ、そうですね。両親の離婚前に一度、父に連れられて来たんです」

彼女の父親は、放浪癖のある芸術家だったか。

実は名の知れた写真家の麻々原譲《ままはらゆずる》が、潤の父親らしい。海外ではＪＯＥ《ジョー》・Ｍａｍａｈａｒａで知られているようだ。彼は日本より海外の方が知名度が高い。

「あなたが脚本家になったのも父親の影響ですか？」

「まあゼロじゃないですけど。あの人、滅多に連絡くれないから。でもテレビに私だとわかる名前が出れば、もしかしたら今の私がなにをしてなにを思っているか、知ってもらえるかなと。時には連絡もよこしたりするかな、なんて思ったりもして。本当は陸上選手として名前を聞いて欲しかったですけどね」

「脚本家として知ってもらえたのですか？」

「無駄にテンション高いメールが届きましたよ。数ヶ月ぶりに行ったインターネットが繋がる場所で、ドラマ関連のニュースを見たらしく、『俺がつけるかもしれなかった名前が書かれてた！』って。今時ネットが通じない場所ってどこ？　って感じですけど」

麻々原奈々子。七月生まれだったらそう名付けられていたと、かつて彼女は言っていた。

麻々原なんてあまり聞かない名前でよかったな、と言うと、彼女は同意しながら笑った。

小町通りを歩いた後、鎌倉の名所である鶴岡八幡宮《つるがおかはちまんぐう》に向かう。春の鎌倉祭りにはまだ早く、桜も満開ではない時季だが十分楽しめた。

時折なにかをじっと観察しては、ブツブツと「ここでヒロインがああなって……」など、自分の世界に入り込んでいる潤も面白い。

出会った当初は肩より上だった潤の髪は、今では背中の真ん中まで伸びている。恋愛講座を始めたときはミディアムロングの長さだったか。月日が経つのは早いものだ。

手入れはほとんどしていないという彼女の髪は、それでもサラサラで美しい。自分に髪フェチの気《け》はなかったはずなのに、つい触れてしまいたくなるほどだ。

そういえば頭の形もよかったな。片手ですっぽり掴《つか》める、ちょうどいいサイズ。つい触りたくなってしまう。そう、こんなふうに。

「ちょっ！　またお仕置きですか!?」

「力なんて込めてないでしょう。悩みすぎて頭が凝《こ》ってると思ったんです」

まったく、慌《あわ》てる姿も楽しませてくれる。

指に少し力を入れれば、自分の指圧に慣れた彼女はほっと肩の力を抜いた。ヘッドスパを受けている気分になっているらしい。

ふにゃり、とリラックスする潤を、思わず物陰に連れ込みたくなった。自分にだけ見せるはずの安心しきった顔。抑えていた理性が揺れる。どうしてくれよう、この顔を誰にも見せたくない。

「はぁ……ちょっと気持ちいいです。首や肩だけじゃなくて、頭も凝《こ》ってたんですね～」

池のほとりを散歩中に、傍から見たらなにをやってるのかと思われるだろう。

この後も鎌倉の名所をいくつか見て回る予定だったが、要は早々に切り上げ、潤を鎌倉から少し離れた場所にある今夜の宿へ連れて行った。

趣《おもむ》きのある老舗《しにせ》の旅館。要はプライベートで宿を取るときは、ホテルではなく旅館を選ぶことにしている。それは仕事とプライベートをわけるためだ。

今回は、部屋に家族風呂がついており、ふたりだけで温泉が楽しめる宿を選んだ。

ふたりなら十分余裕でくつろげる和室に通される。襖《ふすま》を開ければ、オーシャンビューだ。浴室に回ると、海を見ながら浸《つ》かれる露天風呂があった。贅沢《ぜいたく》だとはしゃぐ潤を見て、連れてきてよかったと思う。

「大浴場もありますよ。行ってみますか？」

すぐにでもこの露天風呂をふたりで楽しみたいが、まあそれは後の楽しみに取っておくか。

喜んで大浴場に行くと言う潤は、いそいそと支度《したく》を始めた。夕飯前にゆっくり浸《つ》かり、ご飯を堪能《たんのう》してから彼女をおいしくいただこう。本当は、今すぐにでもいただきたいが。

旅館に泊まるのは久しぶりらしく、彼女は物珍しそうにきょろきょろ見て回っている。土産《みやげ》売り場に寄り道し、あれもこれも買いそうになるのを宥《なだ》めて、まずは大浴場へ赴《おもむ》いた。

「卓球台もありますよ！　あ、昔懐かしい感じの駄菓子屋さんが」

「また後で」

着替え用の浴衣《ゆかた》を手に持ち、女湯の暖簾《のれん》をくぐる潤と別れた。ゆっくりリラックスしろと言っておいたので、自分に気を使って早く出てくることはないだろう。

要は長湯が好きなわけではないが、温泉は例外だ。安らげるときはのんびりさせてもらう。ただし、一番のリラックス方法は、愛しい女性に触れているときだが。

熱めのお湯に浸かり、心行くまで温泉を堪能した。浴衣に着替え、冷たいミネラルウォーターを大浴場の前の自販機で買う。潤なら「ビール！」とか言いそうだ。

「〝湯上がり一杯最高〟とも言いそうですね」

彼女が出る頃に、一本だけ買っておくか。

「お待たせしました……気持ちよかったですね！」

そんなことを考えていると、愛しの彼女が現れた。ほかほかと湯気が出そうなほど血流のいい肌に、しっとり潤《うるお》う髪。

クリップで髪をアップにした潤は、浴衣《ゆかた》を着てうなじを見せていた。上気した頬に、うなじと浴衣はなかなか色っぽい。少し照れた様子もまた可愛くて、この場で抱きしめたくなる。

「浴衣どうですか？　ちゃんと着られたか自信ないですが。大丈夫でしょうか？」

くるりと回ってみせた潤は、メイクを落としたスッピンで実に無防備だ。

「似合ってます。いいですね、その桜模様。可愛いです」

「っ……あ、りがとう、ございます！」

途端に視線を逸《そ》らして、最後は体育会系なノリで礼を言われた。照れ隠しだろう。実はコーチと呼ばれていたのも嫌いではなかった――なんてことを思う。

それにしても、ちょっとほめただけでここまで照れるか。もう婚約までしてるのに。

だが、そんな初々《ういうい》しいところが気に入っているので、要は笑いはしても、なにも言わない。

自然に繋いだ手は、熱い。ベンチに置いていた缶ビールを渡せば、潤は目に見えてはしゃいだ。

「湯上がり一杯最高ですね！」

「ぶっ」

想像通りの発言しやがった。

「今飲んでもいいですか？」

「ええ、どうぞ」

苦笑する自分をよそに、潤はうきうきと缶を開け、ぷはっと一口飲んだ。実に豪快《ごうかい》で見ている方も気持ちいい。

食べ物でも飲み物でも、おいしそうにしている姿はいいなと思う。缶ビールを片手に、もう片手で手を繋ぎながら部屋まで戻る。卓球台やお土産《みやげ》売り場はまた明日行けばいいだろう。

夕飯は豪勢な海の幸だった。蟹《かに》やアワビをおいしそうに頬張る潤は、ビール片手に満面の笑みだ。先ほどの缶ビールは部屋に戻ってすぐに飲み干して、今は新たな瓶ビールを三本ほど空けている。

デザートまで平らげ、満足げにお茶を啜《すす》る彼女。

食事を終えた頃、仲居《なかい》が片づけにやって来た。従業員の接客は気遣いに満ちていて、実に満足するものだった。

寝具を整えてもらっているとき、潤は席を外していた。ちょうど電話がかかってきたのだ。

　部屋に戻って来た潤は、ぶつぶつなにやら呟《つぶや》き、ひと言「まとまったかも」と零《こぼ》した。

「まったく進まなかったけど、とりあえず書けそうです。ミステリー風味の探偵女子二時間ドラマ！　ベタに湯けむり事件もいいかもしれませんよね、あえて王道で」

　スマホを置き、仕事モードの顔になりつつある潤を手招きした。隣室への襖《ふすま》を開け、真新しいシーツがピンと敷かれた布団の上に胡坐《あぐら》をかく。

「あの、要さん。ちょっとネタを書き留めておきたく……」

「私がここで聞いてあげますよ。おいで」

　手を差し伸べれば、彼女は一瞬戸惑った。きっぱり拒絶を見せないところを見ると、要に求められることは嫌ではないらしい。

　彼女に気づかれないよう小さく安堵の息を吐き、再び優しく名前を呼んだ。恥じらいながらも、自分の手を握り返す彼女。思いっきり引き寄せたくなる。

「座って」

　膝立ちした潤をそのままの体勢でギュッと抱きしめ、腰に手を回し、強く引き寄せた。

　潤の胸元に顔を埋《うず》める体勢だ。少し硬めの感触がする。

　浴衣《ゆかた》なのだから下着はつけなくてもいいのに、などと思いつつも、人目がある場所を歩いたのだからやはりつけて正解か、と考えなおした。そんなことは、微塵《みじん》も顔には出さないが。

「あの、要さん、ちょっとだけお時間を……」

「嫌です、待てない」

——今すぐ貪《むさぼ》ってしまいたいほど、俺は飢えている。

口調を変え、耳元でそう囁《ささや》けば、潤の顔はみるみる赤く染まった。このまま押し倒して彼女を思う存分可愛がりたい。後頭部をぐいっと引き寄せ、髪をまとめていたヘアクリップを外した。

「きゃっ」

一瞬で柔らかな肢体を組み敷く。白のシーツに、潤のこげ茶に近い自然な色合いの髪が、ふわりと広がった。

「あの、ここでするんですか？」

「へえ、外がいいのか？　マニアックになったな」

露天風呂にちらりと視線を投げつつ、さらに口調を変えて言えば、潤が慌《あわ》てた声で否定する。なんだ、それも楽しそうだったのに。

「お、お布団汚すのは、ちょっと抵抗が！」

情事の跡が残るシーツを見られるのは、躊躇《ためら》われる。系統は違えど、業種は同じ。言っている意味はわかるはずだ——と見上げてくる潤に、要は渋々頷いた。

だが、すぐにニヤリと口角を上げた。

「それなら、汚れないように気をつければいいんだろう?」

きょとんと目を丸くさせる潤の腕を引き、座らせる。そして彼女の耳に口を寄せた。

「あなたが俺に跨《また》がればいい」

◇◆◇

「あっ、やぁ、はぁんっ……!」

「ほら、口が止まってるぞ? 続きはどうしたんだ」

ぐちゅぐちゅと結合部分から卑猥《ひわい》な水音が奏《かな》でられる。浴衣《ゆかた》の袷《あわせ》は大きく乱れ、肩はおろか胸まで露《あらわ》になっていた。

ぽろりとまろみ出た双丘が上下に揺れ、目を楽しませてくれる。腰のあたりまでたくし上げられた浴衣の下には、白く肉感的な脚が晒《さら》されていた。

細いだけの脚には興味がない。彼女の脚は陸上で鍛え上げられてほどよい肉がつき、魅惑的な脚線美を描いている。手で触れれば吸いつくような弾力。つい触れては舐めたくなる。——たまらない。

お互い全裸になることはなく、要にいたっては最小限の乱れだけだ。拙《つたな》い動きで腰を揺らす彼女を支えながら、なんとか思いついたドラマの続きを話そうとする彼女を促《うなが》した。

「それで？　友人と温泉旅行に来た主人公が、殺人事件に遭遇した後は？」

以前、サスペンスは好きじゃないとぼやいていた潤を思い出す。たとえフィクションでも、誰かが死ぬ話は苦手なんだと。

だが、逆に言えばフィクションだからこそ視聴者に危機感を抱かせることができる。いつどんなときに事件に巻き込まれるか、わからない。非日常は常に日常と紙一重《かみひとえ》の位置に存在するのだ。その緊張感や臨場感が、作品を通して伝わればいいのではないだろうか。楽しいばかりが人生ではない。

要がそうすすめたこともあり、潤は新たなジャンルに戸惑いつつも意気込みを見せた。そして今、新作のネタについて語っていた——いや、語らされていた。

「ん、ふぅ……こ、んなに……っ、揺らされたら……ネタ、零《こぼ》れちゃ……んぅ、ぁあッ……！」

「零せばいい。俺が全部すくってやるから、安心しろ」

理性を残したまま快楽に染まる潤は、扇情的《せんじょうてき》で色っぽい。耐える姿に煽《あお》られ、欲望に流されそうになる。意思の力でなんとか耐え、続きを催促するように彼女の奥を一突きすれば、潤は感じきった声を上げた。

艶《つや》めいた声に、ドクンと己《おのれ》の分身が肥大する。

「ぁあ……っ！　あん、主人公、が疑われて……はぁ、でも、アリバイを証明、できな、て……んぁ」

赤く熟《う》れた実のような胸の頂きを、くにっとつまむ。びくんと跳ねる潤の身体を支えながら、胸元に口を寄せた。じんわりと汗ばむ肌に、赤い華を散らせる。

「ふっ……！　あっ、やぁ」

ズチュッ。

止まりがちな彼女の腰を、要が揺さぶる。律動を速めると、射精感が高まった。

「ふっ、ん……ぁん……ッ」

声をこらえる姿もそそられる。あまり大きな声で啼《な》けば、外に漏れると思っているのだろう。

キュウっと自身を締めつけられ、要の口からも思わず声が零《こぼ》れた。

「くっ……、そんなに締めるな」

「や、知らな……ひゃあんッ！」

ほんのり火照《ほて》った肌に新たな華を散らせば、すぐに可愛らしい声が上がる。

彼女は自分が無意識に要を煽《あお》っているなんて、思いもよらないだろう。

顔を赤らめて快楽に悶《もだ》える姿がたまらない。紅潮した頬にうっすらと涙で濡れた瞳、そして汗ばんだ肌からは男を誘う芳《かんば》しい匂いが漂《ただよ》ってくる。

いい匂いだ――。彼女はどこもかしこも、甘い香りがする。

「ああ……ダメ、も……っ」

「なにがダメなんだ？　こんなに喜んで咥《くわ》えているくせに」

「だって、はずかし……あ、んんッ……！」

ずんっ、と腰を突き上げれば、必死になって要に縋《すが》り付く。

思考はもう働いていないに違いない。彼女の理性は薄れ、快楽に流されている。余計なことを考えさせるより、自分との情事にだけ集中させたいと、要は思った。だが同じくらい、仕事をしようとする潤のいじらしさを見て興奮している自分もいた。

「それで？　犯人は、誰？」

グチュンと一際大きな水音が鳴った。潤から漏れる声もよりいっそう甘さを帯びる。

彼の声を聞いて、一瞬現実に戻されたらしい。波に流されないよう必死にこらえながら口を開こうとする潤は、扇情的《せんじょうてき》な色香を放っていた。

自分のことをオッサン呼びする彼女だが、どこがオッサンなんだ。確かに好みの食べ物は渋めだが、こんな可愛く啼く彼女は愛らしいの一言に尽きる。必死に要に縋ってくるところなんか、特に。浴衣《ゆかた》からまろみ出た乳房が視覚的にも刺激的だ。

（中途半端に脱がされてる方がエロい……）

自分がどんな格好で喘《あえ》いでいるか、きっと彼女は把握していない。

「んはぁ、……犯人、はッ……女将《おかみ》……んっ」

「女将？」

王道だな。そう思えば彼女は「の、息子」と呟《つぶや》いた。一体どう話が繋がるのかは、この状況からでは詳しく聞き出せない。

いやいやと駄々をこねる子供みたいに、彼女が緩《ゆる》く首を振る。内にこもった熱をどう逃がしていいのかわからないのだろう。快楽に悶《もだ》える姿はとてもエロい。

たわわに揺れる潤の白い胸を片手で外側から包み込むように寄せて、その柔らかさを堪能《たんのう》する。掌《てのひら》に吸いつく肌は滑《なめ》らかでうっすらと汗ばんでいたが、それがまた興奮を誘った。すっぽり片手に収まる大きさも、感度も気に入っている。そう、こんな風に指でくにっと胸の先端を刺激すれば、彼女は全身で反応を示した。

「ふぁあ、ん！」

キュッと内壁が収縮し、膣が締まる。小刻みに律動させていた動きも止まり、要も小さく息を吐いた。ヤバい、持って行かれそうだった。

きゅうきゅう締め付けてくる彼女の中は温かく気持ちがいいが、気を抜けば危ないのはこちらの方だ。すぐにでも射精したくなってしまう。

だが、あともう少し。可愛い彼女で楽しみたい。

「かな、め……、かなめさ……」

舌足らずに自分の名前を呼ぶその声が甘く脳を侵《おか》していく。耳も目も、五感の全てで彼女を感じたい。体温の熱さも息遣いも、感じきった表情も。要にとって全てが甘美な毒だと、彼女は気づいてもいないだろう。

（無意識に煽《あお》ってくれる……）

「もう、クル……イッちゃう……ぁあんッ」

ズンズンと腰を突き上げれば、断続的に啼《な》き声を上げる潤がギュッと抱き着いてきた。無意識に胸板に胸をこすり付けていることに、気づいているのかいないのか。

そろそろ自分も余裕が奪われて来たなと思っていた要は、彼女を高みへと押し上げることにした。

「ええ、イきなさい」

潤の浴衣《ゆかた》の裾《すそ》から手を伸ばし、丸い臀部《でんぶ》を掴《つか》む。ぐっと己《おのれ》に引き寄せれば、角度が変わり繋がりがさらに深まったのか、「ひゃあ」と艶《つや》めいた嬌声《きょうせい》が漏れた。

容赦なく潤を貪《むさぼ》る。身をよじるところも抱き着いて来る姿も、全てを瞼《まぶた》に焼き付けようと、彼は目を細めて恍惚《こうこつ》と見つめた。久しぶりに抱き合う喜びは、まだまだ噛みしめていたいが、自分も限界に近い。

「……ッめ、ぐちゃぐちゃに、なっちゃ……くぅんっ」

「もっと、乱れればいい。快楽に溺れて、貪欲《どんよく》に俺を求めろ」

酸素を吸おうと口を開けた瞬間、要は深く彼女に口づけた。

聞こえてくるのは、淫靡《いんび》な水音。もはや、どこから聞こえるのかもわからない。

「んっ、んんっ……ふぁあ」

「っ、締めすぎ……だ」

上り詰めた彼女は、甘い蜜のような声で要の理性を崩壊させる。

「ぁあぁっ……！」

「くっ……！」

二度、三度深く彼女の奥を穿《うが》ち、ギュッと強く抱きしめた。こらえていた欲望が、どくりと膜越しに解放される。

達する直前、潤の口から発せられたひと言。

——温泉饅頭《まんじゅう》がふやけちゃう……！

気を失い、もたれかかってくる彼女。きっと意識をとり戻したとき、その発言を覚えていないはず。

それにしてもなにを最後に考えていたのか。

「……温泉饅頭が食いたかったのか？」

潤の浴衣《ゆかた》の乱れを直し、後始末をした要は、すうーと寝息を立てる彼女を抱きしめる。

情事の間、彼女が途切れ途切れに語った、温泉宿でのサスペンスドラマが一体どんな変貌を遂げるのか。なかなか楽しそうだと、要はほくそ笑んだ。

とりあえず、明日は温泉饅頭を買って帰ろう。

◇◆◇

無事にドラマが放送されたその日。要と一緒に見ていた潤は顔を真っ赤にさせて抗議した。

「もう！　旅館のシーンを見れば鎌倉での出来事思い出すし、温泉を見れば朝起きて一緒にお風呂に入ったことも思い出すしで、大変だったんですよ！　一緒に見ていたスタッフから顔が赤いって、風邪かとも疑われて。しかも、何故か温泉饅頭が事件を解く鍵になるとか。なんだったのこのドラマはー！」

「あなたが書いた脚本じゃないですか」

「そうだけどそうじゃない！」

どうやら潤は、画面をまともに直視できなかったらしい。

思わずくつくつと喉で笑ってしまう。

現場のスタッフの意見を得て、最終的には今放送されている形で脚本は仕上がったという。テンポがよくコミカルなのに、ミステリー風味のサスペンス。なかなかバランスがよくとれている。まだ若い女優の演技力もよく、梓のライバルになりそうだと思った。

「もうあんなふうに、無理やり話させるの禁止ですからね！」

「ネタが零《こぼ》れるって言うから、私が覚えておいたんですよ」

「恥ずかしくて仕事どころじゃありません！」

ああ本当に、どこまでも可愛くて、楽しませてくれる。

素直な反応が楽しくて、要はギュウっと愛しい婚約者を抱きしめた。

書き下ろし番外編

花嫁のマリッジブルー？

　要さんと婚約して早数か月。自宅兼仕事場とテレビ局、たまに撮影現場の往復という日常に、要さんのお宅訪問が追加された。土日が休みの彼に合わせて、金曜日の夜に泊まりに行き、仕事で忙しくないとき以外はなるべく週末は一緒に過ごすというのが私たちの約束みたいになっている。

　具体的な結婚の話を詰めないままあっという間に季節がいくつか過ぎて、そろそろ夏も終わりに近づいていた。セミの鳴き声が聞こえるマンションの一室で書き上げたばかりの新作ドラマのプロットを送信し、ぐっと両腕を突き上げて背伸びをする。

「ん～肩凝《こ》った……ああ、もう夕方だわ」

　ふと自分の姿を見下ろすと、だぼっとした大きめのTシャツにショートパンツが目に入る。ここ数日化粧らしい化粧をサボっているし、部屋も散らかり放題だ。前髪はヘアバンドであげて、髪は邪魔なのでひとつにくくっていた。

　洗面所に移動し、鏡を覗き込む。そこに映るやつれた、ずぼらな女は間違いなく自分である。見慣れているはずのその姿に妙な焦りが募《つの》った。

「結婚を控えているはずなのに、やつれ具合がやばくない？」

相変わらず仕事に没頭しすぎている。部屋の荒れ具合を見ても人を招ける状態ではない。今までは気楽な一人暮らしだし誰の目を気にすることもなかったが、これからは徐々に意識を変えていかないとまずい。

新婚生活が始まったら当然今まで通りとはいかない。部屋はこまめに掃除しないといけないし、大好きな旦那様のために手料理だってできる限り振る舞いたい。掃除洗濯を完璧にこなして、家事と仕事を両立……と考えると、肩がずしんと重くなった。

「どうしよう、不安しかない……。要さんと一緒にいられるのはうれしいけど、こんな私が人と暮らせる気がしない……！」

世の中のカップルが同棲を経験してから結婚するのは、ある意味賢いと思う。暮らしていくうちに相手の気になるところが見えてくるだろう。それが許容範囲内か否かで、本当に結婚できるかがわかると言える。

要さんが一人暮らしをしている部屋は、いつ見ても整理整頓がきちんとされていた。

恐らく、結婚後の新居は要さんの部屋になるだろう。都心にあるのでアクセスも良く、テレビ局にだって行きやすいし獅子王グランドホテルだってそう遠くない。立地条件もセキュリティ面も好条件なのだ。

「となると、今後は私があの部屋を綺麗に維持していかなければいけないのか。どうしよう……。仕事で手一杯で家事と掃除までするなんて自信ないかも」

たとえハウスクリーニングが入っているとしても、見られたくないものを隠すために予《あらかじ》め軽く片づけておく必要があるし、そうなるとなんのために雇ってるんだと思いそうだ。

結婚は大好きな人とずっといられるという素晴らしいものだ。けれど、そこにあるのはメリットだけではない。現実的に考えるとお互い妥協も必要だし、協調性や思いやりも当然大事。それに好きな人にはいつも綺麗な私を見てもらいたい……というのは無理なので半分あきらめているが、できる限り努力をしたいと思っている。けれど、いったい私にどこまでできるのだろうか。

一度感じた不安とプレッシャーはなかなか消えてくれなくて。

私はネガティブな思いを振り払うようにブンブンと頭を振ると、クローゼットから出した夏物のワンピースに着替え、パパッとメイクをしてから彼の部屋に行く準備をした。

金曜日の夜。本社勤めの要さんは、夜八時を過ぎた頃に帰宅した。

「潤、ただいま」

「おかえりなさい。お仕事お疲れさまです。夕飯食べますか？」

「ありがとうございます。潤の手作りですか？」

「大したもんじゃないですが。あ、ワイン冷えてますよ」

合鍵を使い彼の部屋に上がって料理をするのも何度か経験している。すっかり彼女っぽくってなんだか照れるんだけど、こうやっておかえりなさいを言ってあげられることは素直にいいなと思う。

彼を寝室へ着替えに行かせて、キッチンに戻る。モッツアレラチーズとミニトマトをオリーブオイルで和《あ》えたものや、夏野菜たっぷりのサラダと生ハムのつまみをダイニングテーブルの上に並べる。飲んだ後はカレーだ。お好みでスライスしたゆで卵をのせてもおいしそう。でもカレーの前にワインで今日も一日お疲れさまと乾杯したい。

「お待たせしました」

着替え終わった要さんが戻ってくる。夏なのに汗をかいているイメージがないほど爽やかだ。雰囲気がどことなく甘いし、物腰が柔らかい。

「おいしそうなカレーの匂いがしますね」

「ナスとひき肉のカレーを作ったんですけど、その前にワイン飲みますよね。白ワイン冷やしておいたんですよ。あ、ビールもありますけど」

「ではワインにしましょうか。潤は座っててください」

要さんはワイングラスを取って来てくれると、ワインのコルクをポンッと抜いた。とぷとぷ白ワインがグラスに注《つ》がれる。芳醇《ほうじゅん》な香りはフルーティーだけどすっきりしていて、すぐにでも渇いた喉を潤《うるお》わせたくなる。

「今日も一日お疲れさまです」

「ええ、潤も。乾杯」

コツンとグラスを合わせて、ワインを一口嚥下《えんげ》した。ワインセラーに入っているワインがどれほどのお値段かわかっていないけど、どれも大変おいしゅうございます。味わって飲もう。

「仕事は一段落つきましたか？」

「はい、なんとかメールを送ってきました。よっぽど急ぎのことがない限り電話はかかってこないはずなので、少しのんびりできます」

「そうですか、それはよかったです」

ワイングラスを片手に微笑む姿はイケメンで、まさに目の保養。私にはもったいないほどだ。

婚約して数か月たつが、彼の敬語口調は未だに変わらない。ベッドでは時々砕けた話し方になるのに、普段は敬語なのはやはり私が客として知り合ったからなのだろうか。どっちの要さんも好きなので気に留めていなかったけど、今日に限って、本当の意味で気を許せていないのでは？　とか考えてしまう。まあ、私も普段は敬語が主なのだが。

思えば具体的にいつ結婚しようかということについて話し合っていないので、少しだけ今後のことが不安になる。

うちの家族に挨拶《あいさつ》は済ませているが、要さんのご両親とは都合が合わなくてまだ会えていない。ご両親は海外出張も多いし、私の仕事が修羅場だったりという事情なので、仕方がないと言えば仕方ない。それに、恋人気分をもう少し味わうのも悪くないかな、と思い、今後のことを先延ばしにしていたけれど……

実はマンションの更新を二か月後に控えているのを思い出してしまったのだ。

私の性格からして、住む部屋と仕事場を別に持っていたほうがこの部屋を確実に綺麗に保てる。そして精神的な逃げ場も確保できて、お互いのためにもなりそうだ。

「潤？　なにか考え事ですか？　食べる手が止まってますが」

「あ……、いえ、ちょっとマンションの更新が来るのを思い出して」

「潤の部屋のですか」

そうだと頷くと、彼はあっさり「それならもう必要ないでしょう。ここに引っ越して来たらいいですよ」と言った。

「この部屋にですか」

「ええ、空いている部屋もありますので必要なものは置けるかと。もし手狭《てぜま》でしたら新しい部屋を探しに行きましょうか」

３ＬＤＫのファミリータイプの部屋を手狭《てぜま》と呼べるのは、さすがセレブ……。確かに使っていないゲストルームが一室存在するけれど、ベッドや家具が置かれているその部屋を仕事場にするにはスペースが足りない。

「仕事場として私のマンションを残しておくのはどうでしょう」

「では仕事部屋を作れる部屋を借りて、二人で引っ越しては？　一軒家でもいいですよ」

「いえ、住む場所と仕事場はできれば分けたいなと……忙しくなると家のことが後回しになっちゃいますし、同じ家だと気が散りますから。私のマンションにこもって、通い妻みたいになるかもしれませんが」

「……潤？　何故新婚夫婦が別居を想定しているのでしょうか。私は通い妻も別居も許すつもりはありませんよ」

一瞬で空気が変わった。口調は丁寧なのに目が笑っていない……。

要さんは私の脚本家としての仕事に肯定的だ。続けたいならずっと続けていいと言ってくれているし、そこは私の意思を尊重してくれる。が、当然ながら一緒に住むというのは絶対条件らしい。

「いえ、忙しくなったら仕事場に寝泊まりする可能性があるかもしれないって話で、もちろん住むのは要さんとの家ですよ？」

「そうですか、てっきり二重生活を送ることを前提に話しているのかと」

うっ、少しだけ思っていたこともバレてる……

一人暮らし歴が長くて、他人の目を気にしない楽な生活に慣れすぎてしまった――そんな弊害《へいがい》をひしひしと感じながら、マンションの更新の話はひとまず保留にしてカレーをよそいにキッチンへ避難した。

◇◆◇

週明けの月曜日。テレビ局で恵さんのチームと打ち合わせをし、休憩時間に入った。

「はい、コーヒー。なんか思いつめた顔してるけど、どこか納得いかない？」

「いえ、そういうわけでは……」

缶コーヒーをありがたく受け取り、会議室の椅子に座ったままプルタブを開ける。今度のドラマはクリスマスの時期に一週間、毎日放送されるスペシャルドラマなんだけど、なんと結婚を控えた花嫁がテーマのオムニバスドラマなのだ。全五話で、一話三十分。ほっこりだったり切なさだったり、胸キュンなどテーマがそれぞれ違うのだけど、打ち合わせをしていて気づいたことがある。どうやら私も、ある意味マリッジブルーというやつなのかもしれない。

「恵さん、私、結婚できるか自信がないです……」

「なぁに、いきなり。そもそもあんた結婚願望なんてあったの？　今年で二十九だっけ。まだ大丈夫よ、今から婚活でも合コンでもすれば相手見つかるわよ」

「いえ相手はいるんですけど……」

ついぽろっと零《こぼ》れてしまった言葉が、恵さんのみならず近くにいた若い社員の動きも止めた。

「ええー奈々子先生、結婚するんですか⁉」

「まさか、あんたが以前相談してきた相手？　てっきりダメだったのかと思ってたけど、どこの誰よ、吐きなさいっ」

会議室の外にいたのに、速攻で扉を開けて戻ってきた地獄耳の萌ちゃんが叫び、次いで恵さんが私に詰め寄った。相手は誰！　写真は⁉　と詰め寄る女子パワーがすごい。

そういえば結婚式の招待状を送る時に伝えればいいかと思って、婚約したことを報告できてなかった。タイミングもなかったし。

「落ち着いて、そんなに騒ぐことじゃないですから」

なんとか席に着かせて、スマホで要さんの写真を探して見せる。あまりかっこよすぎると私が妬《ねた》まれそうで怖いので、なるべく自然な感じで写っている写真を選んだ。

「きゃーかっこいい～！　イケメン！」

「あら、いい男。やるじゃない！　でもどこかで見たことがあるような……。男前の顔は忘れないんだけど」

数秒後、恵さんが「梓ちゃんと以前一緒に歩いてた男じゃないの！」と思い出したのは、さすがですとしか言いようがない。

二人だけに見せたはずが、会議室に集まってきた恵さんのチーム全員にスマホが回されていく。イケメンを見てあがる歓声に、思わず得意げになるけれど、このあと訪れるだろう追及と質問の嵐に慄《おのの》きそうだ。

「で、こんなイケメンと婚約して幸せの絶頂にいる奈々子先生が、なにを悩んでるって？」

「いえ、えっと……仕事と家庭を両立できるのか不安だとか、一人暮らしが長すぎてうまくいくのか不安だとか、やっぱり今のマンションの部屋はそのまま仕事場として持っていたほうが精神的にも楽なんじゃないかとか」

「まあ、そのほうが集中できるなら今の部屋はキープしていたほうがいいと思うけど。それはお相手とちゃんとしっかり話し合うしかないんじゃないの？」

コーヒーをずずっと啜《すす》った恵さんがバッサリ言い放った。それは確かにそうだ。ひとりで思い悩んでいても解決しない。

「生活リズムが違う二人が一緒に住むんですから、摩擦《まさつ》が生まれて当然なんですよ。完壁にやろうなんて意気込むと疲れますから、力加減は大事です。それにきっちりルールを決めるなり妥協するなりを明確にしないと、トラブルのもとになります。面倒なことでも話し合いって大事ですよ」

「あら、萌葱。まるで経験者のようね」

「昔ちょっとだけ同棲してたことがあるんで。三か月で別れましたけど」

恋多き女の子はいろいろと経験している。私より恋愛ドラマを作るのに向いているのではないだろうか。

「んで、結婚の予定はいつなわけ？　まだ式の招待状もらってないけど、まさか呼ぶ予定なかったとか言わないわよね」

「実は具体的な話が決まってないんです。要さん……のご両親にも挨拶《あいさつ》ができていないので」

「あらそうなの。じゃあ、あんたの不安はそこから来てるんじゃないの？」

「え？」

「結婚へのプロセスが進んでいないから未来へのビジョンがうまく掴めない、相手のこともわかっているようで納得のいく話し合いができていない。だからいろいろひとりで悩みまくって、迷走しているのよ。もういっそのこと、このあと区役所にでも行って、婚姻届《こんいんとどけ》もらってきなさい」

「あ、私持ってますよー。奈々子先生にあげます」

「ええ⁉」

トートバッグの中から手帳を取り出した萌ちゃんが、折りたたまれた婚姻届を私に差し出した。受け取ったはいいけれど、こんなものを持っている彼女にも、初めて見た婚姻届にもびっくりしてしまう。

「萌葱、あんたなんでこんなの持ってるのよ」

「彼氏に逆プロポーズをした友人と結婚情報誌を買ったことがあるんです。今時婚姻届を付録につけてたりするんですよ。すごいですよね。私も願掛けになるかと思って持ってました」

願掛けになっているものをもらうわけにはいかないので丁重にお返しした。今時女子は本当にパワフルな子が多くてすごい。

「まあ極端な例だけど、先に入籍だけしちゃうのもアリなんじゃない？　もちろんご両親への挨拶は先に済ませるべきだと思うけれど。結婚の形なんて人それぞれだから、模範的な答えなんてないのよ。二人がどう歩んでいきたいかが重要でしょう」

「恵お姉様……！　ありがとうございます。なんだか気が軽くなりました」

頼れる味方がいて心強い。

ぐるぐるひとりで迷走するのも私らしくない。まっすぐに相手に向かって走ったほう

しよう。

がいい。

気になることは話し合い、今後の二人の未来を一緒に考えていきたいと要さんに相談

——その日の夜。

平日だけど要さんのマンションで彼を待っていた私は、ひとつずつ彼と話していく。

いまさらだけど、まずは敬語をやめませんか？　と尋ねると、少し照れ臭そうにして

「わかった」と了承してくれた。

「では潤、今週の土曜日のお昼、予定はなにか入っているか？」

「いいえ、土曜日のお昼だったら大丈夫です」

「こら、敬語になってるぞ」

「あ！　だ、大丈夫……だよ」

要さんがくすりと笑い、「それなら実家に招待したい。ようやく両親のスケジュール

が空いたんだ」と私に告げた。

好きな人のご両親にお会いするのは緊張するけれど、それ以上に嬉しさが募《つの》る。

「潤のご両親への挨拶《あいさつ》は済んでいるし、これでいつでも婚姻届が出せるな。式のことや

新居に君のマンションの件もあるが、俺は早く潤と住みたい」

「んっ！」

耳元で甘く囁《ささや》いた彼は、次の瞬間、私の唇にキスを落とした。

「私も……」と呟《つぶや》いた声は彼の口内に呑み込まれていく。


それからとんとん拍子に話が進み、要さんのご両親と顔合わせをしたその日に式場まで予約され、ドレスを見に行く日取りも決まってしまった。年内の日程で式場を押さえられたのも獅子王ホテルの系列だからだろう。

少し前まで悩んでいたのが嘘みたいだ。試着室の鏡に映るドレス姿の自分を眺めながら唖然《あぜん》としてしまう。

「どうかしたのか？　それもよく似合っているぞ」

「いえ、ドレスを着ていたら本当に結婚するんだなという実感がわいて……」

「今さらやめたと言っても遅いからな。俺は潤を手放すつもりはない」

「手放されたら困ります」

自然と微笑み合い、手を握る。

夫婦として共に歩める日が、とても待ち遠しい気分になった。

潤《じゅん》は学園青春ものが得意な女性ドラマ脚本家。ある日、大人のラブストーリーの依頼を受けるも恋愛経験が乏しい彼女には無理難題！　困った潤は、顔見知りのイケメン・ホテルマン、日向《ひゅうが》をモデルに脚本を書くことを思いつく。しかし、モデルにさせてもらうだけのはずが、気付けば彼から“大人の恋愛講座”を受けることに！　その内容は、手つなぎデートから濃厚なスキンシップ……挙句の果てには——!?

B6判　定価：640円＋税　ISBN 978-4-434-24321-9

～大人のための恋愛小説レーベル～

ETERNITY
エタニティブックス

エタニティブックス・赤

夜にだけカラダを繋げる!?
月夜に誘《いざな》う恋の罠

月城うさぎ

装丁イラスト／アオイ冬子

男性に幻滅し、生涯独身を決意している櫻子《さくらこ》。けれど彼女は子どもが欲しかった。そこで考えついたのは、「結婚せずに、優秀な遺伝子だけもらえばいいんだ！」ということ。櫻子はターゲットを自身の秘書である早乙女旭に定め、彼の子を妊娠しようと画策する。だけど襲うはずが、逆に旭に籠絡されて!?

四六判　定価：本体1200円+税

※エタニティブックスは大人の女性のための恋愛小説レーベルです。ロゴマークの色で性描写の有無を判断することができます（赤・一定以上の性描写あり、ロゼ・性描写あり、白・性描写なし）。

詳しくはアルファポリスにてご確認下さい

http://www.alphapolis.co.jp/

携帯サイトはこちらから！

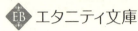

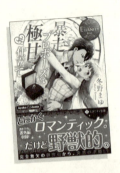

超過保護な兄に育てられ、23年間男性との交際経験がない彩香《あやか》。そんな彼女に求婚してきたのは、イケメンなものぐさ御曹司だった!?　「恋愛や結婚は面倒くさい」と言いながら、家のために彩香と結婚したいなんて！　突拍子もない彼の提案に呆れる彩香だったけど、閉園後の遊園地を貸し切って夜景バックにプロポーズなど、彼の常識外の求婚はとても情熱的で…!?

B6判　定価：640円＋税　ISBN 978-4-434-24330-1